U0090936

古典文學研究輯刊

十五編

曾永義主編

第11冊

紅學新聲

鄧牛頓著

國家圖書館出版品預行編目資料

紅學新聲／鄧牛頓 著 — 初版 — 新北市：花木蘭文化出版社，2017〔民106〕

目 4+252 面；19×26 公分

（古典文學研究輯刊 十五編；第 11 冊）

ISBN 978-986-404-903-5（精裝）

1. 紅學 2. 文學評論

820.8　　106000828

ISBN-978-986-4047-903-5

古典文學研究輯刊

十五編　第十一冊　　ISBN：978-986-404-903-5

紅學新聲

作　　者　鄧牛頓

主　　編　曾永義

總 編 輯　杜潔祥

副總編輯　楊嘉樂

編　　輯　許郁翎、王筑　美術編輯　陳逸婷

出　　版　花木蘭文化出版社

社　　長　高小娟

聯絡地址　235 新北市中和區中安街七二號十三樓

電話：02-2923-1455／傳眞：02-2923-1452

網　　址　http://www.huamulan.tw 信箱　hml 810518@gmail.com

印　　刷　普羅文化出版廣告事業

初　　版　2017 年 3 月

全書字數　144119 字

定　　價　十五編 18 冊（精裝）新台幣 32,000 元

紅學新聲

鄧牛頓 著

作者簡介

鄧牛頓，1940 年生，湖南長沙人。南開大學畢業。先後任職於中國作家協會上海分會文學研究所、上海市文化局、復旦大學分校、上海大學。歷任上海大學中國文化研究所所長、中文系主任等職，也主持過上海大學學報（社會科學版）。中國作家協會會員，上海大學教授。上海市優秀教育工作者。出版著作 9 種：「中華美學三部曲」——《中國現代美學思想史》《中華美學感悟錄》《說趣》；《鄧牛頓美學文學紅學思辨集》，《麓山思致》，《我從瀏陽河邊走來》，《祖國永生的鳳凰》，《態學筆記》《尋找紅樓夢的原始作者》。主編《中國歷代藝術文粹叢書》《名家名著導讀》《文協檔案過眼錄》等 7 種。

提　　要

這是一本探索性的學術創新論著。作者從尋找《紅樓夢》的原始作者，到確認《紅樓夢》乃是「脂硯齋」（郭雲）和「曹雪芹」（施廷龍）的聯袂之作，破解了《紅樓夢》問世兩百多年來在作者問題上的歷史謎團。對《紅樓夢》作者難題的破解，必然使得歷來紅學研究中的「自傳說」「自敘傳說」自行消解，所謂「政治小說」之類的索隱和強解失去歷史依據，從而開創紅學研究的全新局面。

目次

尋找脂硯齋

紅學的新聲

前　言

《紅樓夢》是中國文學史上的偉大著作。「作者相傳不一，究未知出自何人？」（清・程偉元）秉承「學貴有疑，大疑則大進，小疑則小進」（明・陳獻章）的學術精神，我從2003年起，對紅樓夢作者問題進行探究，至今已有十幾個年頭。

本書記錄了這一學術探究的全過程。大致有四大步：「紅學的探究」、「依湘語視角」、「尋找脂硯齋」、「紅學的新聲」，經過了由質疑到初探，由模糊到清晰，由茫然到明朗的歷程，最終結論在第四步。

感謝臺灣花木蘭文化出版社接納本書。使我感到特別欣慰的是，《紅樓夢》的作者乃施琅將軍的後代。施琅治理臺灣有功，被康熙封爲「靖海侯」，其子施世綸被康熙御賜爲「天下第一清官」，其孫施廷龍（「曹雪芹」）和孫媳郭雲（「脂硯齋」）則以《紅樓夢》彪炳中華史冊，充分證實了海峽兩岸世世代代的血緣關係。我在查找資料的過程中，於復旦大學圖書館閱讀了臺灣出版的《潯海施氏大宗族譜》，龍文出版社的這套「臺灣文獻類編」，使學者獲益良多，更說明了兩岸文化交流的重要性。

藉此機會，我要感謝臺灣花木蘭文化出版社高小娟曾永義杜潔祥楊嘉樂先生，上海古籍出版社朱懷春先生，中華讀書報祝曉風等先生，南京師範大學文學報何永康吳錦駱冬青先生，上海文學報鄭周生等先生，上海大學出版社郭純生江振新等先生以及復旦大學圖書館席永春舒安高麗等老師和同學。

此刻，我想起了國務院古籍整理小組組長李一氓先生爲我題寫的墨寶：「滿目繁華，海棠開後。幾番詩酒，燕子來時。」老人家對我的教誨，給我在學術道路上前行時以巨大的精神鼓舞。當紫燕掠過中華大地的時候，我要高高舉起詩酒之盞，表達對先輩們的崇高敬意！

紅學新探究

《紅樓夢》植根湘土湘音

《紅樓夢》中的方言詞彙

《紅樓夢》中存在著大量的湖南方言詞彙。現將《紅樓夢》中的湖南方言詞語與《長沙方言詞典》中所收的對應詞語舉例如下（本文論述《紅樓夢》的文字均選取中國藝術研究院紅樓夢研究所最新校注本，1996 年由人民文學出版社出版。《長沙方言詞典》係李榮主編之《現代漢語方言大詞典》的分卷，1998 年 12 月第二版由江蘇教育出版社出版）

一、磁瓦子

《紅樓夢》第六十一回：依我的主意，把太太屋裏的丫頭都拿來，雖不便擅加拷問，只叫他們墊著磁瓦子跪在太陽底下，茶飯也別給吃。

《長沙方言詞典》第 1 頁：瓷瓦碴子，碎瓷片

二、娘母子

《紅樓夢》第二十九回：賈珍又向賈蓉道：「你站著作什麼？還不騎了馬跑到家裏，告訴你娘母子去！……」

《長沙方言詞典》第 248 頁：娘老子，母親（用於背稱）

按：有人注解爲「母子們，母女們，婆媳們」，誤。

三、木屐

《紅樓夢》第四十五回：1、有一雙棠木屐，才穿了來，脫在廊簷上了。2、你又穿不慣木屐子。

《長沙方言詞典》第 78 頁：木屐，一種舊式雨鞋，鞋面一般塗上桐油或

直接用皮子，鞋底用木板，底下四角釘有四顆特製的大釘子，鞋的後部不封口，穿時套在布鞋外面。

按：筆者小時候在長沙鄉下就穿過這種木屐。

四、樣範

《紅樓夢》第四十一回：我因爲愛這樣範

《長沙方言詞典》第 250 頁：樣範，樣子、式樣、模樣

五、漬濕

《紅樓夢》第十二回：身子底下冰涼漬濕一大灘精。

《長沙方言詞典》第 66 頁：價濕的，很濕

六、益發

《紅樓夢》第二十回：李嬷嬷聽了，益發氣起來。

《長沙方言詞典》第 23 頁：益發，副詞，更加

按：這個詞《紅樓夢》中出現頻率較高，有時作「亦發」。

七、好生

《紅樓夢》第十七回至十八回：次年正月十五上元之日，恩准賈妃省親。賈府領了此恩旨，益發晝夜不閒，年也不曾好生過的。

《長沙方言詞典》第 153 頁：好生，副詞，好好兒地

八、偏生

《紅樓夢》第二十六回：晴雯偏生還沒聽出來

《長沙方言詞典》第 189 頁：偏生，副詞，偏偏

九、𠻳

《紅樓夢》第三十八回：寶釵手裏拿著一枝桂花玩了一回，俯在窗檻上𠻳了桂蕊擲向水面。

《長沙方言詞典》第 62 頁：掐，用拇指與另一指頭相對使勁將物截斷。

按：校注本注爲「掐」的俗寫。《漢語大詞典》未收此字。其實，方言有時很難找到合適的字來表示。《紅樓夢》尚有其它這類例證。

十、撏

《紅樓夢》第二十九回：再多說，我把你這鬍子還撏了呢！

《長沙方言詞典》第 193 頁：撏，拔

十一、撮

《紅樓夢》第二十回：虧這一陣風來，把個老婆子撮了去了。

《長沙方言詞典》第 84 頁：𢬵，騙

十二、打尖

《紅樓夢》第十五回：那時秦鐘正騎馬隨他父親的轎，忽見寶玉的小廝跑來，請他去打尖。

《長沙方言詞典》第 52 頁：打尖，在正餐之外再吃東西。

十三、解手

《紅樓夢》第二十八回：少刻，寶玉出席解手

《長沙方言詞典》第 118 頁：〔解大手〕（屙屎）〔解小手〕（屙尿）

十四、打發

《紅樓夢》第四十三回：1、那府裏太太和姨太太打發人送份子來了 2、還不快接了進來好生待茶，再打發他們去

《長沙方言詞典》第 47 頁：打發，1、施捨錢物給乞丐 2、長輩送給晚輩禮物

按：這個詞在《紅樓夢》中頻繁出現。詞義有指派、安排、施捨、送禮諸義，《紅樓夢》中各種詞義的例證都有。

十五、棄嫌

《紅樓夢》第四十二回：鴛鴦道：「前兒我叫你洗澡，換的衣服是我的，你不棄嫌，我還有幾件，也送你罷。」

《長沙方言詞典》第 196 頁：嫌棄，因厭惡、不滿而不願接近

按：這也是一個常用方言詞彙。只是《紅樓夢》中常作「棄嫌」，現在日常生活中則說「嫌棄」。「莫嫌棄」，常爲招待客人時的禮貌用語。

十六、討嫌

《紅樓夢》第二十七回：討人嫌得很！

《長沙方言詞典》第 114 頁：討嫌，1、惹人厭煩 2、事情難辦，令人心煩 3、厭惡；不喜歡

按：《長沙方言詞典》尚收有「討死嫌」、「討邋遢嫌」的詞條。

十七、賭狠

《紅樓夢》第二十一回：平兒笑道：「你就是沒良心的。我好意瞞著他來問，你倒賭狠！你只賭狠，等他回來我告訴他，看你怎麼著。」賈璉聽說，連忙陪笑央求道：「好人，賞我罷，我再不賭狠了。」

《長沙方言詞典》第 164 頁：賭狠，雙方比能耐

十八、洑上水

《紅樓夢》第五十七回：只說我們老太太疼你了，我們也洑上水去了。

《長沙方言詞典》第 27 頁：洑上水，1、向上游游去 2、比喻巴結上司

按：這是一個最生動，也最具特色的方言詞彙。《紅樓夢》中專作「巴結」用。

十九、村

《紅樓夢》第六十三回：你一天不挨他兩句硬話村你，你再過不去。

《長沙方言詞典》第 120 頁：挨謏，挨批評

按：「挨村」與「挨謏」大致意思相近，被駁或被詰。校注本爲「頂撞之意」，大致符合。人民文學出版社出版的 1964 年第 3 版《紅樓夢》注：「村——用不好聽的話傷人，叫做『村』」，亦甚貼切。《紅樓夢》中這一句話，倘今天來說，就是「你一天不挨他兩句硬話子村，你就過不得。」

《紅樓夢》中的方言語境

作品的語境是由敘述語言和人物語言共同構成。作品的方言語境則是由相關的方言詞彙、方言語法與方言語氣所形成。《紅樓夢》中透露出分明的湖南方言語境。現將語言學家對湖南方言的相關論述與《紅樓夢》中的語言現象作對照（本文引述的語言學家的觀點來自侯精一主編之《現代漢語方言概論》，2002 年 10 月由上海教育出版社出版，湘語部份由湖南師範大學鮑厚星先生執筆）。

一、稱「子」爲「崽」是湘語親屬稱謂中一大特色，「崽」可以看作湘語的一個核心特徵詞語。

《紅樓夢》第四十三回：方才你們送來野雞崽子湯，我嘗了一嘗……第五十八回：「這一點子屄崽子，也這麼挑幺挑六……」

二、湘語在語法上的一些特點，如「子」尾相當發達，比普通話使用的範圍大得多。

《紅樓夢》第七回：心眼子；第十九回：香餅子、香毬子、香袋子；第二十回：一點子、鬧一場子；第二十五回：鞋面子、兩塊子、汗巾子；第二十六回；你這一程子、花樣子；第二十八回：門檻子、一罈子、一個嘴巴子；第二十九回：蟒袱子、手帕子；第三十六回：賭氣子；第四十四回：拐棍子；第四十五回：竹信子；第五十一回：湯婆子；第五十二回：藥弔子、後襟子；第五十五回：燎毛的小凍貓子；第六十一回：炭簍子；第六十三回：俗套子、一下子；第七十七回：黑沙弔子、拐子；第八十回：人牙子……

這裡包括著名詞（人或物）、時間詞、形容詞、量詞、動詞等，都附帶著「子」尾。

三、湘語在語法上的另一個特點是，把作狀語的「淨」、「光」之類的副詞移到動詞後面。

《紅樓夢》第四十一回：「你把才下來的茄子把皮籤了，只要淨肉，切成碎釘子，用雞油炸了，再用雞脯肉並香菌，新筍，蘑菇，五香腐乾，各色乾果子，俱切成釘子，用雞湯煨了，將香油一收，外加糟油一拌，盛在瓷罐子裏封嚴，要吃時拿出來，用炒的雞瓜一拌就是」。菜肴，好濃的湖南味。語言，好濃的長沙腔。

四、湘語的形容詞中有一種極爲常見的生動形式，即在單音節形容詞前面再黏附一個單音節語素，以示程度的加深。

《紅樓夢》第三十八回：河裏的水又碧清，坐在河當中亭子上豈不敞亮，看著水眼也清亮。第三十九回：那廟門卻倒是朝南開，也是稀破的。第五十回：稀嫩的野雞。《長沙方言詞典》中列出溜清的、稀爛的、飛嫩的等眾多詞語，可資參照。

五、我感覺到的濃鬱的湖南方言味。

《紅樓夢》第十四回：只聽見鳳姐與來升媳婦道：既託了我，我就說不得要討你們嫌了……

《紅樓夢》第四十回：李紈道：「好生著，別慌慌張張鬼趕來似的，仔細碰了牙子」。校注本注：「牙子——這裡指鑲在幾面或凳面邊沿的雕花裝飾。」牙子係湖南方言。

《紅樓夢》第九回：（賈政向寶玉的奶母之子李貴）道：「你們成日家跟他上學，他到底念了些什麼書！倒念了些流言混語在肚子裏，學了些精緻的淘氣。等我閒一閒，先揭了你的皮，再和那不長進的算帳！」第二十一回：

鳳姐自掀簾子進來，說道：「平兒瘋魔了。這蹄子認眞要降伏我，仔細你的皮要緊！」

必須指出，《紅樓夢》原本中的湖南方言是被層層遮蓋著的，後來人每披閱增刪一次，就被其所使用的其它的地方語言覆蓋一次。可是原作中的語言，特別是爲其性格所決定的人物語言是絕難作徹底改變的。這樣，原作的方言本色就連同其中的人物性格一起被幸運地保存下來，顯現出動人的歷史光彩。《紅樓夢》第七回，焦大有一段著名罵語：「那裏承望到如今生下這些畜牲來！每日家偷狗戲雞，爬灰的爬灰，養小叔子的養小叔子，我什麼不知道？……」記得小時候在長沙鄉下聽緋聞，不懂什麼叫「爬灰」，就問大人子，得到的回答是，「細伢崽子，莫亂問八問。」就像書中間賈寶玉要問鳳姐什麼是爬灰一個樣。可見，這些土得掉渣的方言具有相當的穩定性，會在群眾中長久地保留下來，會在歷史上留下難褪的痕跡。

《紅樓夢》中的地域情結

《紅樓夢》中的人物，有三個是跟「湘」字結緣的：史湘雲、柳湘蓮、瀟湘妃子林黛玉。《紅樓夢》第七回，史湘雲判詞中有「湘江水逝楚雲飛」；第三十四回，林黛玉詩作中有「湘江舊跡已模糊」。在作者筆下，史湘雲的性格爽，愛打趣，也頗懷舊。柳湘蓮儘管萍蹤浪跡，可他的魅力卻爲尤三姐所傾倒。最令人憐愛的是林黛玉：她住在鳳尾森森、龍吟細細、湘簾垂地的瀟湘館裏；她大展奇才、技壓眾人，魁奪菊花詩；她不但長於詩歌創作，而且對詩論畫理具有精湛的見地；她的《葬花吟》、《秋窗風雨夕》、《桃花行》等系列詩作，都感人至深，使她成爲大觀園的詩壇領袖……。《紅樓夢》對林小姐才華一而再、再而三的褒揚，讓人強烈感受到「唯楚有才，於斯爲盛」的那種氣概。此外，《紅樓夢》裏還有一個令人難忘的人物晴雯，她的氣質、她的智慧，融合著勇和巧。難怪她死後會成爲司芙蓉之神，寶玉會做那麼動情的《芙蓉女兒誄》來讚美她、哀悼她。「高標見嫉，閨闈恨比長沙」——校注本注，「借賈誼受屈遭貶喻晴雯因誣被逐」。

這一切難道是偶然的嗎？不，絕不。這裡寄託著作者對芙蓉國的深摯愛戀，對瀟湘大地的深情憶念。這決非等閒筆墨，而是作者刻意的、精心的藝術安排！文學藝術史表明：一方土地養一方人。任何作家藝術家對養育過他的土地，都有一份難以割捨的愛的情感，他的創作靈感會跟那片土地發生千絲萬縷的聯繫。作家藝術家的地域情結向來是刻骨銘心的。《紅樓夢》的原始作者，就正是這樣一個性情中人。《紅樓夢》，就正是這樣一部深藏著作家朝夕眷念家園故土之情的作品。

對《紅樓夢》的全新認識

鑒於《紅樓夢》原始之作風貌的多向顯露，我們可以獲得《紅樓夢》研究方面的全新認識——

《紅樓夢》的原始之作，是用湘語寫成的。《紅樓夢》的原始作者不是曹雪芹，而是一位有在湖南長期生活經歷的人士。這位作者，或出生於湖南，土生土長；或幼年少年時期，隨家庭進入湖南；或從小在湖南長大，青壯年時期遷徙異地。這位作者，因各種原因來到兩江地區，跟曹雪芹結成了或朋友、或親戚、或家屬的關係。這位作者，經歷過或目睹過家庭興衰，有相當豐富的人生閱歷和較高的文學素養。這位作者，能純熟地運用湖南地區方言進行寫作。

曹雪芹在原始之作的基礎上，對《紅樓夢》進行了全面的藝術加工，特別是充分發揮了他長於詩作的特長。故而現存《紅樓夢》中會有那麼多次的詩歌吟詠，相關篇章大抵是出自他所作出的結構性的調整。

《脂硯齋重評石頭記》庚辰本缺第六十四回和第六十七回，校注本補入程甲本相關回目。依據語言狀況可以大致判定：第六十四回有少數湖南方言痕跡，如有一處「壞透了的小猴兒崽子」。更值得注意的是，該回目錄爲「幽淑女悲題五美吟」，我以爲林黛玉筆下的五首詩是曹雪芹做的，而點子卻極有可能是原始作者出的。因爲長沙鄉間有一個地方叫做五美山，名字很浪漫，他完全可能從故土的山川中獲取這樣的創作靈感（五美山是現代教育家徐特立先生的故鄉，附近的小鎮地圖上標做「五美」)。第六十七回較接近原始之作。該回「混帳忘八崽子」、「忘八崽子」、「糊塗忘八崽子」、「小忘八崽子」、「猴兒崽子」凡五處。「乍著膽子」一處，可與第十九回「乍著膽子」一處相比照。「崽」和「乍著膽子」均繫湖南方言。

自《脂硯齋重評石頭記》甲戌本（1754）傳世以來，到如今已經 250 年了。各家各派對《紅樓夢》的研究與傳播，均取得了令人矚目的成就。《紅樓夢》作爲全人類的優秀文化遺產、中國文學之瑰寶，廣爲世人認同。曹雪芹的名字列入世界偉大作家之林。對曹雪芹以及相關材料的考辨，更是成績斐然。

然而令人遺憾的是，《紅樓夢》原始之作的面貌及其原始作者，一直是個未曾揭示之謎。爲此，我籲請：

語言學家對《紅樓夢》作一次語言學的全面考察。歷史學家對《紅樓夢》原始作者的身世及其相關材料作廣泛的搜尋。文學藝術家對《紅樓夢》的文學價值、美學價值作出更加充分，也是更加實事求是的估量。紅學專門家將目光和才智更多地投注到對原始作者及其原作風貌的相關研究。在此基礎上，全面提高《紅樓夢》研究的水平。

《中華讀書報》2003 年 8 月 6 日

《紅樓夢》中的湖南方言考辨

我在《新世紀的新發現：紅樓夢探秘》一文中，已經就《紅樓夢》中的湖南方言詞彙和湖南方言語境兩個問題作出了分析與論證。但由於報紙篇幅的關係，論證和舉例都受到了相當的限制，現擬在本文中作出重要的補充。因爲我認爲，對《紅樓夢》中的湖南方言的考辨以及相關語境的描繪，是探尋《紅樓夢》原始作者的關鍵所在。

本文述及的《紅樓夢》的文字選取中國藝術研究院紅樓夢研究所的最新校注本，1996 年由人民文學出版社出版。作爲參照系的《長沙方言詞典》，1998 年第 2 版由江蘇教育出版社出版。

1. 禿歪剌

《紅樓夢》第七回：周瑞家的因問智能兒：「你是什麼時候來的？你師父禿歪剌往那裏去了？」

按：「禿歪剌」湖南方言中當作「禿剌歪」。「剌歪」讀作「laʎlie˥ 」。lie˥ 是「歪」的意思。《長沙方言詞典》第 104 頁有「捩」的條目：「lie˥ 歪」。《長沙方言詞典》第 57 頁有「辣利」的條目：「多嘴，好管閒事」。紅樓夢研究所所作的注釋，「歪剌：也作歪辣，又叫歪剌骨，歪剌貨，意謂不正當的女人。」當著弟子的面罵師父爲不正當的女兒，顯然不符合禮數。但呼「禿剌歪」，則帶有玩笑性質，就不大要緊。所以校注本的解釋，似需斟酌。

2. 丹墀

《紅樓夢》第七回：尤氏等送至大廳，只見燈燭輝煌，眾小廝都在丹墀侍立。

《紅樓夢》第五十三回：俟賈母拈香下拜，眾人方一齊跪下，將五間大廳，三間抱廈，內外廊簷，階上階下兩丹墀內，花團錦簇，塞的無一隙空地。

按：《長沙方言詞典》第229頁：丹墀，天井。紅樓夢研究所校注本所作的校注：「這裡泛指臺階」，顯然不確。筆者小時候曾在小學丹墀內玩耍，丹墀內還種有桂花、茶花等樹木。

3. 人客

《紅樓夢》第十四回：「這二十個分作兩班，一班十人，每日在裏頭單管人客來往倒茶，別的事不用他們管。」

按：《長沙方言詞典》第209頁：人客，客人。

4. 堂客

《紅樓夢》第十五回：裏面堂客皆是鳳姐張羅接待，先從顯官誥命散起，也到晌午大錯時方散盡了。

按《長沙方言詞典》第230頁：堂客①妻子；②已婚婦女。

5. 現世寶

《紅樓夢》第六十五回：咱們金玉一般的人，白叫這兩個現世寶沾污了去，也算無能。

按：《長沙方言詞典》第196頁：現世寶，丟臉的人。

6. 鞋面子

《紅樓夢》第二十五回：馬道婆道：「可是我正沒了鞋面子了。趙奶奶你有零碎緞子，不拘什麼顏色的，弄一雙鞋面給我。」

按：《長沙方言詞典》第121頁：鞋面子，鞋幫。

7. 陰騭

《紅樓夢》第二十九回：鳳姐兒笑道：「我們爺兒們不相干。他怎麼常常的說我該積陰騭，遲了就短命呢。」

《紅樓夢》第三十九回：寶玉見他急了，忙撫慰他道：「你別急。改日閒了你再找去。若是他哄我們呢，自然沒了，若眞是有的，你豈不也積了陰騭，我必重重的賞你。」

按《辭海》陰騭：《書・洪範》：「惟天陰騭下民。」意謂天默默地安定下民。「騭」，定。後稱陰德爲「陰騭」，而謂暗中做害人的事爲「傷陰騭」。陰德，暗中有德於人的行爲。《漢書・丙吉傳》:「臣聞有陰德者，必饗其樂，以及子孫。」筆者小時候在長沙農村經常聽鄉鄰長者說，要修陰騭，做好事，但那時只聽其音，略懂其意，但不知這幾個字怎麼寫。一直到進入大學，才從書面上接觸到了「陰騭」這個詞及其含意。

8. 趛

《紅樓夢》第四十六回：寶玉笑道：「我從四妹妹那裏出來，迎頭看見你來了，我就知道是找我去的，我就藏了起來哄你。看你趛著頭過去了，進了院子就出來了，逢人就問。……」

按：趛，qǐn 低首疾趨。湖南方言使用時只有低頭之意，不涉及走的快慢，這正與《紅樓夢》的描寫相吻合。小時候聽大人教訓小孩:「莫趛著腦殼走路」。趛字較難寫，大約是作者先用方言寫作，而後到相關詞典中去尋找近音讀的字來表達意思。後面的掮和灊亦復如是。

9. 掮

《紅樓夢》第五十回：一語未了，只見寶玉笑欣欣掮了一枝紅梅進來，眾丫鬟忙已接過，插入瓶內。

按：掮，qián，負物。紅樓夢研究所校注本作注說，「此指擎著、小心地把扶著」，似爲主觀引申。其實，他們引用的《康熙字典》引《集韻》的解釋是準確的。湖南方言中就是這個讀法和用法。小時候聽大人叫小孩，把那棵樹掮過來，就是讓他把樹背過來，並不一定要那麼小心謹慎，更無「擎」意。

10.「汕」和「灊」

《紅樓夢》第七十七回：桌上去拿了一個碗，也甚大甚粗，不像個茶碗，未到手內，先就聞得油膻之氣。寶玉只得拿了來，先拿些水洗了兩次，復有用水汕過，方提起沙壺斟了半碗。

《紅樓夢》第五十一回：（麝月）向茶格上取了茶碗，先用溫水灊了灊，向暖壺中倒了半碗茶，遞與寶玉吃了……。

按：汕，shán，可作沖洗、沖刷講。亦讀作 shuán，意爲在開水裏燙熟肉食品。灊，shuán，洗馬，亦曰洗物。湖南人說漱口，爲汕口。洗杯盤碗盞時的程序是，髒的先洗淨，然後用乾淨水汕一汕。若日常放置的清潔物品，到使用時也用乾淨水汕一汕。這正與《紅樓夢》的描寫相吻合。「汕」字是原始作者寫的，既易於讀者理解，亦與湖南方言的講法一致。灊大約是曹雪芹根據北方話改的，一般讀者難以認識。

11. 限定

《紅樓夢》第八回：你家住的遠，或有一時寒熱饑飽不便，只管住在這裡，不必限定了。

按：《長沙方言詞典》第 244 頁：限定，規定，限於一定範圍。

12. 打點

《紅樓夢》第十二回：誰知這年冬底，林如海的書信寄來，卻爲身染重疾，寫書特來接林黛玉回去。賈母聽了，未免又加憂悶，只得忙忙的打點黛玉起身。

按：《長沙方言詞典》第 51 頁：打點①招待；②安排。

13. 搊扶

《紅樓夢》第十三回：（寶玉）如今從夢中聽說秦氏死了，連忙翻身起來，只覺心中似戳了一刀的不忍，哇的一聲，直奔出一口血來。襲人等慌慌忙忙上來搊扶……

按：己卯本、庚辰本均作搊扶。甲戌本作「襲人等慌慌忙忙來𢹂扶」。搊，chòu，同抽。𢹂，chòu，明沈榜《宛署雜記・民風二・方言》:「扶曰𢹂」。《長沙方言詞典》第 150 頁：招呼，照料。方言詞典在選擇相應的字或詞時，應顧及讀音與語意的吻合，如這裡的「招呼」，似應寫作「招扶」更佳。紅樓夢研究所校注本校注「搊扶」——「意近攙扶」，是頗爲謹慎的。但放置在湖南方言語境中，顯然當作「招扶」（照料）更貼近原作語意。

14. 絆

《紅樓夢》第二十一回：史湘雲跑了出來，怕林黛玉趕上，寶玉在後忙說：「仔細絆跌了！……」

按：《長沙方言詞典》第 224 頁「絆噠」條：跌倒了。「絆」就是跌。「仔細絆跌了！」就是當心跌倒了。《紅樓夢》中的這句話，又言「絆」，又言「跌」，可能是曹雪芹、脂硯齋們討論修改時，注「跌」爲絆而形成的衍文。

15. 催水

《紅樓夢》第二十四回：秋紋、碧痕去催水。

按：在湖南方言中，「催水」是自己燒水，而不是去催別人燒水。「催」就是「燒」。《長沙方言詞典》第 131 頁有「炊壺」的條目：「ts'ei ˧ fuʎ，燒水壺」，可資參證。長沙鄉下老百姓稱燒水的瓦壺爲「催壺」。

16. 談講

《紅樓夢》第三十六回：寶釵獨自行來，順路進了怡紅院，意欲尋寶玉談講以解午覺。

按：《長沙方言詞典》第 54 頁：打講，閒談。

17. 醒鼻子

《紅樓夢》第五十二回：晴雯一張一張的拿來醒鼻子。

按：《長沙方言詞典》第 216 頁：擤，按住鼻孔出氣，使鼻涕排出。

18. 界

《紅樓夢》第五十二回：晴雯道：「這是孔雀金線織的，如今咱們也拿孔雀金線就像界線似的界密了，只怕還可混得過去」。——「晴雯先將裏子拆開，用茶杯口大的一個竹弓釘牢在背面，再將破口四邊用金刀刮的散鬆鬆的，然後用針紉了兩條，分出經緯，亦如界線之法，先界出地子後，依本衣之紋來回織補」。

按：晴雯補裘，這個「界」字是一個動詞。湖南方言讀作 gàn，爲補衣時的一種方法，針線相當細密，不容易顯出破綻。筆者小時候，母親爲我補棉襖時就說過，「我來爲你界幾針」。

19. 慪

《紅樓夢》第五十五回：看我病的這樣，還來慪我。《紅樓夢》第六十四回：誰敢慪妹妹了。

按：《長沙方言詞典》第 175 頁：慪，氣惱或使氣惱。

20. 打橫

《紅樓夢》第六十二回：西邊一桌，寶釵黛玉湘雲迎春惜春，一面又拉了香菱玉釧兒二人打橫。

按：《長沙方言詞典》第 53 頁：打橫，橫著。

21. 撂

《紅樓夢》第七十六回：這裡眾媳婦收拾杯盤碗盞時，卻少了個細茶杯，各處尋覓不見，又問眾人：「必是誰失手打了。撂在那裏，告訴我拿了磁瓦去交收是證見，不然又說偷起來。」

按：《長沙方言詞典》第 158 頁：撂 liau˩，丟，扔。《南京方言詞典》第

156 頁：摺 liↃO˧哦，捽。不同地區的方言，有時使用同一個字或詞來表達，但讀音與使用都會有些差別。

22. 羅皂

《紅樓夢》第七十七回：以後你只管來，我也不羅皂你。

按：《長沙方言詞典》第 80 頁：囉嗻 lo˧˦tsa˨˩，麻煩；吵鬧。

23. 巴不得

《紅樓夢》第八十回：寶玉如今巴不得各處去逛逛，聽見如此，喜的一夜不曾合眼，盼明不明的。

按：巴不得，在《紅樓夢》中多次出現。《長沙方言詞典》第 37 頁：巴不得，迫切盼望。

24. 葳蕤

《紅樓夢》第二十六回：寶玉道：「可往那裏去呢？怪膩膩煩煩的。」襲人道：「你出去了就好了。只管這麼葳蕤，越發心裏煩膩。」

《紅樓夢》第三十三回：「賈政道：好端端的，你垂頭喪氣嗐些什麼？方才雨村來了要見你，叫你那半天你才出來；既出來了，全無一點慷慨揮灑談吐，仍是葳葳蕤蕤。……」

按：葳蕤一詞，甚難認識。第一次從書面上接觸，是孔雀東南飛：「妾有繡腰襦，葳蕤自生光。」老師說葳蕤為草木茂盛，此處形容服飾華麗而有光采。後來讀唐代詩人張九齡的感遇詩，有「蘭葉春葳蕤，桂華秋皎潔」的詩句。但「weiruì」一詞的讀音，曾出現在湖南農民的口頭上。大人批評小孩子，「為什麼這樣沒精神，葳葳蕤蕤。」我小時候，做農民的父親就囑咐過我，「莫葳葳蕤蕤的」。直到讀《紅樓夢》，才驚人地發現這麼一個文縐縐的詞曾認作方言土語。再後來查閱辭書，原來「葳蕤」一詞亦有萎靡不振的解釋。由此可見，古代文詞，在流傳過程中會走向民間，演變成俗語。語言的雅俗，並沒有一條截然間隔的鴻溝，有時甚至是表現為雅俗相通。民間語言中保留著古詞古音，值得我們珍視。

25. 足的

《紅樓夢》第三十九回：1.賈母足的看著火光息了方領眾人進來。2.一時散了，背地裏寶玉足的拉了劉姥姥，細問那女孩兒是誰。

按：「足的」在湖南方言中就是心眼被塞，胸口被堵，心氣不暢。《長沙方言詞典》第 171 頁：塣tʂəuɹ，塞。普通話讀作 zhú（音築）。老百姓說成「築噠築噠的」。有紅學家指出，「我們還不太明白『足的』這個方言詞的確切含義。」紅樓夢研究所校注本將「足的」注解成「足足的、到底的」，有誤。

26. 夯

《紅樓夢》第六十七回：（薛姨媽對薛蟠說）只是你如今也該張羅張羅買賣，二則把你自己娶媳婦應辦的事情，倒早些料理料理。咱們家沒人，俗話說的「夯雀兒先飛」，省得臨時丟三落四的不齊全，令人笑話。

按：第六十七回出自程甲本，「夯雀兒先飛」，分明說的是俗語，可「夯雀」已被「兒」化。又程刻本系統第三十回，黛玉向寶玉道：「你也試著比我利害的人了。誰都像我心拙口夯的，由著人說呢。」程刻本系統第六十二回，晴雯道「惟我是第一個要去：又懶，又夯，性子又不好，又沒用」。然而庚辰本第三十回作「心拙口悴」，己卯本第六十二回作「又懶又悴」，如今相關的出版本又紛紛徑改「悴」爲「笨」。依照影印本的情況，抄錄者均寫作「悴」。此「悴」，讀作 gāo，知也。而辭書上另有一字，寫作「体」，讀作 bàn，引《集韻・混韻》解釋爲「性不惠」。我以爲，原始之作，係湖南方言，當爲「夯」。「夯」不好懂，改寫時根據大意改爲「体」，即笨。但抄寫者不明，誤作「悴」。但「夯」，在《長沙方言詞典》中作「嫨」xūn，「做事拖沓」；又有「嫨子」一條，解釋爲「做事拖沓的人」。中國社會科學院語言研究所《現代漢語辭典》認爲「夯」有 bàn 的讀音和「笨」的解釋，根據在《紅樓夢》等書，我以爲是值得商榷的。

27. 黑早

《紅樓夢》第四十七回：展眼到了十四日，黑早，賴大的媳婦又進來請……

按：《長沙方言詞典》第 21 頁：一黑早，天剛亮的時候。

28. 才剛

《紅樓夢》第七十九回：才剛太太打發人叫你明兒一早快過大舅母那邊去。

按：《長沙方言詞典》第 116 頁：才剛，剛才。「才剛」在《紅樓夢》中多次出現。

29. 溜

《紅樓夢》第十七至十八回：編就兩溜青籬。

《紅樓夢》第二十五回：只見寶玉左邊臉上燙了一溜燎泡出來。

按：《長沙方言詞典》第 177 頁：溜，量詞，用於成行或細長的東西。

30. 點咖子

《紅樓夢》第三十八回：黛玉獨不敢多吃，只吃了一點兒夾子肉就下來了。

按：《長沙方言詞典》第 191 頁有「點咖子」條：量詞，點兒。黛玉吃螃蟹因爲身體甚弱，不敢多吃，故只吃了一點兒。原始作者用方言來表達，就是「只吃了一點夾子肉」，即只吃了一點點肉。《紅樓夢》在增刪改作過程中，曹雪芹等不甚理解，故將「一點」兒化，「夾子肉」更變成了一個名詞。「夾子肉」是什麼？既不是蟹腳，也不是蟹鉗，絕難解釋得通。依湖南方言則分外明白。

此外，在湖南民間日常生活當中，尚有一些經常會接觸到的詞語，在《紅樓夢》中屢現。如：撤身（第一回，指「轉身就離開」）；勞神（第二回，《長沙方言詞典》第 145 頁，有「勞空神」條目）；睜眼的瞎子（第三回，《長沙方言詞典》第 251 頁有「光眼瞎子」條目）；拐子（第四回，《長沙方言詞典》第 122 頁有「拐子手」條目）；寒毛（第六回，《長沙方言詞典》第 243 頁有「寒毛子」條目）；心眼子（第六回），懶賊（第九回）；飛紅的臉（第九回）；現開發（第十四回，指「立即處置」）；偏了（第十四回，指「自己吃過了」）；猴向（第十四回，指「小孩」像猴子一樣向大人身上攀爬」，並引申爲「攀爬」）；白淨（第十九回，指「人的膚色潔、白」）；降伏（第二十一回）；打結子（第二十四回，指「編製手工飾品」）；癡懶（第二十七回）；春凳（第三十三回）；炸一炸（第三十五回，指「金銀飾品的整舊工藝」）；頑慣了的（第三十六回）；嚼舌根（第三十八回）；兩個子（第三十九回，指「一、二個」）；記性（第三十九回，指「記憶力」）；不伏手（第四十回，《長沙方言詞典》第 88 頁有「合手」條目，此指「東西拿在手裏不順不便」）；手批子（第四十六回，指「遊戲輸贏打手板」）；得靠（第四十七回，指「人有依靠」）；擂（第四十七回，指「用拳擊打」）；發狠（第四十八回，《長沙方言詞典》第 45 頁有「發狠」條目）；別弄緊襯了（第五十八回，指「莫弄太緊了」）；氣了個倒仰（第六十二回，指「人被氣得身體朝後仰」）；潮凳（第六十二回，指「室外反潮的凳子」）；釅茶（第六十二回，《長沙方言詞典》第 196 頁有「釅」條目）；黑甜一覺（第六十三回，指「很甜一覺」）；走邪（第六十五回，指「走歪路」）；

賤骨頭（第六十九回）；打饑荒（第七十二回，指「籌措虧空」）；丁是丁卯是卯（第七十三回，指「一是一，二是二，頂眞」）；對碗你來喝（第七十五回，「對」，兌也，沖也）；脾味（第七十五回，指「喜好，好尙」，人們常問：「對不對脾味？」）……

另外，需要述及，湖南方言，特別是長沙地區方言有一個重要特徵，就是好用「生」、「打」、「細」、「黑」等作爲語素的詞語。這在《紅樓夢》中體現得格外明顯。如「生」（偏生、好生、生怕、安生、丟生、夾生、生疼……）、「打」（打點、打發、打尖、打饑荒……）、「細」（細些、細米、細茶杯、細話、細看、細問、細思、細玩、細聽、細巧、細軟……）、「黑」（漆黑、黑早、黑墨……）等等。據不完全統計，《紅樓夢》中「偏生」這個副詞使用多達 30 幾處，「好生」這個副詞使用更高達 60 多處。

歸結以上，《探秘》一文首列湖南方言詞語 20（磁瓦子，娘母子，木屐，樣範，漬濕，益發，好生，偏生，爬，擣，撮，打尖，解手，打發，棄嫌，討嫌，賭狠，洑上水，村，犿鬼），本文專列湖南地方語詞 30。《探秘》一文列舉湖南方言好用「崽」、「子尾」諸特徵，本文補列的湖南地方詞語（《長沙方言詞典》已列、漏列或尙難確定是否算作方言詞彙），凡此種種地方語彙特徵和地方語法特徵，聚合在一起，形成了《紅樓夢》中一個極其鮮活、極其生動的湖南民間語境。而這些地方語彙，又遍及《紅樓夢》第一回至第八十回各處。綜合這些語言現象，有力地證明著和顯示出：《紅樓夢》的原始之作，是用湘語寫成的。《紅樓夢》的原始作者不是曹雪芹，而是一位有在湖南長期生活經歷的人士。這位作者，建構了《紅樓夢》的整個故事框架和參與了《紅樓夢》的整個寫作過程。這位作者，奠定了《紅樓夢》的創作基礎。

再講幾句子話：

1. 當本文行將付印的時候，《新世紀的新發現：紅樓夢探秘》一文已在 2003 年 8 月 6 日《中華讀書報》上刊出。文章改題爲《紅樓夢植根湘土湘音》，給題目注入了詩意與情感。我對祝曉風、魏琦、咸江南先生的編輯智慧和敬業精神表示敬意。

2. 由於篇幅關係，上述文章中列舉的第 20 個方言詞語「犿鬼」被刪除。而「犿鬼」一詞的歷史呈現與現實抉發，可以說是揭示《紅樓夢》中湖南方言存在秘密的關鍵例證之一。《紅樓夢》第十六回：原來是你這蹄子犿鬼。第四十三回：我說你犿鬼呢，怎麼你大嫂的沒有？第四十六回：買了來家，三日四日，又要肏鬼弔猴的。按：《長沙方言詞典》第六十九頁：肏屄，交合，肏爲長沙當地用字。按：「肏」與「屄」兩個詞在《紅樓夢》中多次出現。「肏」漢語大詞典注音爲 cào，發生性關係，並引用《紅樓夢》第 12 回爲例：瑞大叔要肏我呢！其它地方方言讀 rì。湖南地區有自己獨特的讀音 nia˥ 。這屬於粗俗語，故而常出現在文明程度不高的人們的口頭上。長沙方言有「肏你的」、「狗肏的」、「肏卵談」（即「扯卵談」，閒談胡談）等口頭語。「肏鬼」是長沙方言中極具特色的詞語，簡直獨一無二！《紅樓夢》第十六回、第四十三回「肏鬼」可釋爲「撒謊」，第四十六回可釋爲「瞎鬧」。《紅樓夢》另有，第九回「偏你這小狗肏的知道」（該回還有四個「肏」字），第二十六回「反叛肏的」，第二十九回「野牛肏的」，第六十五回「猴兒肏的」，第六十九回「瞎肏的」等等，反覆顯現著作品的地域特徵。

3. 我的《紅樓夢》研究的第三篇論文《紅樓夢湖南方言系統的認定》，正在交付發表。內中列舉的湖南方言詞語尚有 40 個：親家母，親家娘，別個，挑腳漢，衣包，巴掌，堂屋，階磯，飯桌，卷子和糊了，蓋碗和紫薑，滾水，米湯，引子和藥末子，項圈，油傘，塒，黑老鴰子，噴香，勻淨，涼快，稀爛，碧瀏清水，日頭，半日，這一向，頭次，起（批，量詞），長尾巴，渥，篩酒，泡茶，撮土，發懶，發躁，短住（斷住），過（傳染），號喪，失錯，該應。

4. 論文寫作過程中，曾就相關學術問題請教過黃立新、錢乃榮、田兆元三位教授和陳昌梅、王蓉貞、蕭萍三位同志。曾向遠在湘、近在滬的湖南籍人士作過方言調查，他們是：黃學光、鄧曼利、張志斌、湯擁華、周平平、繆斯等。上海大學學報（社科版）的領導和相關編輯劉德重教授，尤紅斌、周成璐、秦鈉同志，慨然支持本文最快問世。我向上述各位先生深表謝忱。

5. 當要說的話暫告結束之時，我的心又一次飛向了我魂牽夢繞的三湘大地。我爲那孕育過無數英雄才俊的靈山秀水，又孕育了偉大的文學巨著《紅樓夢》而深感自豪。我深切地懷念給我鄉土語言啓蒙教育的父老鄉親和父親母親。

2003 年 7 月 2 日酷暑之中於上海

《上海大學學報》2003 年第 5 期

《紅樓夢》湖南方言系統的認定

關於《紅樓夢》中的湖南方言現象，我已經撰寫了《紅樓夢植根湘土湘音》（《中華讀書報》2003 年 8 月 6 日）和《紅樓夢中的湖南方言考辨》（《上海大學學報》2003 年第 5 期）兩篇文章。現在，擬就相關方言語彙材料作出重要補充。

對《紅樓夢》中的湖南方言詞語的第一次查檢，我列舉了其中 20 個：磁瓦子，娘母子，木屐，樣範，漬濕，益發，好生，偏生，爬，撏，撮，打尖，解手，打發，棄嫌，討嫌，賭狠，洑上水，村，夯鬼。第二次查檢，我列舉了其中 30 個：禿歪剌，丹墀，人客，堂客，現世寶，鞋面子，陰騭，趁，勮，汕和灢，限定，打點，搯扶，絆，催水，談講，醒鼻子，界，慪，打橫，搊，羅皂，巴不得，葳蕤，足的，夯，黑早，才剛，溜，點咖子。如今第三次查檢，擬再列舉其中 40 個——

親家母

《紅樓夢》第四十一回：（劉姥姥）剛從屏後得了一門轉去，只見他親家母也從外面迎了進來。

按：《長沙方言詞典》第 216 頁：親家母，子之岳母，女婿之母。

親家娘

《紅樓夢》第七十一回：我那親家娘也是七八十歲的老婆子……

按：《長沙方言詞典》第 216 頁：親家娘，兄弟的岳母，姐妹的婆婆。

別　個

《紅樓夢》第二十五回：王夫人親自守著，不許別個人進來。

按：《長沙方言詞典》第 103 頁：別個，人家，別人。「別個人」可能是曹雪芹不大懂「別個」的含義，又加了一個「人」字進去。這樣「人」字應該視作衍文。

挑腳漢

《紅樓夢》第六十三回：林之孝的忙進來，笑說：「還沒睡？如今天長夜短了，該早些睡，明兒起的方早。不然到了明日起遲了，人笑話說不是個讀書上學的公子了，倒像那起挑腳漢了。」說畢，又笑。寶玉忙笑道：「媽媽說的是……」

按：《長沙方言詞典》第 156 頁：挑腳，舊指為別人挑運行李或搬運貨物。

衣　包

《紅樓夢》第七十七回：誰是你一個衣包裏爬出來的……

按：《長沙方言詞典》第 137 頁：包衣，胎盤。

巴　掌

《紅樓夢》第四十回：劉姥姥忙打了他一巴掌……

按：《長沙方言詞典》第 37 頁：巴掌，手掌（打一巴掌）。

堂　屋

《紅樓夢》第六回：上了正房臺磯，小丫頭打起猩紅氈簾，才入堂屋……

按：《長沙方言詞典》第 142 頁：堂屋，正對大門的一間房，不住人，一般用於接待客人。又說，「堂」的韻母受後面音節同化影響，由鼻音韻尾變為元音韻尾。

階　磯

《紅樓夢》第四十二回：王太醫不敢走甬路，只走旁階，跟著賈珍到了階磯上。

按：《長沙方言詞典》第 118 頁：階基，門外屋檐下的過道。而《紅樓夢大辭典》「階磯」條：石砌的臺階，同「臺磯」之第一義。又查該辭典「臺磯」條第一義：古建築臺基面上鋪砌的階條石。這種解釋跟湖南地方建築的實際狀況是有距離的。階基，既可能是石頭鋪的，也可能是泥巴鋪的，這是一個長沙老百姓都懂得的名詞。無論古建築，抑或普通民居，都有。

飯　桌

《紅樓夢》第七十五回：說話之間，早有媳婦丫鬟們擡過飯桌來……

按：《長沙方言詞典》第 229 頁：飯桌，供吃飯用的桌子。

卷子，糊了

《紅樓夢》第四十六回：賈母笑道：「你帶了去，給璉兒放在屋裏，看你那沒臉的公公還要不要了！」鳳姐兒道：「璉兒不配，就只配我和平兒這一對燒糊了的卷子和他混罷。」說的眾人都笑起來了。

按：《長沙方言詞典》第 198 頁：卷子，花卷。又《長沙方言詞典》第 27 頁：糊噠，（飯）糊了。其實，「燒糊了」就是「燒焦了」。

蓋碗，紫薑

《紅樓夢》第五十二回：小丫頭便用小茶盤捧了一蓋碗建蓮紅棗兒湯來，寶玉喝了兩口。麝月又捧過一小碟法製紫薑來，寶玉噙了一塊。

按：《長沙方言詞典》第 118 頁：蓋碗，蓋碗兒，喝茶用，有蓋不帶欛兒，下有茶托兒。《長沙方言詞典》第 265 頁有「紅薑」條：「食品，加工製作時使薑帶上紅色。」紫薑則是帶上紫色的薑。筆者小時候既吃過紅薑，也吃過紫薑。

滚　水

《紅樓夢》第五十二回：寶玉在旁，一時又問（晴雯）：「吃些滚水不吃？」

按：《長沙方言詞典》第 220 頁：滚水（子），比較燙的熱水。

《紅樓夢》第 54 回有「滚燙滚菜」；第 34 回有「把酒燙的滚熱的拿來」，等等。

米　湯

《紅樓夢》第二十回：至次日清晨起來，襲人已是夜間發了汗，覺著輕省了些，只吃些米湯靜養。

按：《長沙方言詞典》第9頁：米湯，煮飯時瀝出來的湯。

「引子」和「藥末子」

《紅樓夢》第七回：他就說了一個海上方，又給了一包藥末子作引子，異香異氣的……

按：《長沙方言詞典》第 92 頁：藥引子，中藥藥劑中另加的一些藥物，能加強藥劑的效力。《長沙方言詞典》第 92 頁又有「藥粉子」條目，解釋爲「藥末」。其實，「藥末」的「子」化，已經具有湖南方言特徵。但「藥末子」與「藥粉子」是有區別的。「末」狀與「粉」狀的某些藥物，均可作爲「藥引子」使用。

項　圈

《紅樓夢》第八回：鶯兒嘻嘻笑道：「我聽這兩句話，倒像和姑娘的項圈上的兩句話是一對兒。」寶玉聽了，忙笑道：「原來姐姐那項圈上也有八個字，我也賞鑒賞鑒。」

按：《長沙方言詞典》第 217 頁有「頸圈」條目，釋作「項圈」。我小時候，在長沙鄉下，見過套在脖子（方言爲「頸根」）上的圓形金銀飾物，叫做「項圈」，而並不叫「頸圈」。這也許是反映了方言正在經歷著時代的變化。

油　傘

《紅樓夢》第四十九回：（寶玉）剛至沁芳亭，見探春正叢秋爽齋來，圍著大紅猩猩氈斗篷，帶著觀音兜，扶著小丫頭，後面一個婦人打著青綢油傘。

按：《長沙方言詞典》第 181 頁：油布傘，用油布製成的傘。筆者小時候見過的油傘，是一般的油布傘，布經桐油油過製成的傘，比一般的紙雨傘要堅牢得多。《紅樓夢》中的青綢油傘，大約是一種質地更優的高級油傘，可惜本人沒有見識過。

塒

《紅樓夢》第六十二回：寶釵一想，因見席上有雞，便射著他是用了「雞窗」、「雞人」二典了，因射了一個「塒」字。探春知他射著，用了「雞棲於塒」的典，二人一笑，各飲一口門杯。

按：《長沙方言詞典》第 15 頁：雞塒，磚砌的雞窩。紅樓夢研究所校注本注：塒，鑿在牆壁上的雞窩，有誤。以《長沙方言詞典》所言爲是。

黑老鴰子

《紅樓夢》第四十一回：劉姥姥道：「那廊下金架子上站的綠毛紅嘴是鸚哥兒，我是認得的。那籠子裏黑老鴰子怎麼又長出鳳頭來，也會說話呢。」眾人聽了都笑將起來。

按：《長沙方言詞典》第 145 頁：老哇子，烏鴉。

噴　香

《紅樓夢》第六十回：彩雲笑道：「這是他們哄你這鄉老呢。這不是硝，這是茉莉粉。」賈環看了一看，果然比先的帶些紅色，聞聞也是噴香……

按：《長沙方言詞典》第 256 頁：噴香的，很香。

匀　淨

《紅樓夢》第四十四回：（寶玉對平兒說）「這不是鉛粉，這是紫茉莉花種，研碎了兑上香料製的。」平兒倒在掌上看時，果見輕白紅香，四樣俱美，攤在面上也容易匀淨，且能潤澤肌膚，不似別的粉青重澀滯。

按：《長沙方言詞典》第 221 頁：匀淨，均匀。

涼　快

《紅樓夢》第六十二回：姑娘們快瞧雲姑娘去，吃醉了圖涼快，在山子後頭一塊青板石凳上睡著了。

按：《長沙方言詞典》第 245 頁：涼快，①清涼爽快；②使身體清涼爽快。

稀　爛

《紅樓夢》第七十回：寶玉恨的擲在地下，指著風箏道：「若不是個美人，我一頓腳跺個稀爛。」

按：《長沙方言詞典》第 18 頁：稀爛的，很破；很碎。

碧瀏清水

《紅樓夢》第四十一回：（劉姥姥）只見迎面忽有一帶水池，只有七八尺寬，石頭砌岸，裏面碧瀏清水流往那邊去了，上面有一塊白石橫架在上面。

按：《長沙方言詞典》第 178 頁：溜清的，（水）很清澈。湖南方言形容水的清澈，爲「碧清的」，「溜清的」。「溜」的音讀可能源自於「瀏」。瀏，水流清澈貌，《詩・鄭風・溱洧》：「溱與洧，瀏有清矣。」《紅樓夢》此處言「碧」又言「瀏」可能是抄傳時將注解當作正文，形成重複。

日　頭

《紅樓夢》第三十回：黛玉聽了道：「不許開門！」紫鵑道：「姑娘又不是了。這麼熱天毒日頭地下，曬壞了他如何使得呢！」口裏說著，便出去開門，果然是寶玉。

按：《長沙方言詞典》第 6 頁：日頭，太陽，「日頭」的說法多見於郊區。

半　日

《紅樓夢》第六回：周瑞家的認了半日，方笑道：「劉姥姥，你好呀！」

按：《長沙方言詞典》第 184 頁：半天，指相當長的一段時間。「半天」，「半日」，在湖南方言中常常並不實指半天的時間，而是指相對較久的一些時間。說得更明白一點子，不止是一會兒，而且是二會兒或三會兒。

這一向

《紅樓夢》第六十五回：只因這一向他病了，事多，這大奶奶暫管幾日。

按：《長沙方言詞典》第 119 頁：咯向子，這些日子。在湖南方言中，「一向」是時間詞。《紅樓夢》第六十六回有「不知那裏去了一向」。第七十回有「原來這一向因鳳姐病了，李紈探春料理家務不得閑暇」。「一向」即一陣子、一些日子。「這一向」，「那一向」，即這一陣子，那一陣子，這些日子，那些日子。

頭　次

《紅樓夢》第三十八回：鳳姐吩咐：「螃蟹不可多拿來，仍舊放在蒸籠裏，拿十個來，吃了再拿。」一面又要水洗了手，站在賈母跟前剝蟹肉，頭次讓薛姨媽。

按：《長沙方言詞典》第 163 頁有「頭回」條目，解釋爲「第一次」。其實，「頭次」在這裡更準確地說是首先讓薛姨媽嘗。《長沙方言詞典》第 163 頁尚有「頭（一）個」的條目，解釋爲「第一個」，可資參照。

起

《紅樓夢》第二十五回：林黛玉不覺的紅了臉，啐了一口道：「你們這起人不是好人，不知怎麼死！再不跟著好人學，只跟著鳳姐貧嘴爛舌的學。」

按：《長沙方言詞典》第 16 頁：起，量詞，①件；②批。「你們這起人」就是「你們這批人」。

長尾巴

《紅樓夢》第四十五回：（李紈說）忖奪了半日，好容易「狗長尾巴尖兒」的好日子，又怕老太太心裏不受用，因此沒來，究竟氣還未平……

按：《長沙方言詞典》第 237 頁：長尾巴，小孩過生日。據我所知，湖南方言中「長尾巴」就是過生日，並不一定僅指小孩。有時大人過生日，旁邊也會有人開玩笑說，「你今天長尾巴」。紅樓夢研究所校注本注解爲「代指生日」是對的，也符合《紅樓夢》中李紈開鳳姐玩笑的實際。

渥

《紅樓夢》第八回：（寶玉對晴雯說）你的手冷，我替你渥著。

按：《長沙方言詞典》第 90 頁：罯 Oʌ嚴密地覆蓋或封閉起來，同時注解爲廣韻合韻烏合切，「覆蓋也」。紅樓夢研究所校注本注釋作，覆蓋裏藏某物，藉以保暖或使之變暖，叫「渥」，讀音爲「wù 誤」。而馮其庸、李希凡主編的

《紅樓夢大辭典》除同校注本有相同的解釋外，還說「渥的本義爲沾潤，讀爲『渥』（wò），說文：渥，沾也。《紅樓夢》中經常出現的『渥』（wò）其音、義、用法與本字無關。」其實，在湖南方言語境中，《紅樓夢》中的「渥」，不應注作 wù，而應爲「Oʎ」。《漢語大字典》相關的注爲 wū，也是不對的。應該講，造成此種誤讀的原因，是《紅樓夢》的原始作者在運用湖南方言寫作時，沒有找到一個與「Oʎ」音義相對應的合適的字。

篩 酒

《紅樓夢》第二十八回：說著便要篩酒。

按：《長沙方言詞典》第 117 頁：篩酒，斟酒。

泡 茶

《紅樓夢》第六十回：鶯兒自去泡茶

按：《長沙方言詞典》第 139 頁：泡茶，沏茶。《紅樓夢》中「泡茶」、「沏茶」的詞語都有。

撮 土

《紅樓夢》第六十二回：香菱見寶玉蹲在地下，將方才的夫妻蕙與並蒂菱用樹枝兒摳了一個坑，先抓些落花來鋪墊了，將這菱蕙安放好，又將些落花來掩了，方撮土掩埋平服。

按：《長沙方言詞典》第 83 頁：有「撮箕」條，指「撮垃圾用的簸箕。」其實，在湖南方言中，撮是一個動詞，撮土或撮垃圾，近「鏟起」或「掃進」之意。

發 懶

《紅樓夢》第六十七回：寶釵勸了一回，因說道：「妹妹若覺著身子不爽快，倒要自己勉強扎掙著出來各處走走逛逛，散散心，比在屋裏悶坐著到底好些。我那兩日不是覺著發懶，渾身發熱，只是要歪著，也因爲時氣不好，怕病，因此尋些事情自己混著。這兩日才覺著好些了。」黛玉道：「姐姐說的何嘗不是。我也是這麼想著呢。」

按：《長沙方言詞典》第 45 頁：有「發懶筋」條：「指責人犯了懶的毛病。」「發懶」在湖南方言中有不高興做事的意思。此處《紅樓夢》中的寶釵所說，是感覺著懶洋洋，雖不想做什麼事，但強撐著做一點。

發　躁

《紅樓夢》第七十七回：周瑞家的發躁向司棋道：「你如今不是副小姐了，若不聽話，我就打得你。……」

按：《長沙方言詞典》第 150 頁：躁脾氣，躁性子。又《長沙方言詞典》第 149 頁有「躁」的條目，解釋爲「煩」。「發躁」就是心煩發脾氣。

短住（斷住）

《紅樓夢》第七十二回：沒有半個月，大事小事倒有十來件，白填在裏頭。今兒外頭也短住了，不知是誰的主意，搜尋上老太太了。

《紅樓夢》第七十五回：兩邊大門上的人都到東西街口，早把行人斷住。

按：《長沙方言詞典》第 185 頁：短，截住；攔住（如短車，短住他）。短住（斷住）乃湖南方言，「短」和「斷」都只不過是借用這個「音」或「義」。

過

《紅樓夢》第五十一回：晴雯睡在暖閣裏，只管咳嗽，聽了這話，氣的喊道：「我那裏就害瘟病了，只怕過了人！我離了這裡，看你們這一輩子都別頭疼腦熱的。」

按：《長沙方言詞典》第 85 頁：過，傳染。

號　喪

《紅樓夢》第六十九回：秋桐正是抓乖賣俏之時，他便悄悄的告訴賈母王夫人等說：「專會作死，好好的成天家號喪，背地裏咒二奶奶和我早死了，他好和二爺一心一計的過。

按：《長沙方言詞典》第 152 頁：號喪，①哭靈；②哭（罵人的話）。《紅樓夢》此處爲第二種解釋。

失　錯

《紅樓夢》第二回：（寶玉）常對跟他的小廝們說：「這女兒兩個字，極尊貴、極清淨的，比那阿彌陀佛、元始天尊的這兩個寶號還更尊榮無對的呢！你們這濁口臭舌，萬不可唐突了這兩個字要緊。但凡要說時，必須先用清水香茶漱了口才可；設若失錯，便要鑿牙穿腮等事。」

按：《長沙方言詞典》第 99 頁：失錯，不是有意地做錯事。

該　應

《紅樓夢》第七十一回：寶玉道：「誰都像三妹妹好多心。事事我常勸你，總別聽那些俗語，想那俗事，只管安富尊榮才是。比不得我們沒這清福，該應濁鬧的。」

按：《長沙方言詞典》第 118 頁：該應，本該應當。其實「該應」有「命該如此」的意思。《長沙方言詞典》說是「帶有迷信色彩」，我以爲是一種命定論觀念。

此外，我在對《紅樓夢》語言的考察中，還發現尚有相當一部份語彙在湖南民間日常生活中經常運用。如醒脾（第八回，指「尋開心」）；沖一沖（第十一回，指「舊時給病人沖喜消災」）；厭氣（第十三回，也說「落氣」，指「人死時的情狀」）；乍著膽子（第十九回，《長沙方言詞典》第 41 頁有「麻起膽子」條目，注釋爲「壯著膽子」，《紅樓夢》第六十回尚有「仗著膽子」）；你們是一氣的（第二十一回，指「你們是一夥的」）；彎角（第二十五回，指「零碎料子」）；現世現報（第三十五回，《長沙方言詞典》第 196 頁有「現世報」條目）；樣數（第四十回，指「物品的品種數量」）；不顯盤堆的（第四十一回，《長沙方言詞典》第 129 頁：有「堆夥」條目。湖南人常說「不顯堆夥」，即不顯物品的體積和分量）；不好過（第四十二回，有「人不舒服或生病」）；興出新文（第四十五回，指「帶頭搞出新花樣」，時有貶意）；五兩銀子夾了半邊（第五十一回，「夾」指分割，「夾了半邊」指被去掉了一半）；躲懶（第五十六回，指「偷懶」）；歹話（第五十七回，指「壞話子」）；不隨去（第五十九回，指「不跟著去」）；拜把子（第六十回，指「江湖結拜」）；湯泡飯（第六十二回，指「用湯淘飯」。也有「茶泡飯」。跟江浙滬地區的「泡飯」頗爲不同）；該的（第六十三回，指「應該或理該」）；拐（第六十五回，「把我姐姐拐了來做二房」，指「騙了來」。第七十八回，寶玉說，「不但不丟醜，倒拐了許多東西來」，這是一種自謙自愧自嘲的說法）；藏開（第六十五回，指「躲藏開來」）；降不住（第六十八回，指「制服不了或管束不住）；刀靶（第六十八回，「靶」《長沙方言詞典》作「欛」。刀靶即指「刀柄」）；下截（第七十五回，指「下面一段」，此處「截」爲量詞）；對查（第七十六回，指「相互檢查」。第五十回，還有「三人對搶」，「對搶」指相互搶先或搶奪）；眼生（第七十七回，指「沒有見過」）；記號（第七十七回，指「標記」。《長沙方言詞典》第153頁：有「號記」條目，解釋爲「做記號」。「號記」是動作，「記號」是「號記」的結果）……

必須指出，地域方言是有一定的標準的，但方言也有地域交叉的現象，方言也可能演變成普通話的用語，方言考訂中亦存在著難以決斷的種種複雜情狀。我所列舉的90條方言用語以及相關的其它地方詞語，是將其放置在湖南、主要是長沙這個地區的整體語境中來加以辨析與確認的。我絕不忽視《紅樓夢》語言中的北方語彙和江淮地區的方言語彙。只是想明確地認定，《紅樓夢》語言當中存在著明顯極了的湖南方言系統的特徵。

《紅樓夢》中的湖南方言，僅就本人所檢出的相關詞語數量已經逾百，內中名詞、動詞、代詞、形容詞、數量詞、副詞等一應俱全，而且這些方言語彙廣布全書各回。事實表明，《紅樓夢》中湖南方言現象的呈現，具有系統性、多向性、豐富性和完整性，從而有力地證明了，《紅樓夢》的原始作者，提供了一個用湘方言寫作、故事框架相對完整的原始文本，交與曹雪芹去披閱增刪。

脂硯齋理當享有《紅樓夢》的署名權

《紅樓夢》的研究中，脂硯齋是何許人，一直是個謎。我以爲要弄清這個人的眞面目，需從脂評和《紅樓夢》文本中尋求解答，所謂小心求證而非憑空臆想。

《紅樓夢》的創作過程

傳世的甲戌本、己卯本、庚辰本等脂評本，表明《紅樓夢》尚處在創作過程中。《紅樓夢》題名極多——從《石頭記》到《情僧錄》、《紅樓夢》、《風月寶鑒))、《金陵十二釵》，再到《石頭記》。一直到曹雪芹逝世爲止，該書尚未完成，而名稱則一改再改。

該書創作存有「凡例」，始現於甲戌本卷首。第五回脂批：「按此書凡例，無贊賦閒文。前有寶玉二詞，今復見此一賦，何也？該此二人乃通部大綱，不得不用此套。」可見《紅樓夢》有「凡例」，並根據創作的實際需要在不斷地突破凡例。由此也可以證明，甲戌本前面所存「凡例」是可信的。

爲什麼需要凡例？《紅樓夢》的原始作者叫「石頭」。這位原始作者說：「此書開卷第一回也。作者自云：因曾歷過一番夢幻之後，故將眞事隱去，而借『通靈』之說，撰此《石頭記》一書也。故曰『眞事隱』云云。」事情已清楚，原始作者已經撰寫有一個原始稿本叫《石頭記》，他刻意要隱去眞事，也隱去自己的眞實姓名。此後由於各種複雜的社會原因和自身心態，「石頭」決意把這個龐大的創作計劃交給曹雪芹去完成。於是「曹雪芹於悼紅軒中披閱十載，增刪五次，纂成目錄，分出章回」。

需要繼續追問的是：那個石頭先生此後幹什麼去了？我讀脂批，根據脂硯齋對作品結構和創作意圖爛熟於心的狀況，一直在懷疑：脂硯齋是否就是石頭？

我設想：石頭把任務交給了曹雪芹，可他並未就此歇手。他把自己的名字改成了脂硯齋，只不過是進行了一個角色上的轉換：由原始作者變成了合作者、指導者與評點者。於是，他就勢必要做這樣幾件事：

一、給曹雪芹交待創作意圖或創作構思。因此「凡例」應運而生。

二、通過評點，交待故事情節和人物命運的發展線索。

三、通過評點，給曹雪芹以必要的鼓勵和指點。

四、進一步闡明自己的創作的指導思想與美學觀點。

五、幫助曹雪芹抄寫和閱校。

我以爲脂評本既可供人傳閱，更重要的是一個工作交流本。既爲上一步工作作總結，又爲下一步的創作與修改提供一個清楚的稿本。可以說，脂硯齋每抄寫、重評一次，曹雪芹的創作就進展一步、提高一步、完善一步。

此外，在創作過程中，圍繞著脂硯齋和曹雪芹，還有一些人在關心，在評點，在出主意。故脂評本中所顯現的梅溪、松齋、棠村、畸笏叟等人，在沒有切實根據的情況下，不必亂猜是某某，更不要硬說是曹雪芹或脂硯齋。

最近，我已在《中華讀書報》、《上海大學學報》上撰文論述：《紅樓夢》的原始之作是用湘語寫成的。《紅樓夢》的原始作者不是曹雪芹，而是一個有在湖南長期生活經歷的人士。

現在的關鍵在：是否有材料證明，脂硯齋跟湖南有何種聯繫？若有，就邏輯地溝通了原始作者與評閱者之間的關係。

還是看脂評。

甲戌本第三回有一眉批：近聞一俗笑語云，莊農人進京，回家眾人問曰，「你進京去可見些個世面？」莊人曰：「連皇帝老爺都見了。」眾罕然問，「皇帝如何景況？」莊人曰，「皇帝左手拿一金元寶，右手拿一銀元寶，馬上捎著一口袋人參，行動人參不離口。一時要屙屎了，連擦屁股都用的是鵝黃緞子，所以京中掏茅廝的人都富貴無比。」試想稗官寫富貴字眼者，悉皆莊農進京之一流也。蓋此時彼實未身經目睹，所以皆在情理之外焉。按：此批中的「屙屎」、「茅廝」都是方言，《長沙方言辭典》中有相關條目。脂批借用了「廝」這個字，透露出他會使用湖南方言的信息。甲戌本第二十五回有若干旁批：「賊婆！先用大鋪排試之。」「賊盜婆！是自太君思忖上來後，用如此數語收之，是太君必心悅誠服願行。賊婆，賊婆！費（原爲「廢」）我作者許多心機摹寫也。」「賊婆操必勝之權（疑爲「券」）……」同回眉批「寶玉乃賊婆之寄名兒……」此外，庚辰本的相關批語中也出現「賊婆」字眼。這些批語中的「賊婆」，是對馬道婆這個人物的稱呼。長沙方言中有「賊老倌」、「賊婆子」之稱。證明脂批者懂得湖南方言。

甲戌本第八回有一旁批，「如此找前文，最妙，且無逗筍之跡」。逗筍即逗榫。其它地方說：「接榫」、「合榫」、「卯榫」，惟獨湖南方言說「逗榫」。脂評中，畸笏叟用的是「合筍貫連」，而脂硯齋在其評論中，特別重視「筍楔」和「楔緊」，要求作品結構上無逗筍之跡，是知脂硯齋能熟練使用湖南方言詞語。

我以爲，上述三條材料足可證明，脂硯齋是一個懂得並能夠駕馭湖南方言的人。既然傳世的《石頭記》原始文本是用湘語寫成的，而脂硯齋又對其情節結構、人物線索、託言寓意等等瞭如指掌，由此可知，石頭即脂硯齋，其身份大抵可確定無疑了。

「脂硯齋」形象描繪

鑒於「脂硯齋」的多重身份，所以他批起書來就顯得非常之瀟灑：時而面對曹雪芹，時而面對「觀者」，更時而面對社會，面對子孫後代，有時還面對自己和自己作品中的人物。「生不逢時，遇又非偶」，這是他對人生的感歎。「雨村者，村言粗語也。言以村粗之話，演出一段假話也。」《石頭記》中的村言粗語不要太多，此乃他作者的夫子自道。「此銜無考，亦因寓懷而設置勿論」，這是他爲《石頭記》第二回，「金陵城內欽差金陵省體仁院總裁甄家」所作的旁批，這個頭銜顯然是他自己所杜撰。「不如意事常八九，可與人言無二三，以二句批是擬聊慰石兄，」這是他的自我安慰，自我超脫。「垂涎如見，試問（璉）兄寧有不玷平兒乎？」他自己這樣來理解、來塑造人物，其作者之態，躍然而出！「眞有這樣標致人物！出自鳳口，黛玉丰姿可知。宜作史筆看。」讀到這裡，筆者也忍不住要說，將記憶中的她，那個美麗的瀟湘妃子，重塑於自己寫作的作品之中，石兄啊，脂硯兄啊，你完全可以自慰了！

「石頭」、「脂硯齋」爲什麼要找曹雪芹合作？曹雪芹又爲什麼會接受他的邀請？從脂批中可以找到解答。《石頭記》第一回夾批，「這是第一首詩，後文香奩閨情皆不落空。余謂雪芹撰此書，中亦爲傳詩之意。」分明地道出了雪芹意欲傳詩的主觀願望。第二回夾批，「只此一詩便妙極，此等才情自是雪芹平生所長。」可知脂硯齋是非常之欣賞曹雪芹的詩才的。到了第二十七回對《葬花吟》所作的夾批與眉批，將曹雪芹的詩才簡直是推崇到了極點：「詩詞歌賦如此章法，寫於書，上者乎！」「開生面，立新場是書多多矣。惟此回處生更新，非顰兒斷無是佳吟，非石兄斷無是情聆。難爲了作者，故留數字以慰之。」情聆，就是他自己帶著感情欣賞。此外，庚辰本第七十五回的前葉有題記：「乾隆二十一年五月初七日對清。缺中秋詩。俟雪芹。」脂硯齋 1756 年所作的這條批語，說明《石頭記》中凡是需要詩詞的地方就空著，等曹雪芹去寫。如今《紅樓夢》第七十五回這三首詩依然空缺，原因大概是曹雪芹身體不大好來不及完成，亦或是曹雪芹著意空著，讓讀者去想像。

要說脂硯齋自身的藝術素養，他關注民風民俗，重視俗文俗語，不但會使用稗官之筆，而且對小說創作界的現狀有廣闊而精到的瞭解。他跟梨園子弟有著廣泛的交往，熟悉傳奇戲劇，而且他還懂繪畫，懂園林。甲戌本第七回眉批，「余素藏仇十洲《幽窗聽鶯暗春圖》，其心思筆墨已是無雙，今見此阿鳳一傳，則覺畫工太板。」現傳世的《石頭記》中寫得最精彩的人物當數王熙鳳。據賈母介紹：「他是我們這裡有名的一個潑皮落戶兒，南省俗謂作辣子，你只叫他鳳辣子就是。」《長沙方言詞典》中有「蠭辣子」條目，「一種綠色的蟲，接觸人的皮膚後，使人感到如火燒似的難受。」作者爲她取了這麼一個頗具地方特色、又切合人物性格的名字。脂硯齋又作出了這樣的批語，足見他對自己（包括曹雪芹在內）的「心思筆墨」的欣賞，簡直到了自我陶醉的地步！而曹雪芹，「舊有風月寶鑒之書」的寫作實踐，也正巧長於繪畫，長於詩歌，也與「石頭」作者有類似的人生遭際。雪芹友人郭敏《贈芹圃》詩云：「尋詩人去留僧舍，賣畫錢來付酒家。燕市哭歌悲遇合，秦淮風月憶繁華」，可睹其眞實面目。應該說，人生際遇上的相憐互憫，文藝素養上的相通互補，是石頭（脂硯齋）和曹雪芹事業上長期合作的基礎。

就人生經歷而言，脂硯齋有過鶺鴒之悲，棠棣之威，末世之歎。他在批書中不止一次地訴說過自己心態的悲涼。「才自精明志自高，生於末世運偏消。」他在這二句詩後批曰：「感歎句，自寓！」第十三回眉批：「樹倒猢猻散之語，全猶在耳，曲指三十五年矣。傷哉，寧不慟殺。」

從甲戌年（1754）上溯 35 年，爲己亥年（1719），想他大致生於十八世紀最初幾年。曹雪芹壬午除夕（1763）或癸未除夕（1764）逝世後，脂硯齋的身體與心情都不大好。甲戌本轉錄中留下的新眉批，「能解者，方有辛酸之淚哭成此書。壬午除夕，書未成，芹爲淚盡而逝。余嘗哭芹，淚亦待盡……」根據靖藏本批語，「前批者聊聊（寥寥之誤），不數年，芹溪、脂硯、杏齋諸子皆相繼別去，今丁亥夏，只剩朽物一枚，寧不痛殺。」丁亥爲 1767 年，由此推算，脂硯齋大概卒於 1767 年夏以前，享年六、七十歲左右。

結束語

脂硯齋根據自身情感經歷與社會世族興衰爲基礎，結撰了《石頭記》的大致框架，此後他又經歷了與曹雪芹合作創作的全過程。然而，對自己的隱姓埋名，他始終處於痛苦的、矛盾的狀態。或許是世事的變故，使他嚇得不敢直面，可「胸中悒鬱」又不泄不能自已。於是在脂評中他總是要自覺不自覺地顯露出自己的創作構思和作者身份。庚辰本第二十一回批曰:「有客題《紅樓夢》一律，失其姓氏，惟見其詩意駭警，故錄於斯。『自執金矛又執戈，自相戕戮自張羅。茜紗公子情無限，脂硯先生恨幾多。似幻似眞空歷遍，閒風閒月枉吟哦。情機轉得情天破，情不情兮奈我何。』凡是書題者不可（不以）此爲絕調。詩句警拔，且深知擬書底裏，惜乎失石矣。」其實這是脂硯齋留給世人，也留給歷史的一種心靈的傾訴！脂硯齋分明「深知擬書底裏」，可惜他不得不失「石」之名、復失「實」之事。他的心不甘啊！商之雪芹，「你看書名是否可以叫做《脂硯齋重評石頭記》？」曹雪芹深切地理解這位長於自己的合作夥伴，胸懷開闊地慨然贊成以此書名來傳世。一部《紅樓夢》，世代感人情。脂硯齋在《紅樓夢》的創作、評點和傳播上所貢獻的不朽勞績，應該爲歷史所銘記。脂硯齋理當享有《紅樓夢》傳世的署名權。

紅學筆記

《紅學筆記》這個題目，擬圍繞《紅樓夢》創作的相關地域特徵而展開，將我接觸到的資料和所作出的思考奉獻給學界和廣大讀者。

一、「子」尾

豐富的「子尾」是湖南方言的重要特徵，而《紅樓夢》中不少詞語都帶著「子」尾。為了節省同仁們翻檢的時間，現將有關回目中帶「子尾」的語彙分別列出，提供研究。

紫檀架子，神妃仙子，鳳辣子，璉嫂子（第三回）。生意擔子，地租子，出門子，心眼子，小丫頭子，嬸子（第六回）。花樣子，藥末子，小姑子，挺腰子，小叔子（第七回）。鐘子（第八回）。馬鞭子，新法子（第九回）。小舅子（第十回）。一檔子，上檔子，園子（第十一回）。吃碗子（第十六回）。姨妹子，手帕子（第十九回）。狐媚子，硼一點子，拐棍子，一場子（第二十回）。花領子，奶媽子，打結子（第二十四回）。丫頭子，汗巾子，紗屜子，鞋面子，兩塊子（第二十五回）。一程子，使性子（第二十六回）。山坡子，茶爐子（第二十七回）隔面子，門檻子，一罎子，嘴巴子，籤子（第二十八回）。娘母子，鵝黃緞子，蟒袱子，經袱子，煞性子，撈什骨子（第二十九回）。絹帕子，一下子（第三十回）。燈穗子（第三十一回）。墊心子，扇套子，蝴蝶結子（第三十二回）。一家子，兩下子（第三十四回）。雙分子，小蟲子，蠅帚子，雀兒籠子，勞什子，賭氣子（第三十六回）。小點子，花點子（第三十七回）。兩個子（第三十九回）。夾被心子，叉爬子，水亭子（第四十回）。取個子來，多喝點子，書架子，灌他十下子，碎釘子，雞脯子肉，乾果子，瓷罐子，黑老鴰子，卷子，一罎子，半盤子，扁豆架子，花障子，可夠他繞回子好的，集錦隔子（第四十一回）。墳圈子，實地子月白紗，菜乾子，抽繫子，大姑子小姑子，風爐子（第四十二回）。小櫈子，巧法子，苦瓠子，老姑子（第四十三回）。細簪子（第四十四回）。仗腰子，紮窩子，陳穀子，幾板子，銀銚子（第四十五回）。兩籠子，人牙子，手批子（第四十六回）。一把子，話口袋子，小騷達子，狐皮襖子（第四十九回）。燙婆子，銀弔子，眼皮子淺，一搭子，藥弔子（第五十一回）。大膽子（第五十二回）。花園子，磬槌子（第五十三回）。茶弔子（第五十四回）。飯桌子，一扺子（第五十五回）。兩摺子（第五十六回）。兩件子，小東西子，弔根子，帳篇子，當票子（第五十七回）。闔家子，柳籃子，耳刮子（第五十九回）。吵一處子，毛崽子，小粉頭子，拜把子，半盞子，小簍子，牛奶子（第六十回）。草根子，兩車子，這點子，南角子，媽媽子，炭簍子，磁瓦子（第六十一回）。頑一回子，石凳子，兩盤子（第六十二回）。柳嫂子，一盈子，粉箋子，炒豆子，野驢子，鬧亂子（第六十三回）。打簾子，兩窩子（第六十四回）。常法子，醋罐子（第六十五回）。好胎子，小妹子（第六十六回）。抹了一鼻子灰，腦袋瓜子（第六十七回）。嘴巴子（第六十八回）。幾個子（第七十回）。角門子，做法子（第七十一回）。夾袍子，地縫子，這點子事，一股子（第七十二回）。奶媽子（第七十三回）。香袋子，好法子（第七十四回）。娘老子，廚子（第七十五回）。丸藥方子，黑沙弔子（第七十七回）。人腦子，醋汁子（第八十回）。

必須指出，我並無意將上述這些帶子尾的詞語都歸入湖南方言範疇，只期望對這種語言現象進行多方位的解析，以期對《紅樓夢》的語言的複雜地域特徵有一個正確的認識，從而破除那種「《紅樓夢》的語言基本上是典範的「北京話」的神話。

這裡我有必要就《紅樓夢》第十六回「吃碗子」這一詞語的出現表明自己的觀點：「快盛飯來，吃碗子還要往珍大爺那邊去商議事呢」，賈璉的這種語調，在我的人生經歷（由湖南而京津而江浙滬）與語言感悟中，我以爲是屬於湘土的，就像我在故鄉會經常接觸到「娘母子」、「娘老子」、「大嫂子」、「小姑子」、「小叔子」、「姨妹子」等等稱謂一樣。

二、尋找表達方言的字或詞語

作家使用方言，最大的困難是難以找到與「音」、「義」恰相吻合的字或詞語。

比如「撮」這個字，《紅樓夢》就有多種用法。1. 第十五回：虧這一陣風來，把個老婆子撮了去了。「撮」本應寫作「趖」，騙也，長沙方言中有「趖巴子」「趖白」等詞語。可原始作者不知道這個字應該怎樣寫，故借用了這個「撮」字（韻母相同）。2. 第六十二回：撮土掩埋平服。長沙方言中「撮」是一個動詞，撮土或撮垃圾。3. 第五十六回：各處笤帚、撮簸、撣子並大小禽鳥、鹿、兔吃的糧食。此處的「撮簸」，疑原寫作「撮箕」，係長沙方言詞語。曹雪芹不懂什麼叫「撮箕」，原始作者解釋說「撮箕」就是常言的「簸箕」，故「簸」字竄入正文，而同時漏了一個「箕」字。另外，第六十八回：我又是個心慈面軟的人，憑人撮弄我，我還是一片癡心。此處「撮弄」似為「捉弄」，但與湘方言無涉。

又比如《紅樓夢》寫環境安靜，多用「鴉雀無聞」，有時也用「鴉雀不聞」、「鴉雀無聲」、「寂靜無人」等。非常有意思的是庚辰本第五十回「鴉沒雀靜」的地方有一條脂批：「這四個字俗語中常聞，但不能落紙筆耳，便欲寫時究竟不知係何四字，今如此寫來，眞是不可移易。」可見方言語彙落筆時眞難！當然，我至今並不知哪個地方的方言說「鴉沒雀靜」，記在這裡，求教方家。（長沙方言中有「宿林清靜」的說法。這四個字也只不過是我現在根據自己的理解杜撰出來的，見笑，決不敢就說「不可移易」。）

三、湘方言（或準方言）

2003 年秋冬之際，我回故鄉進行《紅樓夢》相關方言調查。

從鄉親們那裏，又獲得了一批湘方言詞語的認定——

第六十三回：該的（指「應該的」）

第六十四回：先（《長沙方言詞典》第 194 頁：「先前」）

第六十五回：響亮話；隨他的便

第六十七回：治傢伙（指「買傢具之類」）

第七十回：頓了一頓（指「來回拉直拉緊」）

膈肢（《長沙方言詞典》第 177 頁：「溜夾肢」，在別人身上抓撓，使發癢。例句：「來，我們溜他的夾肢。」）

第七十一回：該班（指「當班」「挨班」之類）

眼尖

第七十二回：地縫子

第七十四回：掐尖（《長沙方言詞典》第 62 頁：「掐」，用拇指與另一指頭相對使勁將物截斷，如「掐菜」「掐花」。「掐尖」指把菜之類的尖子打掉。《紅樓夢》此處是借用此意）

第七十六回：踒了腿（《長沙方言詞典》第123頁：「踒」，指（腳）扭傷）

第七十七回：瞭哨（指「放哨」）

四、「並不爲奈邦難人」？

《紅樓夢》第三十七回，「蘅蕪苑夜擬菊花題」——湘雲依說將題錄出，又看了一回，又問該限何韻？寶釵道：「我平生最不喜限韻的，分明有好詩，何苦爲韻所縛。咱們別學那小家派，只出題不拘韻，原爲大家偶得了好句取樂，並不爲奈邦難人。」湘雲道：「這話很是……」。以上是庚辰本原文。

紅樓夢研究所校注本「從甲辰本改」作：「並不爲此而難人。」鄭慶山先生《脂本彙校石頭記》校記：「並不爲愛那難人」，原作「並不爲奈邦難人」，庚辰本、蒙府本、楊藏本、列藏本同。戚序本「奈邦」作「那些」，舒序本作「奈那」，夢序本作「此而」，程甲本作「以此」。按，「奈」爲「愛」之音誤，徑改。「邦」爲「那」之形訛，從舒序本改。

我以爲上述校改值得推敲。「奈邦」，在長沙方言中意爲「哪幫」（或「那幫」）。「哪」（原當作「那」）讀作「lai˩」，正與「奈」的音讀相近。我以爲這話應該校改爲：「並不爲難哪幫人。」在曹雪芹那個時代則應校改爲「並不爲難那幫人。」

五、「攪過」？

《紅樓夢》第五十九回——那婆子聽如此說，自不捨得出去，便又淚流滿面，央告襲人等說：「好容易我進來了，況且我是寡婦，家裏沒人，正好一心無掛的在裏頭伏侍姑娘們。姑娘們也便宜，我家裏也省些攪過。我這一去，又要去自己生火過活，將來不免又沒了過活。」

校注本云：攪（jiáo）過——即日常的吃穿用度。

我的看法是，攪過作爲詞語不大通。長沙方言中，有「繳用」一詞。《長沙方言詞典》注爲，生活上的開支……在這部詞典中，「繳」與「攪」同一讀音。「攪過」是抄寫者不大懂方言，抄錯了。也許眼花了，與下面兩個「過」字混起來了。「攪過」實際上原始之作當爲「攪用」。

六、不像

《紅樓夢》第四十回：賈母搖頭道：「使不得。雖然他省事，倘或來一個親戚，看著不像。……」「不像」在長沙方言中為「不體面」，「不像樣」。這裡賈母所說，是指薛寶釵閨房內的擺設過於簡單素淨。

《紅樓夢》第六十三回：（壽怡紅群芳開夜宴）眾人說：「也都該散了。」襲人寶玉等還要留著眾人。李紈寶釵等都說：「夜太深不像，這已是破格了。」不像：「不體面」，「不成體統」，「不像樣子」。

七、歇臂（？）

《紅樓夢》第七十五回：（賈珍原來）以習射為由，請了各世家弟兄及諸富貴親友來較射。……（但）賈珍志不在此，再過一二日便以歇臂養力為由，晚間或抹抹骨牌，賭個酒東而已，至後漸次至錢。如今三四月的光景，竟一日一日賭勝於射了……

紅樓夢研究所校注本校記：歇臂，底本及蒙府、夢稿本作「歇背」，戚序、甲辰本作歇肩。徑改。

長沙方言中說「歇肩」，「歇一下肩」。戚序、甲辰本對，徑改改錯了。

八、凸凹

《紅樓夢》第七十六回，史湘雲對林黛玉說，「這山上賞月雖好，終不及近水賞月更妙。你知道這山坡底下就是池沿，山坳裏近水一個所在就是凹晶館。可知當日蓋這園子時就有學問。這山之高處，就叫凸碧；山之低窪近水處，就叫作凹晶。這『凸』『凹』二字，歷來用的人最少，如今直用作軒館之名，更覺新鮮，不落窠臼。可知這兩處一上一下，一明一暗，一高一矮，一山一水，竟是特因玩月而設此處。有愛那山高月小的，便往這裡來；有愛那皓月清波的，便往那裏去。只是這兩個字俗念作『窪』『拱』二音，便說俗了，不大見用，只陸放翁有了一個『凹』字，說『古硯微凹聚墨多』，還有人批他俗，豈不可笑。」林黛玉道：「也不只放翁才用，古人中用者太多。如江淹《青苔賦》，東方朔《神異經》，以至《歷代名畫記》上云張僧繇畫一乘寺的故事，不可勝舉。只是今人不知，誤作俗字用了。實和你說罷，這兩個字還是我擬的呢。……」

長沙方言，凸讀作「拱」(見《長沙方言詞典》第 262 頁)，凹讀作「乙」(見《長沙方言詞典》第 107 頁)。

南京方言，凸讀作「禿」(見《南京方言詞典》第 324 頁)，凹讀作「ↃO」、」(見《南京方言詞典》第 151 頁)。

北京話，凸讀作 tū（突）；凹讀作āo（熬），用於地名則讀作 wā（窪）。

《紅樓夢》中凹俗讀作「窪」，凸俗讀作「拱」，一北京，一長沙，一北一南，正應證了脂批關於《紅樓夢》「東西南北互相兼用」的創作主張。我以爲這是脂硯齋和曹雪芹討論創作時，刻意留下的「避其東南西北」的文字痕跡。

九、打聯垂

《紅樓夢》第五十二回，寶琴對寶玉說起，「我八歲時節，跟我父親到西海沿子上買洋貨，誰知有個眞眞國的女孩子，才十五歲，那臉面就和那西洋畫上的美人一樣，也披著黃頭髮，打著聯垂．滿頭帶的都是珊瑚、貓兒眼、祖母綠這些寶石……」

《紅樓夢》第六十三回，芳官對寶玉說，「咱家現有幾家土番，你就說我是個小土番兒。況且人人說我打聯垂好看，你想這話可妙？」

《紅樓夢大辭典》「聯垂」條：「西域民族及西洋女子常見髮式。梳法將頭髮分編成若干條髮辮互相聯屬垂綴。」

其實，「打聯垂」是長沙民間語言的一種說法。聽到這個詞，已經遠逾半個世紀了。「打聯垂」和「打辮子」「打耳垂子」一樣，都是小女孩或少女們的一種裝扮。不言「紮辮子」「帶耳環」，而愛說「打××」，這是長沙方言的一個特徵。「打聯垂」顯然不是一個外來詞，至於這個詞的形成和確切含意，尚需作進一步的考查。

十、金薆草（一）

《紅樓夢》第十七回至十八回：寶玉對賈政說起大觀園中的所植物種，「這些之中也有藤蘿薜荔。那香的是杜若蘅蕪，那一種大約是茝蘭，這一種大約是清葛，那一種是金薆草，這一種是玉蕗藤，紅的自然是紫芸，綠的定是青芷。想來《離騷》《文選》等書上所有的那些異草，也有叫作什麼藿納薑蕁的，也有叫作什麼綸組紫絳的，還有石帆、水松、扶留等樣，又有叫什麼綠荑的，還有什麼丹椒、蘼蕪、風連。如今年深歲改，人不能識，故皆象形奪名，漸漸的喚差了，也是有的……」

己卯、庚辰本第十七、十八回脂批：「金簦草見《字彙》。玉蘅見楚辭『茝蘅雜於蘼蒸』。茝葛芸芷皆不必注，見者太多。此書中異物太多，有人生之未聞未見者，然實係所有之物，或名差理同者亦有之。」

脂評作者特別關注金簦草。《紅樓夢》作者又在敘述中確切地認識金簦草。那麼，金簦草是什麼樣子的呢？《紅樓夢大辭典》「金簦草」條注：「草名。《廣韻》：『簦，金簦草』。《拾遺》記：『武帝爲撫軍時，砌下生草三株，狀若金簦。』其狀已不可考。」

據我兒時所歷，曾於瀏陽河地域見過一種俗稱「燈盞花」的物種，其名稱是母親教給我的。查上海辭書出版社《簡明生物學詞典》，內有「燈盞細辛」條：亦稱「燈盞花」、「短葶飛蓬」。菊科。多年生草本。根狀莖木質，密生多數鬚根。莖直立，高 5～50 釐米。基生葉蓮座狀，匙形或倒卵狀披針形，基部下延成柄；莖生葉 2～4 個，矩圓形。頭狀花序頂生，單個，舌狀花二三層，紫色，兩性花管狀，黃色。生於開曠山坡或林緣。分佈於我國西南和湖南、廣西等地。全草入藥，性溫、味辛微苦，功能散寒解表、祛風除濕、活絡止痛，主治腦血管意外癱瘓、小兒麻痹和腦炎後遺症的癱瘓、跌撲損傷、風濕痹痛、胃痛、感冒等疾病。而現在藥房可見「燈盞花素片」的成藥。

金簦草，明代文獻有記載，清代小說有確切敘述。我想自那以來，至今只有二百餘年的歷史，一種野生物種不可能就那麼快地消亡，所以「其狀已不可考」的說法尚可存疑。我雖不敢斷定楚地風物「燈盞花」就是《紅樓夢》大觀園中的金簦草，但依據寶玉的「象形奪名」的生物學理論，在這裡聊備一說，似乎應被容許。

十一、金簦草（二）

2003 年秋冬之交，到長沙縣五美山等地尋找兒時見過的燈盞花。但這年嚴重乾旱，四處覓不到燈盞花的身影。

到湖南省圖書館查閱《湖南植物志》第二卷，其 761～762 頁「千金藤」條云，千金藤有異名叫「金燈盞」。介紹如下：

多年生落葉木質或草質藤本，長可達 5m 左右；全株光滑無毛；莖稍細弱，老時木質化，綠色，有縱條紋；根圓柱狀，粗長而非肉質，外皮黃褐或暗褐色，內黃白色，無團塊狀根。葉互生，紙質或近薄革質，闊卵圓形或三角狀卵圓形，長寬近相等，長 4～8cm，寬 3～7.5cm，先端或微凹，基部近截形或圓形，有時微凹，全緣；腹面深綠色，有光澤，背面灰白色，常被白粉，有時沿葉脈有細毛，兩面光滑無毛；輻射脈 7～9 條；葉柄盾狀著生於葉背基處，長 5～8cm。花單性，異株，多數排列成傘狀至聚傘狀花序，腋生，無毛，總花梗一般較葉柄短，長約 2.5～4cm；花小，黃綠色，有梗；雄花：萼片 6～8 枚，卵形或倒卵形；花瓣 3～5 片，卵形，長爲花萼之半；聚藥雄蕊花絲結合成椿狀，雄蕊 6 枚，合生，環列於花絲柱狀體頂端；雌花：萼片與花瓣同數，3～5 枚；無退化雄蕊；雌蕊子房上位，卵圓球形，柱頭 3～6 裂，外彎。果爲核果，近圓球形，直徑約 6mm，熟時紅色，內果皮堅硬，壓扁，馬蹄形，背部具小疣狀突起，兩側凹陷，胎跡不穿孔。花期 5～6 月，果期 8～9 月。

產地較廣，如湘西北桑植（八大公山）、石門（壺瓶山）、湖南新宇（紫雲山）等地。喜生於海拔 1000m 以下山地或丘陵的山坡、灌叢、溝谷、溪邊、村寨旁、曠野路邊等環境。我國分佈於河南，安徽、江蘇、浙江、湖北、江西、福建、臺灣、貴州、四川、雲南等省。日本、朝鮮、菲律賓、斯里蘭卡、印度、馬來西亞、大洋洲也有分佈。

十二、民俗

《紅樓夢》第五十八回：正胡思間，忽見一股火光從山石那邊發出，將雀兒驚飛。寶玉吃一大驚，又聽那邊有人喊道：「藕官，你要死，怎弄些紙錢進來燒？我回去回奶奶們去，仔細你的肉！」寶玉聽了，益發疑惑起來，忙轉過山石看時，只見藕官滿面淚痕蹲在那裏，手裏還拿著火，守著些紙錢灰作悲。寶玉忙問道：「你與誰燒紙錢？快不要在這裡燒。你或是爲父母兄弟，你告訴我姓名，外頭去叫小廝們打了包袱寫上名姓去燒。」藕官見了寶玉，只不作一聲。

按：長沙風俗，如今叫「燒包」。我所經歷的是，二十世紀五十年代，家裏每年農曆七月十五日，燒包給逝去的祖先。此時，父親叫我「寫包」。正面豎寫，右上爲祖先安葬的地方（方位地址），中間爲祖先名字，左下爲致祭人地址姓名。反面書一「封」字，或楷或草。據說，這樣祖先才能收得到，而野鬼們又搶不去。包裏裝的是錢紙，記不清一個包內裝多少張了。這樣的「寫包」差事，在二十世紀八十年代四舅逝世時，我又擔負過一次。

《紅樓夢》第七十八回：世上凡該死之人閻王勾取了過去，是差些小鬼來捉人魂魄。若要遲延一時半刻，不過燒些紙錢澆些漿飯，那鬼只顧搶錢去了，該死的人就可多待些個工夫。

按：「漿飯」在長沙地區的祭祀活動中，叫「撒水飯子」。記得少年時跟父親去掃墓。在祖先墓碑前，點燃香燭，放置供品，燃燒紙錢，燃放鞭炮，跪拜如儀。結束時，將一些碎紙錢點燃，撒在周圍其它墓地，同時又將預先準備的「水飯子」（燒好的米飯泡上冷水）也四處撒一撒。據說是給野鬼們享用的。

這種種風俗，我不知道其它地方有沒有？因為時代變化了，舊時風俗正在消亡，寫在這裡，聊以備考。

十三、關於方言語法

《紅樓夢》第二十八回：寶玉笑問道：「寶姐姐，我瞧瞧你的紅麝串子？」可巧寶釵左腕上籠著一串，見寶玉問他，少不得褪了下來。寶釵生的肌膚豐澤，容易褪不下來。寶玉在旁看著雪白一段酥臂，不覺動了羨慕之心……」

鄭慶山先生《脂本集校石頭記・敘例》提及，《紅樓夢》「有少量不合邏輯的矛盾句，如『容易褪不下來』……」

其實，這是湖南方言的一種語法表達方式，將否定副詞「不」置於形容詞「容易」之後，強調「褪不下來」很容易。意即不容易褪下來，並非不合邏輯。

又《紅樓夢》第五十一回：麝月（對晴雯）說道：「你死不揀好日子！你出去站一站，把皮不凍破了你的。」

這又是一種湘方言語法表達方式。1. 用否定表肯定。2. 用把字句將賓語提前。藉以表示強調的語氣。我在方言調查時，鄉親們自造了好幾個類似的句式，如「砍腦殼不砍了你的！」「看屁股不打爛你的！」「外頭好冷，不穿衣囉，不凍死你的！」……

又脂硯齋甲戌本第三回眉批，「連擦屁股都用的是鵝黃緞子。」法國陳慶浩《新編石頭記脂硯齋評語輯校增訂本》認為表達有訛。「校正訛文」作：「連擦屁股都用的（都）是鵝黃緞（綾）子。」著重處都以為是訛處。

其實，範圍副詞「都」修飾對象不同，含義也不一樣。這裡將「都」置於「用的」之前，而非置於「是鵝黃緞子」之前，意在強調皇帝生活的奢侈，連擦屁股都用緞子，更何況其它。用意更深刻。湘方言經常用這種「都」的表達方式以示程度的加深，強化表意功能。（本節相關語法問題曾請教阮恒輝教授）

十四、「脋攮」「囚攮」試解

《紅樓夢》第四十回：（劉姥姥）說道：「這裡的雞兒也俊，下的這蛋也小巧，怪俊的，我且脋攮一個。」

《紅樓夢》第三十四回：（薛蟠）又罵眾人：「誰這樣髒派我？我把那囚攮的牙敲了才罷！……」

「脋攮」一詞未見注解。疑爲「咬爛」，長沙方言讀作「ngà nan」。

「囚攮」有辭書說是罵人的話，乃依文義推演。疑爲「嚼爛」，長沙方言讀作「jiao（音剿）nan」。轉意爲「嚼舌」。

紅學問題答客問

問：您的紅學研究文章發表之後，在網上和報刊上有若干的批評意見，您有什麼想法？

答：對文學歷史陳案提出新的見解，必然遭到質疑，這在我的意料之中。

問：那麼，陳鐵健、段歆的批評文章呢？

答：他們離開了正常的學術批評軌道。

問：《中華讀書報》「爭鳴」版的相關領導爲什麼會簽發這種文章？

答：我怎麼知道。大約是被所謂「權威」嚇昏了頭吧。

問：難道他們不知道雙百方針？

答：這也要問報紙掌權的人。

問：聽說，您曾先後寫了三封公開信，對陳、段等人進行反批評，其中也有一封給編輯部的信，要求他們發表，是否有此事？

答：確有其事。但編輯部個別領導堅持不發表我的那封短信。

問：您設想通過法律手段，要求他們公開道歉，進行精神賠償？

答：想過。但所費力氣甚多。這就是中國學者的無奈！

問：向上級部門申訴呢？

答：不大喜歡採取「上壓下」的方法。

問：有人說，您的三封公開信，措詞激烈，有失紳士風度。

問：我不是紳士，更不是羔羊。

問：到現在爲此，您是否還堅持自己的見解。

答：當然堅持，並且越來越自信。我專程回湖南進行學術調查，所獲甚豐，表明我的努力。

問：當年戴不凡先生曾就這一問題發表過新的觀點，遭到批評，您怎麼看？

答：我非常敬重戴先生的探索精神。他尋找「內證」的方法是科學的，對我的啓發尤多。那種認爲不能用方言「折騰」紅樓夢的觀點是站不住腳的。周汝昌先生最近在《紀念曹雪芹逝世 240 週年》一文中還在說，「校訂小說麻煩更多，例如方言口語、無字記錄（不一定眞無字，是不知道、不會寫）……」

問：您爲什麼到老來會對紅學感興趣？

答：我對紅學一直有些興趣。但對其中的方言，一直到近來的幾遍仔細的閱讀，才獲得了突破性的認識。過去的關注點，在故事，在人物，在思想。

問：毛澤東主席不也是湖南人嗎？他爲什麼沒有發現其中的湖南方言？

答：他是以政治家的眼光在閱讀、詮釋紅樓。閱讀時的視角與關注點是很要緊的。

問：您的觀點把握性大麼？

答：方言問題很複雜。地區交叉現象屢見不鮮。除開方言專門家，一般學者與讀者是難作出準確判斷的。我有幸在湖南、在北京、在吳方言地區都生活過。我的邏輯很簡單，我例舉了《紅樓夢》中，一百多個湘方言和準方言詞語，只要哪一位學者，在中國土地上任何一個地方找出超過這個數量的相同方言語彙，那我就認輸。或者證明，曹雪芹有在湖南長期生活的經歷，我才會改變我的觀點。

問：您熟悉的是現在湖南方言，曹雪芹時代是這樣的嗎？

答：大部份湖南方言，是二十世紀四、五十年代我的童年、少年記憶。距《紅樓夢》創作年代，也就兩百年左右。而這一段時間，雖然社會正在經歷著變動，但社會生產關係、生產方式、生活方式依然相對穩定，更何況語言？

問：您的家鄉人認同您的觀點嗎？

答：網上有人將信將疑。聽朋友說，有一位湖南作家以前曾發表過相似的見解。也有網友說，我是作了部份「證是」的工作。還有人說，要找出那個原始作者，那才「有狠」。

問：談談您目前的學術心態。

答：近五六十年，中國社會生活發生了翻天覆地的變化。隨著普通話的推廣，方言正在迅速消亡，特別是方言語彙，年輕人已經完全看不懂了。作爲一個文學工作者，我有責任把自己的觀點留給歷史。否則的話，《紅樓夢》的作者疑案將永遠是一個謎。只是遺憾得很，先入爲主的思維定勢和懶得思考的守陳態度是破解學術謎團的巨大障礙。

問：那麼，曹雪芹呢？

答：請注意，我始終沒有否定曹雪芹在《紅樓夢》創作中的重要作用。但他究竟起了什麼作用，可以進一步深入討論。只要是言之成理的觀點，都應該允其發表。

問：您還有什麼打算？

答：繼續到歷史的大海中去探尋原始作者的蹤跡。希望有更多的學者與我攜手同行。

2003 年底

鄧牛頓先生
關於紅樓夢研究的三封公開信

以下是上海大學教授鄧牛頓先生關於紅樓夢研究的三封公開信，有識者自識之，毋庸多言。

關於紅學研究的三封公開信

2003 年 8 月 6 日《中華讀書報》發表拙文《紅樓夢植根湘土湘音》。緊接著，我的第二篇紅學論文《紅樓夢中的湖南方言考辨》發表於 9 月 15 日出版的《上海大學學報》第 5 期。萬萬沒想到，9 月 17 日《中華讀書報》「爭鳴」版離開正常的學術討論的軌道，急匆匆地對拙文進行討伐。他們打著所謂「學風建設」與「媒體倫理」的旗號，以侮辱、刻薄的語言，肆無忌憚地攻擊進行嚴肅的學術探討的學人與編輯工作者。這到底是一種什麼樣的「學風」與倫理？為了讓學術界同仁瞭解事實眞相，看一看學術求索還處在何等艱難的境況之中，特公佈三封公開信。

致《中華讀書報》函

《中華讀書報》編輯部：

紅學沉寂已久。《紅樓夢》研究向來留有巨大的學術空間。本人竭誠歡迎一切學理化的、平等的同志式的批評。但學術探討，從來是從無知到有知。我只希望，不要用「騙」這樣超乎「職業底線」甚至法律底線的用語。試想，在非典時期和酷暑長達 40 天的日子裏，認眞地、嚴肅地進行紅學相關問題的研究，有的人對此卻作出超乎學理的評判，其學者良心與學術道德何在？祈願我們人人都能從無知到有知。我的另一篇文章《紅樓夢中的湖南方言考辨》已刊於 2003 年第 5 期《上海大學學報》，敬請廣大讀者予以垂注。

短信懇請刊出，以示公平公正。謝謝！

鄧牛頓　2003 年 9 月 19 日

給陳鐵健先生的公開信

2003 年 9 月 17 日《中華讀書報》上先生的一封信讀悉。先生在這封信中稱本人為「妄說者」，並使用了「騙」這樣超越了法律底線的措詞，逼得我不得不用寶貴的學術研究的時間來公開作答。

據我的印象，先生在學界是一個有一點子知名度的人物。我彷彿在報刊上讀過先生的研究瞿秋白同志的文章，甚至想到過到常州參加瞿秋白研究的會議，一睹先生的風采。但我終因對「瞿學」沒有什麼新見，因此膽小到連爭取到距滬不遠的常州參加學術會議的勇氣都沒有，以免被人譏為到會上來「混」吃「混」喝。

這次我寫了一篇關於《紅樓夢》的文章，蒙先生關注，實感榮幸。但先生的膽子好像比我大了許多，居然敢用「騙」這個惡毒的漢語詞彙來攻擊我，我又實感憤慨。

我對紅學有些興趣，但此前亦因膽小未敢有片言隻字公開發表。記得 20 世紀 60 年代，我在上海作家協會文學研究所工作，分配在郭紹虞先生既當所長又當組長的古典文學組。那時我讀了許多紅學專門家的專著與文章。協會內的魏紹昌先生送過我一些關於紅學的材料。文化大革命中，天津人民出版社的李蒙英同志，將王朝聞先生的《論風姐》的排印稿寄給我，讓我拜讀。最近二十餘年，我也陸陸續續地讀過一些紅學研究的書刊。我終於敢「乍著膽子」說，紅學對我浸潤久矣，我感謝前輩和平輩的紅學專門家給後來人所惠予的學術教育與指陳的廣闊的研究空間。因為他們深知紅學還有許多難點和疑點，有待研究。

我並不諱言自己邏輯學功底的「單薄」。我的論證邏輯是《紅樓夢》中有不少「方言」詞彙在長沙方言中至今還有。這個詞，這裡有，那裏有。那個詞，古時有，今朝有。但我列舉的詞彙，是《紅樓夢》中和長沙方言中百分之百地有。到現在研究為止，這種兩相對應的詞彙已經逾百。我的第二篇相關論文《紅樓夢中的湖南方言考辨》已經刊發於今年第5期《上海大學學報》，可供察鑒。

截至2003年8月26日，我已經就《紅樓夢》寫了五篇文章，光這一段時間閱讀該書已逾七遍。因爲實在沒有掌握什麼媒體「權利」，能立時即刻地把五篇文章都同時推出來，以至使先生急不可耐地跳將出來進行侮罵，這大概是一種挨罵的命吧。

但我想奉勸先生，先生大約也是一個有了一點子年紀的人了，火氣不必那麼大，傷人也傷己。不必擺出一副老气橫秋的「權威」架勢來訓人。試問，誰給了你這種媒體「權利」？（誠望某些「有知」的朋友不要被這種唬人的筆墨嚇得一愣一愣的，以致自己連「職業底線」到底在哪裏也搞不清楚。要知道，我這個退休老人還在等著你替我補方言學和漢語史的課呢。不過預先聲明，由於無權無勢，錢也不多，難備豐厚的「束脩」）鑒於先生所使用的詞語已經越出了法律所能允許的底線，侮辱了我的人格，我要求先生在媒體上公開道歉，以捍衛自己的尊嚴。同時希望先生也認認眞眞地讀幾遍《紅樓夢》，寫出點像樣子的「勝筆」的文章來。我想先生不至於就現在這副模樣來「混」紅學吧。先生是專攻史學的，應該懂得學術探討不應言勝敗，對錯則需靜待歷史來評判。先生既然願意急吼吼的來陶醉於勝（或許還包括利）的虛妄境中，那就請你回到×樓上去做××夢吧。

鑒於先生的「手筆」實在氣人，於秋白同志的品格學得甚差，對黨的相關政策也把握不當，因此本人也懶得施禮了，見諒。

鄧牛頓　2003年9月20日

致段歆先生的公開信

恕我「無知」，恕我孤陋寡聞，截至2003年9月24日淩晨3時25分，我對先生的身份一無所知，這固然因著沒有信息渠道，同時也不屑於打聽清楚。

先生《媒體的職業底線》一文，本應對拙文進行學理的批評，可遺憾的是，通篇充斥著武斷與淺薄。別的且不說，光論所謂「噱頭」。事實是 2003年6至8月，我一共寫了五篇關於《紅樓夢》的文章，《紅樓夢植根湘土湘音》、《紅樓夢中的湖南方言考辨》、《紅樓夢湖南方言系統的認定》、《脂硯齋理當享有紅樓夢的署名權》、《紅樓夢中的趣味》，並且在 9 月 17 日之前分別投寄京、滬、粵、湘、津等五家報刊。這些文章，是在非典時期和上海酷暑的日子裏寫成的。先生有什麼根據說我在擺「噱頭」？先生對此應該負什麼責任，請你自個兒去掂量。

先生侈言「媒體的職業底線」。不瞞你說，我也主持過一個學刊的工作。深知這個職業底線就在不違法，堅決貫徹黨的政策方針，捍衛人民大眾的利益，維護國家民族的尊嚴，積極推進學術事業的繁榮。然而，從這個「爭鳴」版看，陳鐵健和你的文章已經滑出職業底線很遠很遠了（陳「信」甚至滑出了法律底線）。

《中華讀書報》到底怎麼啦？那裏究竟發生了什麼？我這個「無知」且無權者實在搞不明白。但我請先生注意所有的行文處事，都必須以尊重人格爲前提，因爲這是在神聖的中華人民共和國的土地上。

鄧牛頓　2003 年 9 月 24 日

以上公開信，在 9 月 24 日至 26 日召開的「紀念馮雪峰百年誕辰學術討論會」上，已向全國相關學者散發。

關於《論鳳姐》的通信

李蒙英同志：

您好！寄來的王朝聞同志《論鳳姐》書稿收到了。王朝聞同志是文學藝術理論研究的前輩和專家。他以這樣浩瀚的篇幅來研究我國古典文學名著，令人敬佩。

我懷著學習的心情讀完了該書。認爲以這樣別具一格的形式來從事研究，既聯繫了現實鬥爭實際，又聯繫了文藝創作實際，於讀者是有很大的啓發的。

譾陋的意見是：

一、第二章。在涉及美、醜（包括才幹）諸概念時，如果其所指，純屬思想意識形態範疇的內容，覺得應更多地運用階級觀點來分析。因爲這不同於對自然界事物的認識，其美醜觀念各個階級可以有共同的地方。當然也會有差別。

二、第二章包括其它一些章次中有些論點，在論述方式上比較被動，是否可以改得主動、積極一點？如「形象的生動性和作者傾向的明確性，不是絕對不相容的」，似可改爲「在優秀作家那裏總是一致的」。如此等等。

三、書中有些部份，如第九章後半部，第三十章等，思想分析多，藝術創作問題談得少，二者結合得不夠緊密。有些章節離鳳姐這個主要議論對象較遠。這涉及到本書在體例上尚有不夠一致的地方。

以上看法，可能是妄評，不妥之處，還請諒解。問宗彝老師好！

鄧牛頓上

一九七七. 十. 二十二. 上海

依湘語視角

《紅樓夢》文本獻疑

《紅樓夢》的創作、增刪、續補、抄寫、流佈過程很長，很複雜，因此文本中存在著許多難通、可疑之處。特別是中國南方語言與北方語言在地域表達方式上有若干的區別，故而在整理、彙校時，不同的研究者根據各自不同的理解會有許多不同的選擇，這是非常自然的事情。

2006 年 12 月人民出版社出版了周汝昌先生的《紅樓夢》（八十回石頭記）彙校本，其目標在「力求恢復曹雪芹的原著眞貌、大旨和初衷」。我對周先生在紅學研究上的卓越貢獻懷著深深的敬意。

在認眞研讀周老彙校本的基礎上，本著百家爭鳴的方針，謹就《紅樓夢》文本中的一些難通、可疑之處，奉上我的比「草根」更「草根」的淺薄意見，以供專門家的參考。只不過我的目的不在恢復曹雪芹的原著眞貌，而是從方言的角度，試圖探尋曹氏「披閱」、「增刪」前的原始文本的狀態。

一、胭脂痹

第四回——「他眉心中原有米粒大小的一點胭脂痹，從胎裏帶來的……」

周彙校本注：痹，口語如此說。記、痣、瘧皆非，痹或係雪芹據口語音自造之字。

中國藝術研究院紅樓夢研究所（人民文學出版社 1996 年版）校注本注：胭脂痹（ji 記）——紅色胎記。痹，天生的色癍。

鄧說：痹，娘胎裏帶來的體斑。典型的湘方言，當爲原始作者以音記字。

二、冒　撞

第五回——「寶玉又自悔語言冒撞……」

周彙校本注：冐，原有八抄本皆無最下末橫筆，必非無故也，疑是雪芹原稿痕跡，記供研考。

鄧說：冐撞，揚州方言有「冒失無知」、「冒失鬼子」。湘方言有「冒失」、「冒失鬼」。疑雪芹或抄寫者不懂這個缺筆畫的「冐」字之義，於是揣測加注「頂撞」一類的詞彙之意，造成語義欠通。依上下文義，愚見以爲原始文本大約爲「冒失」一詞。說到此處，頓獲神悟：「冐」字下頭一橫丢失沒有了，這不就是寓意此處爲「冒」、「失」一詞嗎？感謝原始文本作者的智慧，亦感謝雪芹等人的愼重，保留了這一頗爲獨特詼諧的語意表達。

三、失了家

第五回——「寶玉在夢中歡喜，想道：『這個去處有趣，我就在此處過一生，總然失了家也願意，強如天天被父母、師傅打去。』……」

周彙校本注：失了家，雖摹擬小兒語態，實復後文有家亡人散之境，總非閒筆。

鄧說：周老所言很對！需要說明的是，「失了家」，在湘方言中爲「失了屋」。將「屋」改爲「家」，疑爲雪芹手筆。又，「打去」，「去」作爲後綴，是湘方言重要的表達方式。如「吃去」、「玩去」、「告去」等等。「去」，讀作 ke，入聲（音客）。紅研所本作「去呢」，離原始文本遠了些。

四、唬

第五回——「寶玉聽如此說，便唬得欲退不能退……」

周彙校本注：雪芹所用「唬」字，即今之「嚇」字。今日讀「唬」爲「虎」，連用爲「嚇唬」一詞，古無此法。

鄧說：此處用「唬」，連同後文各處用「唬」，其文義滯礙難通。疑原始文本爲「嚇」（he）。湘方言「嚇得要死！」「嚇死個人！」，語義爲害怕。又如「莫嚇她囉！」，意爲嚇唬。雪芹似乎不懂這個「嚇」字的方言讀法，改「嚇」爲「唬」，遂語義不通。

鄧又說：第四十四回，林之孝家的道：「我才和眾人勸了他們，又威赫了一陣，又許了他幾個錢，也就依了。」鳳姐道：「我沒一個錢，有錢也不給他，只管叫他去告，也不許勸他，也不用鎮赫他，只管讓他告去。告不成，到問他個以屍訛詐呢！」周彙校本注：「威赫，是原筆，赫爲以勢炫逼之意，非嚇也。」看來，周老從北方話語境來考察「赫」，實並不知道南方話語境中這個「赫」（嚇）字的本意。威赫即威嚇也！第四十四回，這「威赫」「鎮赫」兩詞的出現，倒透露出原始文本用「赫」或「嚇」字的消息。

五、逐細言來

第六回——「若謂聊可破悶時，待蠢物逐細言來。」

鄧說：「逐細言來」，語義欠通。「逐」字疑爲繁體「過」字之誤。依湘方言語境當爲「過細言來。」

六、秤它

第六回——「忽見堂屋中柱子上掛著一個匣子，底下又墜著一個秤它般的一物，卻不住的亂恍。」

周彙校本注：它，當是雪芹原用字。作砣亦佳，加金旁則是後筆。

鄧說：它，湘方言讀爲 tuo，駱駝、粉坨、面坨、土坨、秤它的「它」。湘方言中還有「謾它」，拒絕、輕謾之意；「韶它」，意如傻子、呆子。「它」，疑爲原始文本用字。

七、現的

第七回——「東西藥料一概都有現易得的……」

周彙校本注：有現，當是現成、易得之意。

鄧說：所言甚是。不過我以爲原始文本應是「東西藥料一概都有現的」。現的，爲湘方言的表達方式。可能雪芹不大懂，故在旁注了「易得」兩字，形成衍文，有文義重複之嫌。

八、渥

第八回——「寶玉聽了笑道：『我忘了你的手，我替你渥著。』說著，便伸手攜了晴雯的手，同仰首看那門斗上新書的三個字。一時黛玉來了，寶玉便笑道：『好妹妹，你別撒謊，你看這三個字那一個好？』黛玉仰頭看裏間門斗上新貼了三個字，寫著『絳雲軒』。黛玉笑道：『個個都好，怎麼寫的這麼好了？明兒也替我寫一個匾。』寶玉嘻嘻的笑道：『又哄我呢！』說著又問：

『襲人姐姐呢？』晴雯向裏間炕上呶嘴。寶玉一看，只見襲人合衣睡著在那裏。寶玉笑道：『好！太渥早了些。』……」

周彙校本注：渥，音 wo，以物溫暖之，如云渥被。原謂鋪好了被，以溫水器置其中以暖之，後則雖無溫器，亦曰渥被，實即鋪被之泛詞了。又注：渥早了些，謂衾被鋪早了些。渥字用法如此，參看前條。

鄭慶山《脂本彙校石頭記》（作家出版社 2003 年版）注：「渥著」，各本同，即「焐著」。

紅研所本注：渥（wu 誤）——覆蓋裹藏某物，藉以保暖或使之變暖，叫「渥」。

鄧說：「渥」在湘方言中有獨特的讀音。《鄧牛頓美學文學紅學思辨集》第 419 頁（百家出版社 2004 年版）對「渥」有詳細的辨析。需要補充的是，《紅樓夢》第八回這兩處的「渥」，都是以人的體溫焐之。第一處，是寶玉用自己的手渥晴雯的手。第二處是襲人和衣睡下替寶玉渥被窩。周老所言不確。

九、掌不住

第九回——「說的滿座?然大笑起來。賈政也掌不住笑了。」

周彙校本注：掌，即執掌、掌管義，如掌國、掌家、掌權、掌櫃（店鋪老闆）、掌勺（廚師）、掌鞭（御者、車夫）……此皆管理義，故掌有控制、禁管、克服等義。掌不住，猶言禁不住、忍不住。作「撐」是後加手旁俗字。

鄭慶山彙校本注：「撐不住」，「撐」原作「掌」。「掌」是「牚」的形訛。「牚」俗作「樘」，又誤作「撐」。第五十二回，「掌不住」之「掌」，蒙府本、戚府本、列藏本即改作「撐」。本書之「掌不住」，一律如此校改，不再出校。按：「撐不住」之「撐」，仍當作「掌」，《兒女英雄傳》中也有此語。作者文康爲滿族人。我的滿族詩友說，他的祖母向他說過「掌不住」，意爲抗不住，抗不了，大連話叫「沒抗」。

鄧說：撐不住笑了，湖南人如是說。撐不住，控制不了之意。紅研所本作「撐不住」。我主張依蒙府本、戚府本、列藏本作「撐不住」，接近原始文本。

十、攪用

第十回——「你這二年在那裏念書，家裏也省好大的攪用呢！」又，「反到在他身上添出許多攪用來呢。」

鄧說：周彙校本未出校注。紅研所本、鄭慶山彙校本均作「嚼用」。「攪用」，在湘方言中當作「繳用」。原始文本以音記字。周彙校本爲是。

十一、將就

第十一回——「到了二十後，一日比一日覺懶，也懶待吃東西，這將就有半個多月了。經期又有兩個月沒來。」

周彙校本注：將就，日將月就。謂時日推延、拖宕，即俗語「挨時候」的「挨」字義。

鄧說：周老這個說法有商榷的餘地。在湘方言語境中，「將就」有一層依時依境依條件地馬虎、隨便、湊合之意。如「將就點吧，莫太考究了！」第十一回上下文語義，我以爲固有時日遷延之意，但更多的是隨便不講究地過日子的意思。文中「懶待」鄭慶山彙校本改爲「懶怠」，其實應爲「懶得」，形似而訛。「將就」，紅研所本和鄭慶山彙校本均改作「將近」。周彙校本爲是。

十二、毛廝

第十二回——「少不得扯謊說黑了，失足掉在毛廝裏了。」

周彙校本注：廝、廁形似而音同。今讀「廁」如「側」，誤也。

鄭慶山彙校本注：「茅廝」，楊藏本、列藏本作「毛廝」，蒙府本作「茅廁」，戚序本作「毛廁」，餘本同於底本。所見排印本皆作「茅廁」。按，《金瓶梅》第二十回寫作「毛司」。東北農村稱廁作爲「茅屎道子」，「廝」、「司」當是「屎」的諧音字。

鄧說：湖南農村稱「茅廝」。一般用茅草蓋成。《脂硯齋重評石頭記》甲戌本第三回眉批上提及「京中掏茅廝的人」。我以爲「茅廝」近原始文本。

十三、梯希

第十六回——「我們二爺那脾氣，油鍋裏錢還要找出來呢，聽見奶奶有了這個梯希，他還不放心的花了呢。」

周彙校本注：梯希，恰符北方口音，是原筆偶存之痕跡。他處多作「體己」者，當是後筆文飾。本編體例，並不統一，只隨處辯析原委。他處仿此，不一一備註。

鄧說：甲戌本、紅研所本、鄭慶山彙校本均作「梯己」。湘方言作「體己」，指私房錢。

十四、也不過秋天都完了

第十七回——「……簾子二百掛，昨日俱得了。外有猩猩氈簾二百掛，金絲藤紅漆竹簾二百掛，墨漆竹簾二百掛，五彩線絡盤花簾二百掛，每樣得了一半，也不過秋天就完了。……」

周彙校本注：也不過，口語常用，猶言「也只是」。

鄧說：周老此說有誤。這句話的原意是「用不著過了秋天就都全了」，或「無需過秋天就都齊全了」，是湘方言的一種口頭表達習慣。紅研所本、鄭慶山彙校本均作「也不過秋天都全了」。惟周彙校本作「也不過秋天都完了」，改「全」爲「完」，不符合上下文語意。當然，這也或許是印刷時手民的誤置。

十五、見這話有文章

第十九回——「寶玉見這話有文章……」

周彙校本注：見這話有文章，「見」是意度而悟知之意，不得拘俗文「話」既須用「聽」，蓋「文章」方是主眼。

鄧說：「文章」，指話語內包含有其它意思或暗寓著別的事情，係湘方言常用的語彙。

十六、擺

第二十回——「趙姨娘啐道：『誰叫你高擡擺去了？』……」

周彙校本注：擺，是顯耀之諷語。

鄧說：甚是。擺，顯擺之意。湘方言常用「擺格」一詞。如譏諷他人，「擺麼子格囉！」它本作「誰叫你上高臺盤去了？」離原始文本的文意過遠。惟此處「擡」當依列藏本作「枱」。

十七、編住

第二十一回——「湘雲只得扶他的頭過來，一一梳篦。在家不帶冠，並不總角，只將四圍短髮編成小辮，往頂心髮上歸了總，編一根大辮，紅絛結住。自發頂至辮稍，一路四顆珍珠，下面有金墜腳。湘雲一面編住，一面說道：『這珠子只三顆了，這一顆不是一色的了，我記得都是一樣的來著，怎麼少了一顆？』寶玉道：『丟了一顆。』……」

周彙校本注：編住，猶言編完，從頂至梢皆停妥了。

鄧說：周老此說有誤。湘方言講「結住」「編住」，有結緊編牢之意。「湘雲一面編住，一面說道」，上下文都分明是現在進行式，怎能言「編完」「停妥」？

十八、攏

第二十一回——「（寶玉）因鏡臺兩邊俱是粧奩等物，順手拿起來賞玩，不覺又順手拈了胭脂，意欲要往口邊送，因又怕史湘雲說，正猶豫間，湘雲果在身後看見，一手攏著辮子，便伸手來，拍的一下從手中將胭脂打落……」

周彙校本注：攏字讀陰平。神情宛然如畫，寫出一手歸攏避散亂也。

鄧說：所言爲是。攏，以音記字。湘方言記音則當爲「摟」，亦讀陰平。

十九、天生的牛心拐孤

第二十二回——「眾人都笑說，（賈蘭）天生的牛心拐孤！」

周彙校本注：拐孤，俗語，謂性情怪僻。又，第十八回注：牛，讀去聲，猶言「違拗」。

鄧說：甚是。不過，依湘方言表達，通順的說法應爲「天生的心拗古怪」。紅研所本、鄭慶山彙校本均作「天生的牛心古怪」。人民文學出版社 1964 年 2 月北京第 3 版《紅樓夢》第十七回注：牛心——固執，死心眼。下文「牛難」、第一百一十七回「牛著他」的「牛」，都是「執拗」、「彆扭」、「不順著」的意思。又第二十二回「牛心拐孤」義同。

二十、見韶刀的不堪

第二十四回——「賈芸見韶刀的不堪，便起身告辭。」

周彙校本注：本書凡用「見」字，不同於「看見」，乃是「鑒於某種情勢」之語意。又，韶刀，話多而不甚正經正派。「韶刀」是原筆。

鄧說：紅研所本、鄭慶山彙校本均作「賈芸聽他韶刀的不堪，便起身告辭。」紅研所本並作注：韶刀——較「嘮叨」稍重，不僅語言嚕嗦，而且分寸失當。我特別讚賞周老對文本正確而高明的理解。此處的「韶刀的不堪」，並非指賈芸的舅舅卜世仁。而是指舅甥二人議事時的情勢，更確切地說，是指賈芸自己的心理感受。說白了，就是賈芸覺得自己鼇得不得了。對《紅樓夢》文本中的這個「韶刀」，我一直頗費斟酌。突然有一天，記憶中跳出了湘方言中「韶把」這個詞。「把」，讀去聲，讀如「霸」。「韶把」，指呆笨之人。比如人們會說某人「韶裏韶氣」。此外，湘方言中還有「韶它」的語彙，與「韶把」同義。以音記字，正確的應記爲「韶它」，或許抄寫過程中誤成了「韶刀」。「它」讀作「坨」。「韶它的不堪」即「鼇得不得了」。

二十一、一雙子，兩塊子

第二十五回——「馬道婆因見炕上堆著些零碎綢緞灣角，趙姨娘正黏鞋呢。馬道婆道：『可是我正沒了鞋面子。趙奶奶您有零碎緞子，不拘什麼顏色，弄一雙子給我。』趙姨娘聽說便歎口氣說道：『你瞧瞧那裏頭，還有那一塊是成樣的？成了樣的東西，也到不了我手裏來，有的沒的都在那裏，你不嫌就挑兩塊子去。』……」

周彙校本注：一雙子，兩塊子，此等語式加「子」，皆表輕瀆不屑（或反語不忿）之意。

鄧說：湘方言「子」化和北京話的「兒」化一樣普遍。雖然雪芹增刪過程中加強了文本的「兒」化處理，可這一段對話卻很好地保留了原始文本的湘方言痕跡。一雙子，兩塊子，湘方言區老百姓口頭常如此說，絕無輕瀆不屑等意。

二十二、濟

第二十七回——「鳳姐聽說，將眉一皺，把頭一回，說道：『討人嫌得狠了！得了玉的濟似的，你也玉，我也玉。』……」

周彙校本注：應作得濟，北方俗語，略如得了大幫助，大照顧。

鄧說：凡周老校注中提及北方話如何如何，我大抵都不再說什麼，相信他老人家對北方話的敏感度、體認度。惟這一處我要說這個「濟」字是湘方言「奶濟」的「濟」字。如大人們常開玩笑地對大小孩說，「再去吃點你媽媽的濟囉！」「濟」就是奶水，原始文本以音記字也。湘方言講身體構成，自上至下，奶濟、肚臍、屌濟都爲濟，讀 ji 的入聲。此處紅研所本作「得了玉的益似的」。鄭慶山彙校本作「得了玉的宜似的」，並加注：「宜」，庚辰本作「依」，舒序本作「倚」，蒙府本、戚序本作「益」，列藏本作「濟」，楊藏本無，夢序本、程甲本作「便宜」。結論：我以爲列藏本爲是。

二十三、秧子

第四十五回——「你一個奴才秧子，仔細折了福。」

周彙校本注：秧子，本義即幼苗、後代，但亦常用以貶稱富家浪蕩子弟，受人哄騙之傻角，此處似無此意。

鄧說：秧子，在湘方言中常用。如辣椒秧子，蘿蔔秧子，紅薯秧子等等。此處借擬，奴才秧子即小小奴才。

二十四、腆著頭

第四十六回——「襲人先笑道：『叫我好找！你在那裏來？』寶玉笑道：『我從四妹妹那裏出來，迎頭看見你來了，我就知道是找我去的。我就藏了起來哄你，看你腆著頭過去了，進了院子就出來了，逢人就問。……』」

周彙校本注：腆著頭，意謂直視前方目不旁及。

鄧說：紅研所本、鄭慶山彙校本均作「看你趍著頭過去了」。紅研所本並作注：低著頭快走。《鄧牛頓美學文學紅學思辨集》中《〈紅樓夢〉中的湖南方言考辨》一文對此有詳說（參見該書第 400 頁）。核心之意是「看你低著腦殼走過去了」。周老所說無據。

二十五、必眞的

第四十八回——「香菱笑道：『據我看來，詩的好處，有口裏說不出來的意思，想去卻是必眞的；有似無理的，想了去竟是有理有情的。』……」

周彙校本注：必眞，是原筆。

鄧說：湘方言形容詞前往往喜加前綴，以示程度的強化。如必眞的，就是畢眞的，以音記字。其它如溜圓的，通紅的，碧綠的，墨黑的等等。

二十六、欰　欰

第四十八回——「晴雯瞧了一遍，回來欰欰的笑向襲人道：『你快去睄睄去！大太太的一個侄女兒，寶姑娘一個妹妹，大奶奶的兩個妹妹，到像一把子四根水蔥兒。』」

周彙校本注：蚩與「嗤」義同，如晉陸機《文賦》「雖濬發於巧心，或受蚩於拙目」，即是嗤笑義。蓋諸本皆訛，並無可從之理，今徑改本字爲「嗤」。此種是爲本書校定之特例。

鄧說：此處「蚩蚩」，鄭慶山彙校本亦作「蚩蚩」。紅研所本則作「嗤嗤」，同「哂」。其實，在湘方言中，「嗤嗤」的笑爲象聲的表達方式，倘以音記字，當以「嗤嗤」最爲準確，近乎原始文本。

二十七、別一味獃憨呆睡

第五十八回——「（襲人）一面說，一面忙端起輕輕用口吹。因見芳官在側，便遞與芳官，笑道：『你也學著些伏侍，別一味獃憨呆睡。……』」

周彙校本注：獃、呆異字，非簡繁體之別，獃音 dai，呆音 nie。

鄧說：紅研所本、鄭慶山彙校本均作「別一味呆憨呆睡」。「獃」，湘方言讀 ai（音癌）。老百姓口語，「莫獃睡子睡！」又有「獃它」一詞，義近上述「韶它」。「獃」，憨也，呆也。「獃憨呆」三字重疊，疑爲寫作過程中對「獃」進行解釋，形成衍文。

以上獻疑共 27 則。圍繞著一個基本論題，即從文本角度論證《紅樓夢》原始作者是一個用湘方言寫作的作家。連同我在《鄧牛頓美學文學紅學思辨集》「紅學問題探究」專題中所作出的論證，進一步堅定了我所持的觀點。感謝前輩與同輩的紅學專門家，他們在紅學研究過程中所堅持的實事求是的態度：《紅樓夢》文本中難通、可疑之處，就承認「難通、可疑」，允許他人進行多向的學理研討。我一直興奮地看到，紅學專門家提出的《紅樓夢》文本中諸多的滯礙難解之處，只要一納入湘方言體系中來進行考察，就幾乎奇蹟般地豁然開釋。比如我在《鄧牛頓美學文學紅學思辨集》「紅學問題探究」專題中所提到的，「並不爲奈邦難人」、「容易褪不下來」、「足的」等，即是其中典型的例證。

2009 年 3 月 15 日

《南京師範大學文學院學報》2009 年第 3 期

《鄧牛頓紅學園地》墾拓者言

本人自 2003 年 8 月 6 日於《中華讀書報》發表《紅樓夢植根湘土湘音》、2003 年第 5 期《上海大學學報》發表《紅樓夢中的湖南方言考辨》以來，沉寂了將近 6 年。6 年中出版了七種著作：《鄧牛頓美學文學紅學思辨集》（百家出版社 2004），《說趣》（重慶出版社 2005），香港世紀風出版社出版《麓山思致》（2004）、《我從瀏陽河邊走來》（2007）、《文協檔案過眼錄》（2007）、《祖國永生的鳳凰》（2008）、《態學筆記》（2009）。之所以作出如此安排，一是年紀大了，欲將主要精力集中在自己的學術總結和學術開拓；二是深知紅學突破的難度很大，需要學識和智慧、勇氣跟毅力、機緣與運道。最近又稍微有點空了，準備再次重讀《紅樓夢》，繼續發表一些比草根更草根的意見，誠望紅學專門家和廣大文友不吝賜教。相信中國的學術環境會好於 6 年前。

2009 年 7 月 28 日

《紅樓夢》湘方言的再探索

《紅樓夢》是一個偉大而複雜的文學存在。

在承認曹雪芹「披閱」、「增刪」的前提下，探尋原始文本和原始作者更是一個有趣而艱難的課題。

我在 2003 年 8 月，謹慎地提出，「《紅樓夢》的原始之作，是用湘語寫成的。《紅樓夢》的原始作者不是曹雪芹，而是一位有在湖南長期生活經歷的人士。這位作者，或出生於湖南，土生土長；或幼年少年時期，隨家庭進入湖南；或從小在湖南長大，青壯年時期遷徙異地。這位作者，因各種原因來到兩江地區，跟曹雪芹結成了或朋友、或親戚、或家屬的關係。這位作者，經歷過或目睹過家庭興衰，有相當豐富的人生閱歷和較高的文學素養。這位作者，能純熟地運用湖南地區方言進行寫作。」（《鄧牛頓美學文學紅學思辨集》第 396 頁）自那以來，六年多的時間過去了，承蒙各方學者和朋友的關注、指點與質疑，使本人獲益良多。

堅持從文本出發進行學術探討，是我的一貫主張，否則就只能耽於幻想與猜度。假如說，六年前我曾沉醉於發現的激情，那麼六年後的今日，我有了更多、更沉著的學術理性。

此刻，手頭持有《長沙方言詞典》《南京方言詞典》《揚州方言詞典》《蘇州方言詞典》，可以進行方言的查詢和相互比照。雖說這四本皆屬「現代漢語方言」詞典，可上距《紅樓夢》創作的年代也就 250 年左右。方言的相對穩定性決定了這些詞典具有重要的參考價值。

我在《紅樓夢》研究過程中，已經充分地認識到語言問題的異常複雜，既有地區交叉，復有地區隔閡，要取得其它地區學者和讀者朋友的理解與認同是相當困難的。然而，文學作品中地區方言的發現，又有恃於本地區閱讀者對語言的敏感，他們生長於斯，浸染於斯，決非其它地區朋友可以那麼快的感受得到。出於上述理由，我願將新近的探索成果予以公佈，誠望朋友們多多賜教。

來往

《紅樓夢》第二回　若問那赦公，也有二子。長名賈璉，今已二十來往了。

《紅樓夢》第二十一回　（多官）自小父母替他在外娶了一個媳婦，今年方二十來往年紀，生得有幾分人才，見者無不羡愛。

《長沙方言詞典》第 232 頁：釋「來往」爲「上下」。

《南京方言詞典》第 99 頁：釋「來往」爲交際「往來」。

《揚州方言詞典》：無此條目。

《蘇州方言詞典》第 87 頁：釋「來往」爲「交往」。

我以爲，依文本語意，當爲湖南方言，讀作 lanuan（音蘭彎）。說實在的，小時候聽父親講別人年紀，「二十來往」、「三十來往」，我都不知道這個「來往」怎麼寫，直到讀《紅樓夢》才曉得是這麼兩個字。

過得

《紅樓夢》第四回　這馮公子必待好日期來接，可知必不以丫環相看。況他是個絕風流人品，家裏頗過得，素習又最厭惡堂客，今竟破價買你，後事不言可知。

《長沙方言詞典》第 85 頁：釋「過得」爲「（生活）好過」。南京、揚州、蘇州方言詞典無此條目。

我認爲，依文本語意，當爲湖南方言。《紅樓夢》中的「過」字運用很廣，語意也很不同，現舉例如下，以供參照。

《紅樓夢》第二十二回　現有比例，那林妹妹就是例。往年怎麼給林妹妹過的，如今也照依給薛妹妹過就是了。（鄭慶山《脂本彙校石頭記》注：「過」，底本原無，旁補「過」字，列藏本作「作」，程甲本作「做」，其它各本皆同於底本。本回楊藏本據程乙本抄錄。）

《紅樓夢》第七十七回　晴雯從外頭走來，仍是往日情景，進來笑向寶玉道：「你們好生過罷，我從此就別過了。」

《紅樓夢》第十七、十八回　「……也不過秋天都全了……」（此處指用不著過秋天就都全了。）

《紅樓夢》第五十一回　晴雯睡在暖閣裏，只管咳嗽，聽了這話，氣的喊道：「我那裏就害瘟病了，只怕過了人！我離了這裡，看你們這一輩子都別頭痛腦熱的！」

涎　皮

《紅樓夢》第二十四回　寶玉便把臉湊在他（指鴛鴦）脖項上，聞那粉香油氣，不住用手摩挲，其白膩不在襲人之下。便猴上身去，涎皮笑道：「好姐姐，把你嘴上的胭脂賞我吃了罷。」

《紅樓夢》第三十回　（黛玉）一面自己拭著淚，一面回身將枕邊搭的一方綃帕拿起來，向寶玉懷裏一摔，一語不發，仍掩面自泣。寶玉見他摔了帕子來，忙接住拭了淚，又挨近前些，伸手挽了林黛玉一隻手，笑道：「我的五臟都碎了，你還只是哭。走罷，我同你往老太太跟前去。」黛玉將手一摔，道：「誰同你拉拉扯扯的！一天大似一天的，還這麼涎皮賴臉的，連個道理也不知道。」

另《紅樓夢》第二十四回　尚有「死皮賴臉」的語彙。

《現代漢語詞典》說「涎皮賴臉」，是「厚著臉皮跟人糾纏，惹人厭煩的樣子」。「死皮賴臉」，是「形容不顧羞恥，一味糾纏」。

「涎皮」，是一個久違了的語彙。「死皮賴臉」日常會聽到，「涎皮賴臉」則似乎偶見於書本。只有「涎皮」，彷彿又從湖南故鄉的童年記憶中跳出，常見於親人間一方含愛意的舉動和另一方的嗔怪。比如曾聽媽媽對大妹講，「你這隻妹子俄是咯涎皮囉！」

程乙本第二十四回，改「涎皮笑道」爲「涎著臉笑道」，可見不同地區的方言運用存在著一定的差異。

繫　子

《紅樓夢》第四十二回　（鴛鴦遵賈母之囑，檢送若干東西打發劉姥姥回家）說著，便抽繫子，掏出兩個筆錠如意的錁子來給他瞧，又笑道：「荷包拿去，這個留下給我罷。」劉姥姥已喜出望外，早又念了幾千聲佛，聽鴛鴦如此說，便說道：「姑娘只管留下罷。」鴛鴦見他信以爲眞，仍與他裝上，笑道：「哄你頑呢，我有好些呢。留著年下給小孩子們罷。」

這一段情節太精彩了，兩個人物躍然紙上！

「繫」是一個動詞。「繫子」則是一個名詞，常指繫好帶子的繫結部份。

《樂府詩集》中《捉搦歌》：「黃桑柘屐蒲子履，中央有繫兩頭繫。」梁斌《紅旗譜》：「馮老蘭一馬當先，扯住籠子繫兒。」

湖南方言說「繫子」。到了梁斌描寫的河北地域，就說成「繫兒」了。

和

《紅樓夢》第四十五回　鳳姐兒笑道：「……你們弄什麼社，想出這個法子來拘了我去，好和我要錢。可是這個主意？」

《紅樓夢》第六十二回　探春笑道：「……你只管揀新巧的菜蔬預備了來，開了賬，和我那裏領錢。」

「和」，爲湖南方言。在特定的語境中，「和」可以理解爲好問我要錢，好跟我要錢，好同我要錢等等。

鄭慶山《脂本彙校石頭記》第六十二回有注：「和我那裏領錢」，庚辰本同，然點改「和」作「到」，其它各本無「和」。

鄭先生作得對！之所以會有那樣的點改，實因方言上的隔膜。

寒浸浸的

《紅樓夢》第五十四回　賈母因問：「天有幾更了？」眾婆子忙回：「三更了。」賈母道：「怪道寒浸浸的起來。」早有眾丫環拿了添換的衣裳送來。

「寒浸浸的」屬湖南方言，離開故鄉半個多世紀了，再也沒有聽到過這種說法。只聽到「冷絲絲」、「寒颼颼」。《長沙方言詞典》中列有「浸」、「汗浸浸的」、「浸水眼」、「浸老官」（鬼的諱稱）、「出浸」（出鬼）等條目。

「寒浸浸的」指寒氣侵人，與「冷絲絲」、「寒颼颼」語意相近。在天氣漸冷或迷信境遇中的一種身體感覺或心理感受。

又，在湖南作家周立波《山鄉巨變》等反映湖南地區生活的作品中多次出現「黑浸浸的頭髮」、「黑浸浸的辮子」、「黑浸浸的眼睛」等描寫；周立波短篇小說《下放的一夜》，寫湖南農村用雄雞雞冠的血治蜈蚣咬，「涼浸浸的，再抹一點。」均可資參照。

是不是的

《紅樓夢》第六十四回 （賈寶玉在林黛玉房間裏，看見硯臺底下有一張紙，就伸手去拿，黛玉忙要起身來奪，已被寶玉揣在懷裏。此時正巧寶釵走來，問寶兄弟要看什麼？）黛玉一面讓坐，一面笑道：「我曾見古史中有才色的女子，終身遭際令人可欣可羡、可悲可歎者甚多。今日飯後無事，因欲擇出數人，胡亂湊幾首詩以寄感慨。可巧探丫頭來會我瞧鳳姐姐去，撂在那裏，不想二爺來了，就瞧見了。其實給他看倒也沒有什麼，但只我嫌他是不是的寫了給人看去。」寶玉聽了忙道：「我多早晚給人看了？昨日那把扇子，原是我愛那幾首白海棠詩，所以我自己用小楷寫了，不過爲的是拿在手中看著便易。我豈不知閨閣中詩詞字跡是輕易往外傳誦不得的。自從你說了，我總沒拿出園子去。」

「是不是的」爲湖南百姓口頭語。在非常特定的語境內，「是不是的」有不思不想可不可、該不該、能不能、行不行，就隨隨便便地去幹什麼事的意思。

盡　我

《紅樓夢》第七十一回　鳳姐兒（對尤氏）道：「我爲你臉上過不去，所以等你開發，不過是個禮。就如我在你那裏，有人得罪了我，你自然送了來盡我。憑他是什麼好奴才，到底錯不過這個禮去。……」

「盡我」爲湖南方言。「盡」，以音記字。

《長沙方言詞典》中列有「盡」、「盡飽」、「盡夠嗟」等條目。但與《紅樓夢》中「盡我」意義並不同。「盡我」，就是隨我心，遂我願，想怎麼辦就怎麼辦。「開發」「現開發」等詞語出現在《紅樓夢》中，有處置、現場處置之意。南京、揚州方言詞典中有「盡」字條目，但含義均與《紅樓夢》文本無涉。

清　白

《紅樓夢》第三十一回　史湘雲笑道：「……若是打發個女人素日知道的

還罷了，偏生前兒又打發小子來，可怎麼說丫頭們的名字呢？橫豎我來給他們帶來，豈不清白。」說著，把四個戒指放下，說道：「襲人姐姐一個，鴛鴦姐姐一個，金釧兒姐姐一個，平兒姐姐一個：這倒是四個人的，難道小子們也記得這們清白？」

《長沙方言詞典》第 215 頁：「清白」1、清楚，明白 2、清醒，不糊塗。《現代漢語詞典》：「清白」1、純潔 2、〈方〉清楚，明白。《紅樓夢》此處顯然爲清楚、明白之義。如長沙人會問：「這件事你搞得清白不囉？」

得了空

《紅樓夢》第三十七回　襲人笑道：「你們這起爛了嘴的！得了空就拿我取笑打牙兒。一個個不知怎麼死呢？」

《長沙方言詞典》第 96 頁：「得空」——有空閒時間：「得空到我屋裏玩。」「咯向子連不得空。」

2009 年 9 月 6 日於上海

湘方言：以《紅樓夢》第十六回爲例

《紅樓夢》第十六回，寫奉旨起造大觀園、鳳姐受贓婚以致人命等重要事件，是全書情節安排、人物塑造都極爲精彩的篇章。內中的湘方言現象尤爲引人注目。

夯

「夯」，乃湖南方言。讀作 han（音鼾）。《長沙方言詞典》作「嫨」，釋爲「做事拖沓」。又列有「嫨子」條目，指「做事拖沓的人」。此外民間尚有「嫨屍」、「嫨屍鬼」等用語。

《紅樓夢》中的「夯」字，分別出現在——

甲戌本第十六回：鳳姐道：「我那裏照管得這些事，見識又淺，口角又夯，心腸又直率，人家給個棒槌我就認做針……」

戚序本第三十回：林黛玉笑向寶玉道：「你也試著比我利害的人。誰都像我心拙口夯的，由著人說呢。」

程甲本第六十七回：（薛姨媽對薛蟠說），「只是你如今也該張羅張羅買賣，二則把你自己娶媳婦應辦的事情，倒早些料理料理。咱們家沒人，俗語說的『夯雀兒先飛』，省得臨時丟三落四的不齊全，令人笑話。」

程乙本第六十二回：晴雯道：「……惟我是第一個要去：又懶，又夯性子，又不好，又沒用。」

人民文學出版社 1973 年版《紅樓夢》第三十回第 363 頁有一條注：夯——原音 hang，是建築學上的名詞，如「夯土」，「硪夯」。本書中借作拙笨的「笨」字，音 ben。第七十四回即寫作「笨」。

這樣，《紅樓夢》第十六、三十、六十二、六十七回，不同的版本、不同的回目，或「夯」或「笨」。如甲戌本第十六回有一個「夯」字；己卯本、庚辰本只有第六十七回依程甲本第六十七回補，有一個「夯」字；而程乙本第三十、六十二、六十七回回各有一個「夯」字，總共三個「夯」字。馮其庸瓜飯樓重校評批《紅樓夢》本，依次爲笨、笨、笨、夯。周汝昌彙校《紅樓夢》本，均作「笨」（採用不同的異體字）。鄭慶山脂本彙校《石頭記》本，只有第十六回依甲戌本作「夯」，其餘各回爲「笨」。

照我看，《紅樓夢》不同版本中「夯」字分佈甚廣，說明原始作者原始文本，依湖南方言土語，以音記字，作「夯」。從曹雪芹起，所有披閱增刪者，皆不懂這個「夯」字的方言語意，故每每改作「笨」了。

㑚鬼

「㑚鬼」，是湖南方言。語意是撒謊、瞎說騙人等等。《紅樓夢》中的「㑚鬼」一詞，分別出現在——

第十六回：（平兒）說著，又走至鳳姐身邊，悄悄的說道：「奶奶的那利錢銀子，遲不送來，早不送來，這會子二爺在家，他且送這個來了。幸虧我在堂屋裏撞見，不然時走了來回奶奶，二爺倘或問奶奶是什麼利錢，奶奶自然不肯瞞二爺的，少不得照實告訴二爺。我們二爺那脾氣，鍋裏的錢還要找出來花呢，聽見奶奶有了這個梯己，他還不放心花了呢！所以我趕著接了過來，叫我說了他兩句，誰知奶奶偏聽見了問，我就撒謊說香菱來了。」鳳姐聽了笑道：「我說呢，姨媽知道你二爺來了，忽喇巴的反打發個房裏人來了？原來你這蹄子㑚鬼。」

第四十三回：我說你㑚鬼呢，怎麼你大嫂子的沒有？

第四十六回：買了來家，三日四日，又要㑚鬼弔猴的。

《紅樓夢》第十六回的上下文語意已經爲「㑚鬼」一詞作了極其生動的注釋。甲戌本、己卯本、庚辰本均未作改動。而戚序本第十六回作「調鬼」，第四十三回作「弄鬼」，第四十六回在「鬼」字前面自造了一個怪字，「入」字下面改「肉」爲「日」；程乙本第十六、四十三、四十六回，則依次爲鬧鬼、鬧鬼、弄鬼。馮其庸瓜飯樓重校評批《紅樓夢》本，依庚辰本作「㑚鬼」。周汝昌彙校《紅樓夢》本，第十六、四十三回爲「㑚鬼」，第四十六回依戚序本的那個怪字。鄭慶山脂本彙校《石頭記》本，均作「㑚鬼」。

我以爲，曹雪芹在原始作者的解釋下，已經懂得了「嵡鬼」的湘方言語意，故未作改動。倒是後來有很多人不懂「嵡鬼」，只能依照各自的理解去改來改去了。

此外，《揚州方言詞典》第404頁列有「嵡鬼」條，釋爲「奇怪；蹊蹺」。不過，似乎與《紅樓夢》的情境不合。

嚇

「嚇」，爲湖南方言，只有 he（音赫）這一個讀音。《紅樓夢》各種版本中，「嚇」「唬」互見並用。湖南話是不說「唬」（hu 音虎）的。

《紅樓夢》第十六回，以馮其庸先生瓜飯樓重校評批本爲樣本，「嚇」「唬」有5處——

唬得賈赦、賈政等一干人不知是何消息？

太太略有些不自在，就嚇得我連覺也睡不著了。

寶玉聽說，嚇了一跳……

來至秦鐘門首，悄無一人，遂蜂擁至內室，唬的秦鐘的兩個遠房嬸母並幾個弟兄都藏之不迭。

都判官聽了，也就唬慌……

而對照甲戌本、己卯本、庚辰本、程乙本，「嚇」「唬」分佈情況如下——

甲戌本：一、嚇　二、嚇　三、唬　四、唬　五、唬

己卯本：一、唬　二、嚇　三、嚇　四、唬　五、唬

庚辰本：一、唬　二、嚇　三、嚇　四、唬　五、唬

程乙本：一、嚇　二、嚇　三、嚇　四、嚇　五、唬

查《長沙方言詞典》第101頁，列有「嚇煞巴人」、「嚇得一彈」（釋爲「嚇了一跳」）、「嚇心嚇膽」、「嚇慌噠」等4個條目。再查《南京方言詞典》第353頁，列有「嚇」、「嚇怕」、「嚇人」、「嚇人巴拉的」、「嚇著了」等5個條目。

由此可見，原始作者和曹雪芹都是懂得「嚇」的本意的。《紅樓夢》原始文本均應爲「嚇」。「唬」都是傳抄過程中別人改的。

「夯」，「嵡鬼」，「嚇」，加上《紅樓夢》第十六回中「吃茶」（不言喝茶）、「不住的」（不言不停的）、「裏頭的」（不言裏面的）、「開了臉」、「吃碗子」（不言吃一碗）、「才剛」（不言剛才）等等湖南民間用語，共同構築了一個典型的湘方言語境。雖說這個方言語境在曹雪芹披閱增刪以及作品傳抄過程中被其

它地方語言所遮蔽，可原始文本獨特的語言文化信息，依然透過層層的迷霧，傳遞到了今天。藉此我們得知，《紅樓夢》的最早稿本是用湘方言寫成的。此乃中國文學史的眞實呈現！

2009 年 8 月 6 日於滬上

湘方言：以《紅樓夢》第六十七回爲例

《紅樓夢》甲戌本、己卯本、庚辰本都缺第六十七回。而戚序本、列藏本、程甲本等保存有這一回。以《紅樓夢》第六十七回爲例，考查原始作者稿本中的湖南方言別有興味。

先從「治家伙」一詞說起。《紅樓夢》程甲本第六十七回——「且說薛姨媽聞知湘蓮已說定了尤三姐爲妻，心中甚喜，正是高高興興要打算替他買房子，治家伙，擇吉迎娶，以報他救命之恩。忽有家中小廝吵嚷『三姐兒自盡了』……」

「治家伙」爲湖南方言，「置辦東西」之意。馮其庸先生瓜飯樓重校評批《紅樓夢》本第六十七回採用程甲本，並認爲「此回雖抄補，實是石頭記原文」。

可情況複雜的是，周汝昌先生彙校《紅樓夢》本第六十七回採用的是戚序本。「買房子，治家伙」，爲「買房治屋」。「治屋」這個說法欠通，也不符合湘方言規範。然而情況更爲複雜的是，戚序本此回後文尚有——鳳姐（對著興兒）罵道：「好小雜種！你還敢來支吾我。我問你，二爺在外邊怎麼就說成了尤二姐？怎麼買房子，治家伙？怎麼娶了過來？一五一十的說個明白，饒你的狗命。」（興兒回答說）「……又恐怕奶奶知道，攔阻不允，所以在外邊咱們後身兒買了幾間房子，治了東西，就娶過來了。」

鄭慶山先生脂本彙校《石頭記》本第六十七回採用的是列藏本。「買房子，治家伙」，爲「買房屋，治器用」。列藏本此回後文鳳姐跟興兒的對答，基本上與戚序本相同，有「治家伙」和「治了東西」的湘方言用語。

更加有味的是，鄭慶山先生脂本彙校《石頭記》本，又將程甲本第六十七回作爲附錄，期望「以與列藏本之原著比較，而辨眞僞，明是非，比短長，較優劣」。其實，這是一個仁者見仁、智者見智的問題。

依我看，列藏本比較接近原始作者的稿本。除「治家伙」和「治了東西」的湘方言用語外，尙有「左不過」、「時氣」、「一邊子」、「該的」、「抿了抿頭」、「不住手的趕」、「牛不吃水，也強按頭」、「幾起子」等湖南民間老百姓的常用語言。戚序本也大體上同於列藏本。

當然，如果仔細核查，戚序本、列藏本第六十七回前面一部份顯然經過了一定程度的改動。倒是程甲本第六十七回前面一部份更加接近原始作者的稿本，保留了「治家伙」、「夯雀兒先飛」、「叫人把魂嚇掉了，還沒歸竅」等湖南方言。

2009 年 8 月 3 日

紅學筆記：蕶苓香

《紅樓夢》第十五回，寧國府爲秦可卿送殯，北靜王水溶念世交之誼，特設路祭。此時，水溶頭一次見寶玉，「將腕上一串念珠卸了下來，遞與寶玉道：『今日初會，倉促竟無敬賀之物，此係前日聖上親賜蕶苓香念珠一串，權爲賀敬之禮。』」第十六回，林黛玉安葬其父歸來，寶玉將北靜王所贈零苓香串珍重取出來，轉贈黛玉。黛玉說：「什麼臭男人拿過的？我不要他！」遂擲而不取。寶玉只得收回……

鄧遂夫先生《脂硯齋重評石頭記甲戌校本》第十五回有一條重要校注——「蕶苓香」，原作「脊苓香」，各本皆同；惟甲辰本作「蕶苓香」，從甲辰本改。按蕶苓香，一作零陵香（見《集韻》、《廣韻》），因湖南零陵縣所產最佳，故名。劉禹錫《瀟湘神二曲》詩云：「君問二妃何處所，零陵芳草露中秋」，此即製作此香之芳草。各本所誤之「脊」，素無此字，實乃「蕶」字草書之形訛，且始自原稿本謄錄者的誤識誤書，故致各本傳抄皆誤。第十六回又作「鶺鴒香」，則屬原稿本謄錄者的再度臆改。……

甲辰本第十五回作「蕶苓香」，第十六回作「零苓香」。本家遂夫先生所擇甚是！

然言「脊」，素無此字，失察。《漢語大字典》收有此字，引《集韻 ·昔韻》，草名。而蕶苓香，又是怎樣的一種芳草呢？

蕶苓香，即「羅勒」（Ocimum basilicum）。一作「蘿芀」，亦稱「零陵香」、「蘭草」。唇形科。一年生芳香草本，高 20～50 釐米。莖方形，多分枝，常帶紫色。葉對生，卵形或卵狀披針形，背面有腺點。夏秋開花，花白色或淡紫色，每六朵輪生在花莖上排成多輪的假總狀花序；苞片倒披針形；花萼鐘狀，五齒裂，不等大；花冠上唇寬大，四淺裂，裂片近相等，下唇長圓形；雄蕊四枚，後對花絲基部具刺。小堅果卵圓形。原產熱帶亞洲和非洲，我國中部、南部和東南部都有栽培。用種子繁殖。莖、葉可提取芳香油；全草入藥，爲健胃藥；民間暑日採鮮葉代茶泡飲，有清涼作用。在商品藥材中，全草稱「省頭草」，種子稱「光明子」。

劉禹錫的好友柳宗元的集子中有《登蒲洲石磯望橫江口潭島深迴斜對香零山》一詩。注者韓醇曰：「香零山在永州。」

今零陵，古永州地界也。我一直認爲，《紅樓夢》原始文本爲湘人所寫，曹雪芹後爲之披閱增刪。由「蘅芩香」此例，可知原始作者濃濃的鄉土情，他刻意地要把與湖南相關的地望土宜寫進作品。此說聊備紅學專門家參考。

2009 年 8 月 13 日於上海

「楊藏本」中的湘方言信息

中國社會科學院文學研究所所藏《乾隆抄本百廿回紅樓夢稿》，因係清人楊繼振所藏，故簡稱「楊藏本」。

先看馮其庸先生瓜飯樓重校評批《紅樓夢》本。該書以庚辰本作爲底本，其第五十九回有這麼一段——那婆子聽如此說，自不捨得出去，便又淚流滿面，央告襲人等說：「好容易我進來了，況且我是寡婦，家裏沒人，正好一心無掛的在裏頭伏侍姑娘們。姑娘們也便宜，我家裏又省些攪過。我這一去，又要自己去生火過活，將來不免又沒了過活。」

這中間「我家裏又省些攪過」這一句，歧義頗多。

對此，鄭慶山先生《脂本彙校石頭記》第五十九回作了校記——「也省些嚼裹」，原作「又有些較過」，「較」點改作「攪」，戚序本、列藏本作「交」，楊藏本作「繳」。「也省」從戚序本、楊藏本、列藏本改。夢序本、程甲本有刪削。按，「嚼裹」（見《現代漢語詞典》），指吃的東西，如北方人見面問人「吃什麼嚼裹兒」，常指吃好吃的東西。所以「較」固訛文，「攪」更非原文，「過」亦借字。庚辰本旁改旁補的字，多半出於一北方人的臆測。

我在《鄧牛頓美學文學紅學思辨集》中則另有一解——攪過作爲詞語不大通。長沙方言中有「繳用」一詞，《長沙方言詞典》注爲，生活上的開支……在這部詞典中，「繳」與「攪」同一讀音。「攪過」是抄寫者不大懂方言，抄錯了。也許眼花了，與下面兩個「過」字混起來了。「攪過」實際上原始之作當爲「攪用」。（百家出版社 2004 年第 1 版第 437 頁）

很有意思的是，周汝昌先生彙校《紅樓夢》本第十回，將各抄本「家裏也省好大的嚼用呢」，「反倒在他身上添出許多嚼用來呢」，一律依楊藏本改「嚼用」爲「攪用」。

我以爲周先生改得對！只是第五十九回這一處，周先生依戚序本「我家裏也省些交過」，作「我家裏也省交過」。大約因抄本上下文的語意欠通，他老人家採取了比較慎重的選擇。

周汝昌先生在《紅樓夢》第十回中校改「嚼用」爲「攪用」，我認爲接近原始文本。因爲校改工作，必須把視野放在全書，統一取捨。這裡，周先生將第十回和第五十九回相同的語意聯繫起來考慮，以決定校字校詞的選取，就做得非常之好！以音記字，原始文本作者將現在湖南通行的方言「繳用」寫作「攪用」，符合歷史的邏輯。

倘再進一步探求，楊藏本作「繳」，與庚辰本旁改之「攪」相通。「攪用」，即今湖南方言之「繳用」，鑒於楊藏本這一特殊脂評本的重要地位，或許「繳用」本來就是原始文本原始作者的手筆呢？！

《紅樓夢》版本學家林冠夫先生在《紅樓夢版本論》一書中說：「《楊繼振舊藏本紅樓夢》，百二十回一次過錄完成，過錄的時代大致上可定於乾嘉之交。」「楊本前八十回的底本是個拼湊本。前七回的底本是己卯本，第八回以後，也可能是個拼湊的脂本。無論是前七回還是第八回以後，在文字上有傳抄中的訛誤，也有個別地方經後人小改，但是，基本上還能保持底本的面貌，這對我們認識己卯本和瞭解另一特殊的脂本，都有很重要的價值。」「楊本不僅是我們校讀《紅樓夢》的重要版本依據，而且對於我們認識《紅樓夢》的一些有關問題，也是一重要的資料。」據此，我以爲，林先生的分析可信！「楊藏本」中透露出的湘方言信息值得我們重視。

2009年8月9日於黃浦江畔

紅學筆記：「懶待」「懶怠」應爲「懶得」

中國藝術研究院紅樓夢研究所《紅樓夢》校注本（人民文學出版社 1996 年 12 月北京第 2 版）第二十八回，有兩處「懶待」。其一，林黛玉想了一想，笑道：「是了。想必是你的丫頭們懶待動，喪聲歪氣的也是有的。」寶玉道：「想必是這個緣故。等我回去問了是誰，教訓教訓他們就好了。」其二，薛蟠道：「愛聽不聽！這是新鮮曲兒，叫作哼哼韻。你們要懶待聽，連酒底都免了，我就不唱。」眾人都道：「免了罷，免了罷，倒別耽誤了別人家。」

甲戌本第二十八回：其一，作「懶怠」。其二，作「懶待」。

鄭慶山《脂本彙校本石頭記》第二十八回：其一其二皆作「懶怠」。

紅研所校注本第三十五回：第 468 頁作「懶待」。

紅研所校注本第四十二回：第 565 頁作「懶待」。

紅研所校注本第四十四回：第 588 頁作「懶待」。

紅研所校注本第五十一回：第 697 頁作「懶怠」。

鄭慶山《脂本彙校本石頭記》以上各回：依該書《敘例》一律作「懶怠」。鄭本的這種考慮，可能是以爲「懶待」欠通，惟「懶怠」爲妥。

值得注意的是，紅研所校注本第四十三回有一個校記——「作詩」，蒙府、戚序本同。原作「作待」，「待」字屬下讀，後點去。

其實這是因爲《紅樓夢》在傳抄過程中，「詩」誤作了「待」。同樣，「懶待」是「懶得」的誤抄。此後或許有人發現「懶待」欠通，故改作「懶怠」。

再考慮到《紅樓夢》不同版本中人物「侍書」「待書」的區別，皆因抄者誤寫之所致。故歸結起來，《紅樓夢》中所有「懶待」「懶怠」均需改作「懶得」爲是。

啊！《舒元煒序本紅樓夢》第二十八回，其一果眞作「懶得動」！（國家圖書館出版社第 2 冊第 849 頁）

2009 年 9 月 11 日

《紅樓夢》校注：依湘語視角

《紅樓夢》校注，歷來紅學家作了很多細緻的工作，付出了艱辛的勞動。因爲歷史上《紅樓夢》的傳播相當長時期處於傳抄狀態，又由於地域語言上的差異與隔閡，故而產生了若干滯礙難解難通之處。校注工作的使命，就在於盡最大可能恢復到曹雪芹從事「披閱」、「增刪」時候的文本原貌，對疑難之處作出合乎歷史情況的解釋，以利於大眾閱讀和文學研討。我對以往紅學家所做的貢獻，一直懷著深深的敬意。

正是本著對文學歷史負責的精神，我願從湘語視角，對《紅樓夢》的某些校注提出一點不同之見，供紅學專門家參考。

身子底下冰涼漬濕一大灘精

《紅樓夢》第十二回　眾人上來看看，已沒了氣，身子底下冰涼漬濕一大灘精，這才忙著穿衣擡床。

馮其庸先生《瓜飯樓重校評批紅樓夢》對此有校記——「冰涼漬濕」，庚辰原作「水漬濕」，「濕」字被後人誤點去。己卯作「冰漬濕」，「漬」下又旁添兩點，連讀爲「冰漬漬濕」。顯係衍一「漬」字。按，「水」字當係「冰」字筆誤，「涼」字據楊本、蒙府、戚序、甲辰諸本增。

參考《紅樓夢》第六回，「襲人伸手與他繫褲帶時，不覺伸手至大腿處，只覺冰涼一片沾濕，唬的忙退出手來，問是怎麼了。」馮先生校改正確。

不過第六回，甲戌本作「粘濕」，己卯本作「沾濕」，庚辰本作「沾濕」，我以爲校改時均宜改作「漬濕」。第十二回「漬漬濕」在湖南方言中是可以存在的，意爲很濕很濕，顯示程度。

《長沙方言詞典》第六十六回：價濕的，很濕。

當代湖南作家葉夢《行走湖湘·王村散記》:「踩著漬濕的水草走過瀑布。」

唬我這麼一跳好的

《紅樓夢》第二十四回　林黛玉道:「你這個傻丫頭,唬我這麼一跳好的。你這會子打那裏來？」

我在 2003 年讀中國藝術研究院紅樓夢研究所校注本（人民文學出版社 1996 年 12 月北京第 2 版）時，上述第二十四回文字保持了庚辰本原貌。這個校注本前有馮其庸先生的《紅樓夢校注本再版序》(1994 年 7 月 6 日於京華寬堂)。

可如今讀馮其庸先生《瓜飯樓重校評批紅樓夢》(遼寧人民出版社 2005 年 1 月第 1 版）時，卻驚人地發現他出了這麼一個詳細的校記——庚辰「唬我這麼一跳，好的，你這會子打那裏來？」戚本、舒本同，蒙府本作「好好的」,列本無「好的」兩字，甲辰、程甲本作「唬我一跳，你這會子打那裏來？」楊本原文同甲辰、程甲，旁改後成「你這傻丫頭，冒冒失失的，唬我這麼一跳，你這會子打那裏來？」程乙本無「這麼」兩字，餘全同楊本改文。

鄭慶山先生《脂本彙校石頭記》(作家出版社 2003 年 4 月第 1 版）於此作出校記，可很慎重地保持了庚辰本文本原貌。

「嚇我一跳好的！」這在湖南老百姓的口頭上是一句普通得不能再普通的話。「嚇我一跳好的！」就是嚇得我好厲害的意思。「好的」是指程度而言，形容詞後置以突顯語意。

《紅樓夢》中「唬了一跳」「唬我一跳」甚多，僅第二十四回就有 4 處，惟這一處強調了程度。許多《紅樓夢》文本之所以作了種種的改動，原因皆在不懂湘方言的語意與表達方式。

另外，值得注意的是，《紅樓夢》第五十一回，麝月慌慌張張的笑了進來，說道:「嚇了我一跳好的。黑影子裏，山子石後頭，只見一個人蹲著。我才要叫喊，原來是那個大錦雞，見了人一飛，飛到亮處來，我才看眞了。若冒冒失失一嚷，倒鬧起人來。」馮其庸先生《瓜飯樓重校評批紅樓夢》這一回保留了「嚇了我一跳好的！」未作任何改動與說明。又，《紅樓夢》第四十一回，「若繞出去還好，若繞不出去，可夠他繞回子好的。」馮其庸先生《瓜飯樓重校評批紅樓夢》這一回亦未作任何改動與說明。可見，這類句式在《紅樓夢》已有多處，皆屬湘方言的表達方式。

便將碗碰翻

《紅樓夢》第三十五回　那玉釧兒見生人來，也不和寶玉廝鬧了，手裏端著湯只顧聽話。寶玉又只顧和婆子說話，一面吃飯，一面伸手去要湯。兩個人的眼睛都看著人，不想伸猛了手，便將碗碰翻，將湯潑了寶玉手上。玉釧兒倒不曾燙著，唬了一跳，忙笑了……

鄭慶山《脂本彙校石頭記》此處有校記——「撞落」，楊藏本作「撞著」，程甲本作「撞翻」，舒序本作「碰落」，夢序本作「碰翻」，餘本同於底本。馮其庸《瓜飯樓重校評批紅樓夢》選擇了夢序本「碰翻」，依湘語爲是。而「撞落」與「不曾」，均屬吳語。錄此請紅學專門家參考。

興出新文

《紅樓夢》第四十五回（黛玉對寶釵說）「每年犯這個病，也沒什麼要緊的去處。請大夫，熬藥，人參肉桂，已經鬧了個天翻地覆，這會子我又興出新文來熬什麼燕窩粥，老太太、太太、鳳姐姐這三個人便沒話說，那些底下的婆子丫頭們，未免不嫌我太多事了。……」

紅研所校注本注：「新文——新花樣」。馮其庸《瓜飯樓重校評批紅樓夢》正文同紅研所校注本。

可鄭慶山《脂本彙校石頭記》第四十五回爲「這會子我又興出新聞來」。

又紅研所校注本第五回　賈母等於早飯後過來，就在會芳園遊頑，先茶後酒，不過皆是寧榮二府女眷家宴小集，並無別樣新文趣事可記。

馮其庸《瓜飯樓重校評批紅樓夢》第五回、鄭慶山彙校本第五回皆同於紅研所校注本第五回文字。

其實，這兩回使用「新文」一詞是正確的。「文」者，文也。湖南方言語意爲新花樣。「新聞」卻不同，「聞」者，聞也。兩者有相當大的區別，不可替代。1973 年人民文學出版社《紅樓夢》有注：「興出新文——這裡如同說：提出新花樣，作出新文章。」後面「作出新文章」似乎離開了《紅樓夢》原作語意，也離開了湖南方言的語意。

《紅樓夢》第二、四十八、五十七、七十九至八十回都有「新聞」詞語，讀者可以參照。現僅錄第二回中相關文字，供比較——雨村因問：「近日都中可有新聞沒有？」子興道：「倒沒有什麼新聞，倒是老先生你貴同宗家，出了一件小小的異事。」

填限（？）

《紅樓夢》第四十七回　賈璉道：「我過去只說討老太太的示下，十四往賴大家去不去？又請了太太，又湊了趣兒，豈不好！」平兒笑道：「依我說，你竟不去罷。闔家子連太太、寶玉都有了不是，這會子你又填限去了。」

這回開頭寫的是賈母為賈赦欲娶鴛鴦為妾的事而生氣。大夥兒陪她打牌，以使其消消氣。此時賈璉想進去叫人，平兒勸他不要去，以免挨老太太罵。

此處鄭慶山《脂本彙校石頭記》有一條校記——「填限」，各本同，當作「填餡」。原指砌牆時，於牆中填充泥土。後為白白代人受過充當犧牲品的意思。

不過，這個「填限」顯屬不通。「限」字抄錯了！依湖南方言當為「眼」字，形似而訛。「填限」應為「填眼」。鄭先生的推測似乎欠妥。

階砌（？）

《紅樓夢》第六十回（蟬姐）說著，便起身出來。至後門邊，只見廚房內此刻手閒之時，都坐在階砌上說閒話呢，他老娘亦在內。

《紅樓夢》中時而用「階磯」，時而用「臺磯」，只有這裡用「階砌」。

《長沙方言詞典》第 118 頁：「階基，門外屋檐下的過道。」

《紅樓夢大辭典》「階磯」條：石砌的臺階，同「臺磯」之第一義。又查該辭典「臺磯」之第一義：古建築臺基面上鋪砌的階條石。這種解釋跟湖南地方建築的實際狀況是有距離的。階基，既可能是石頭鋪的，也可能是泥巴鋪的，既可能是一級一級的石頭階磯，亦可能是或石或泥的簷下之地。階基，這是湖南老百姓都懂得的普通名詞。無論古建築，抑或大眾民居，都有。

《紅樓夢》第二十九回　賈珍站在階磯上。

《紅樓夢》第四十二回　王太醫不敢走甬路，只走旁階，跟著賈珍到了階磯上。門窗也倒豎過來，階磯也離了縫。

《紅樓夢》第五十二回　（寶玉）一面下了階磯，低頭正欲邁步……

《紅樓夢》第七十五回　尤氏大車上也不用牲口，只用七八個小廝挽環拽輪，輕輕的便推拽過這邊階磯上來。

綜合以上，《紅樓夢》第六十回「階砌」係抄寫者之誤，應作「階磯」。

2009 年 9 月 9 日於上海

《南京師範大學文學院學報》2010 年第 2 期

湖南作家作品與《紅樓夢》的語言比照之一

《紅樓夢》自甲戌本 1754 年算起，至今也就 250 年左右。現將湖南人民出版社 1979 年出版的 1949～1979 的《湖南短篇小說選》《湖南散文選》，與《紅樓夢》中的相關語言作比照，期望引起紅學專門家的關注與思考。

漬　濕

《紅樓夢》第十二回　身子底下冰涼漬濕一大灘精。

《湖南短篇小說選》第 632 頁　兩旁茅柴蓬夾著的斜坡小道，本來就不好走，加上老天爺故意鬥狠；下著毛雨，茅柴上面的水，把褲子掃得漬濕……（李綠森《應徵者的母親》）

白　淨

《紅樓夢》第十九回　茗煙見是寶玉，忙跪求不迭。寶玉道：「青天白日，這是怎麼說。珍大爺知道，你是死是活？」一面看那丫頭，雖不標致，倒還白淨，些微亦有動人處，羞的臉紅耳赤，低首無言。

《湖南短篇小說選》第 15 頁　一個細肉白淨的小夥子，年紀約莫二十一二歲，（嘴里正嚼著檳榔）（周立波《卜春秀》）

降　伏

《紅樓夢》第二十一回　鳳姐自掀簾子進來，說道：「平兒瘋魔了。這蹄子認眞要降伏我，仔細你的皮要緊！」

《湖南短篇小說選》第 275 頁 「那個男人看到一下子降服不了我，就衝著那女子喊：『快，到李村去報告團總。……』」（王以平《伐木者的野宴》）

《湖南散文選》第 293 頁 「這個山區知識青年，別看是個小妹子，善跑步能爬山，可是我們商店的一條好扁擔哪！她來後，我第一次和她送貨下鄉，就被她『降服』了。……」（賀良凡《「長跑運動員」》）

談 講

《紅樓夢》第二十四回　林黛玉和香菱坐了。況他們有甚正事談講，不過說些這一個繡的好，那一個刺的精，又下一回棋，看兩句書，香菱便走了。

《湖南短篇小說選》第 3 頁　當了主婚人，他只得不走，坐在新娘房裏抽煙，談講，等待儀式的開始。（周立波《山那邊人家》）

階 磯

《紅樓夢》第二十九回　賈珍站在階磯上，因問：「管家在那裏？」

《湖南短篇小說選》第 15 頁　他一進大門，昂起腦殼，大模大樣，誰也不理，走上階磯，連連跺腳……（周立波《卜春秀》）

《湖南短篇小說選》第 593 頁　她帶上門走下階基。（陳壽庚《陣雨》）

失 錯

《紅樓夢》第四十一回　襲人一直進了房門，轉過集錦槅子，就聽的鼾齁如雷。忙進來，只聞見酒屁臭氣，滿屋一瞧，只見劉姥姥扎手舞腳的仰臥在床上。襲人這一驚不小，慌忙趕上來將他沒死活的推醒。那劉姥姥驚醒，睜眼見了襲人，連忙爬起來道：「姑娘，我失錯了！並沒弄髒了床帳。」一面說，一面用手去撣。

《湖南短篇小說選》第 525 頁 「這一回，算是我失了錯。」「爲麼子失了錯？」這一問，問得陳四阿公又張口結舌地答不上來了。（彭倫乎《葉裏藏金》）

黑 早

《紅樓夢》第四十七回　展眼到了十四日，黑早，賴大的媳婦又進來請……

《湖南短篇小說選》第 611 頁　他擔心姑娘不願嫁過來，於是，第二天一黑早就到屋後去開溝……（朱力士《布穀聲聲》）

挑　腳

《紅樓夢》第六十三回　寶玉靸了鞋，便迎出來，笑道：「我還沒睡呢。媽媽進來歇歇。」又叫：「襲人倒茶來。」林之孝家的忙進來，笑說：「還沒睡？如今天長夜短了，該早些睡，明兒起得方早。不然到了明日起遲了，人笑話說不是個讀書上學的公子了，倒像那起挑腳漢了。」

《湖南短篇小說選》第 790 頁　爲了養活兩家六口，周漢雙和顧大江每天從工廠下工後，跑到夜碼頭挑腳，扛大包……（夢凡　興亞　新奇《新女婿》）

丟　生

《紅樓夢》第七十三回　這裡寶玉聽了，便如孫大聖聽見了緊箍咒一般，登時四肢五內一齊皆不自在起來。想來想去，別無他法，且理熟了書預備明兒盤考。口內不舛錯，便有他事，也可搪塞一半。想罷，忙披衣起來要讀書。心中又自後悔，這些日子只說不提了，偏又丟生，早知該天天好歹溫習些的。

《湖南短篇小說選》第 230 頁　「我是在鄉里長大的」周瑞蓮說。「後來進了城，學演戲，勞動少了。只每年下鄉支持雙搶搞個把月，又下放過幾次。斷斷續續，還沒丟生。」（未央《心中充滿陽光》）

到這步田地

《紅樓夢》第十三回　今見賈珍苦苦的說到這步田地……

《紅樓夢》第三十三回　素日皆是你們這些人把他釀壞了，到這步田地還來解勸。

《湖南短篇小說選》第 14 頁　「到這步田地，反正你也猜到了。索性打開了窗子說亮話，告訴你吧，受了你娘老子託咐，我這一回是來說親的。……」（周立波《卜春秀》）

丁是丁卯是卯

《紅樓夢》第七十三回 「姑娘，你別太仗勢了。你滿家子算一算，誰的媽媽奶子不仗著主子哥兒多得些益，偏咱們就這樣丁是丁卯是卯的，只許你們偷偷摸摸的哄騙了去。……」

《湖南短篇小說選》第 678 頁　這些心地純樸、直率的人，說起話來，丁是丁、卯是卯的……（健峰《蒙古牛》）

2009 年 10 月 9 日於上海

湖南作家作品與《紅樓夢》的語言比照之二
——以丁玲小說《母親》爲例

現將湖南現代作家丁玲的小說《母親》與《紅樓夢》的語言作比照，供紅學專門家參考和思索。丁玲（1904～1986），出生於湖南常德，祖籍湖南臨澧。1912 年起在長沙就讀。1923 年入上海大學中國文學系。1924 年到北京，爾後往來於京滬之間，從事文學活動。她是中國左翼作家聯盟成員。1932 年中篇小說《母親》在滬揭載，1933 年由上海良友圖書印刷公司出版。

一　向

《紅樓夢》第六十六回　（柳湘蓮）去年因打了薛呆子，他不好意思想見我們的，不知那裏去一向。

丁玲《母親》一　就是我，算同三嬸有緣，過這邊來了，雖說沒有同三嬸幾時好好住一向，到底大家心裏都明白，誰在誰背後都是說好話兒的。

鄧按：「一向」爲時間詞，即「好一陣子」之意，長沙方言。揚州方言爲「一向時」。

打　發

《紅樓夢》第三十七回　襲人打點齊備東西，叫過本處的一個老宋媽媽來，向他說道：「你先好生梳洗了，換了出門的衣裳來，如今打發你與史姑娘送東西去。」

丁玲《母親》一　大姑奶奶又打發人回去拿了小毛衣來，正打算還住一陣，家裏的媳婦卻正在這時打發人來接了。

鄧按：在長沙方言中，「打發」有指派、安排、施捨、送禮諸義，《紅樓夢》中各種詞義的例證都有。

偏　了

《紅樓夢》第十四回　寶玉道：「我們偏了。」紅研所本於此加注：偏了——謙詞，佔先、僭越之意。這裡是表示自己已經吃過了的客氣話。

丁玲《母親》一　「雲弟，什麼地方偏了來，臉還紅著。」

鄧按：「偏了」，長沙方言。南京方言為「有偏了」。

墊心子

《紅樓夢》第三十二回　襲人道：「且別說頑話，正有一件事還求你呢。」史湘雲便問「什麼事？」襲人道：「有一雙鞋，摳了墊心子。我這兩日身上不好，不得做，你可有工夫替我做做？」紅研所本於此加注：摳（kou 扣陰平）了墊心子——摳：挖；縷。意謂將鞋面用剪刀挖鉸出各種花樣圖案，從背面再襯上別種顏色的料子。

丁玲《母親》二　（曼貞）換了一件品藍軟縐的夾衫，四周都是滾黑邊，壓銀道兒。倒袖也是一式。繫的是百褶黑湖縐裙，裙的塡心上也釘著銀絲邊。穿一雙藍紗鎖口的白綾平底鞋。頭上紮了一綹白絨線，一式兒插著幾根琺瑯的銀簪，一枝鸚鵡摘桃的琺瑯壓鬢花。

鄧按：此時我會想起，細時候在湖南鄉間看媽媽做鞋子的樣範。同時又想，丁玲的女性筆觸與《紅樓夢》的筆致何其相似乃爾！不得不疑《紅樓夢》的原始作者也是一名女性？！

討　嫌

《紅樓夢》第二十七回　鳳姐聽說將眉一皺，把頭一回，說道：「討人嫌的很！……」

丁玲《母親》二　（秋蟬）她從前討嫌么媽一張碎米似的嘴，現在卻念起她來。

鄧按：「討嫌」意為討厭，湖南方言。揚州方言為「討（人）嫌」。我已經充分地注意到《紅樓夢》中南京、揚州、蘇州等地方言的存在，這正需要我們對原始作者的人生經歷作綜合的考察。

偏　生

《紅樓夢》第九回　偏生這日賈政回家早些，正在書房中與相公清客們閒談。忽見寶玉進來請安，回說上學裏去，賈政冷笑道：「你如果再提『上學』兩個字，連我也羞死了。依我的話，你竟頑你的去是正理。仔細站髒我這地，靠髒了我的門！」

丁玲《母親》二 「我說要讀書，你就不准，偏生她一說讀書，你就幫她。」

鄧按：「偏生」即「偏偏」之意。長沙、蘇州兩地方言都有。

沒得便

《紅樓夢》第七十五回　尤氏笑道：「成日家我要偷著瞧瞧他們，也沒得便。今兒倒巧，就順便打他們窗戶跟前走過去。」

丁玲《母親》三 「……日後有便，倒想借幾本碑帖看看呢。」

鄧按：「有便」「沒得便」係湘方言，指有或沒有方便的時候。

溜

《紅樓夢》第十七、十八回　外面卻是桑、榆、槿、柘，各色樹稚新條，隨其曲折，編就兩溜青籬。

《紅樓夢》第五十四回　賈珍等至賈母榻前，因榻矮，二人便屈膝跪了。賈珍在先捧杯，賈璉在後捧壺。雖止二人奉酒，那賈環弟兄等，卻也是排班按序，一溜隨著他二人進來，見他二人跪下，也都一溜跪下。

丁玲《母親》三　1、一溜的坐了四頂轎子。2、遠遠便看見一溜花牆。

鄧按：《長沙方言詞典》——溜，量詞，用於成行或細長的東西。

2009年10日16日於上海

湖南作家作品與《紅樓夢》的語言比照之三
——以周立波小說爲例

周立波（1908～1979）湖南益陽人。中國作家協會湖南分會主席。反映湖南地區生活的作品有長篇小說《山鄉巨變》和眾多短篇小說。本文引用的作品選自《周立波文集》第 2、3 兩卷（上海文藝出版社 1982 年第 1 版）

階磯　談講　堂客　堂屋

《紅樓夢》第七十五回　尤氏大車上也不用牲口，只用七八個小廝挽環拽輪，輕輕的便推拽過這邊階磯上來。

《紅樓夢》第三十六回　寶釵獨自行來，順路進了怡紅院，意欲尋寶玉談講以解午倦。

《紅樓夢》第七十一回　榮寧兩處齊開筵宴，寧國府中單請官客，榮國府中單請堂客……堂屋內設下大案桌，鋪了紅氈，將凡所有精細之物都擺上，請賈母過目。

周立波《山鄉巨變》1、他們坐在階磯上的板凳上，抽煙，談講。2、李月輝以爲起了一個絕早，又抄了近路，到區上不是頭一個，也是第二名。哪裏曉得，等到他們進得區委臨時辦公處所在的一家人家的堂屋，那裏早已坐滿一屋人，碰頭會開始久了，他們趕場了一截。3、他一看完，心裏火起，走上去把它撕了，回到房間裏，問他堂客道：「這張揮子是哪個貼的？」「大概是那班細妹子吧？我沒介意。」堂客回答他。

周立波《桐花沒有開》　他走上階磯，就去打門。屋裏燈亮了，他從格子窗望去，只見他堂客披上棉衣，拿盞沒有罩子的煤油燈，出來開了堂屋門。

鄧按：周立波《山鄉巨變》中的詞語，與《紅樓夢》相關的詞語出現最多的是「階磯」、「談講」、「堂客」、「堂屋」，每個詞均達數十處之多。

脾　味

《紅樓夢》第七十五回　賈環近日讀書稍進，其脾味中不好務正也與寶玉一樣，故每常也好看些詩詞，專好奇詭仙鬼一格。

周立波《山鄉巨變》　他曉得大春是靠不住的，他是公家的人了；唯有這兩人，和他脾味相投，想法一樣，是可靠的，萬萬沒有料想到，他們也變了。

周立波《桐花沒有開》　這話正合三爹的脾味。他放下犁，把牛弔在路邊一株栗樹上，自己蹲在路邊，認眞摸實地和那個頭挽白袱子的人扯談。

鄧按：脾味，即脾性、心思。

木　屐

《紅樓夢》第四十五回　1、黛玉問道：「上頭怕雨，底下這鞋襪子是不怕雨的？也倒乾淨。」寶玉笑道：「我這一套是全的。有一雙棠木屐，才穿了來，脫在廊簷上了。」2、黛玉道：「跌了燈値錢，跌了人値錢？你又穿不慣木屐子。那燈籠命他們前頭照著。……」

周立波《山鄉巨變》　第二天，是個春天常有的陰雨天。盛淑君打把雨傘，穿雙木屐，幾早來到了盛祐亭家裏。人還沒有來一個，她收了雨傘，脫了木屐，坐在階磯上，跟堂伯娘扯一陣家常……

鄧按：解放前，湖南鄉民下雨天普遍穿木屐。我小時候也試著雨天穿木屐上學，但因爲道路過於泥濘，容易（陷進去）拔不出來，故也屬於「穿不慣木屐」的角色，只得煩勞父母師長或學兄學姊背著上學，至今記憶如昨。藉此機會，向當年背過我的師長和學友深致謝意。關於木屐，紅研所本有注：棠木屐（ji 基）——棠木製作的屐，下有高齒，雨天當套鞋用。棠：即棠梨，也叫杜梨，落葉喬木，木質堅韌。屐：木鞋。就我所知，此種木屐面子由皮革縫製而成，鞋底爲木板，下面釘著四個鐵齒，便於雨天在泥濘的路上著地行走。穿著時不必脫去平常穿的鞋襪，把腳直接伸進木屐中即可。至於棠木製屐，疑爲檀木，即黃檀木也。檀木，湘人稱檀樹，老人說檀樹板子可做木屐，木質堅牢。我小時候就認識這種檀樹。檀，豆科，落葉喬木。奇數羽狀複葉，小葉 9～11 枚，互生，倒卵形或長橢圓形，先端微凹。夏季開花，蝶形花冠，黃色，圓錐花序。莢果長橢圓形，扁薄，有 1～3 粒種子。生山坡灌木叢中、溪旁、山溝、林邊。廣布於我國中部、南部各地。木材堅韌，可製車輛和用具等。

汕

《紅樓夢》第七十七回　（寶玉）只得桌上去拿了一個碗，也甚大甚粗，不像個茶碗，未到手內，先就聞得油膻之氣。寶玉只得拿了來，先拿些水洗了兩次，復又用水汕過，方提起沙壺斟了半碗。

周立波《山鄉巨變》　她要好多水，他挑好多水。如今他一走，連吃水都沒得人挑，不要說是洗洗汕汕了。

鄧按：汕，讀作 san 去聲。指洗東西後用水再「過一過」、「涮一涮」之意。

春　凳

《紅樓夢》第三十三回　早有丫鬟媳婦等上來，要攙寶玉，鳳姐便罵道：「糊塗東西，也不睜開眼瞧瞧！打的這麼個樣兒，還要攙著走！還不快進去把那藤屜子春凳擡出來呢。」眾人聽說連忙進去，果然擡出春凳來，將寶玉擡放在凳上，隨著賈母王夫人等進去，送至賈母房中。

周立波《新客》　客人是一位姑娘，如今坐在王媽房裏一條紅漆春凳上，年紀約莫十八九；……

周立波《蓋滿爹》　大家就在板凳上、椅子上和春凳上坐著。

鄧按：在我的印象中，春凳一般置於主人的臥房之中。我見過的是紅漆春凳，製作甚爲考究。《紅樓夢》中描寫的那種藤屜子春凳，我沒有見過。紅研所本對春凳有注——春凳：一種面較寬的可坐可臥的長凳。又，《紅樓夢》第七十回，亦出現過「高凳」一物——「也有搬高凳去的」。湖南民居中既有高凳，亦有板凳，還有春凳。

釅　茶

《紅樓夢》第六十二回　（史湘雲）原是來納涼避靜的，不覺的因多罰了兩杯酒，嬌嬝不勝，便睡著了，心中反覺自愧。連忙起身閫鬧著同人來至紅香圃中，用過水，又吃了兩盞釅茶。

《紅樓夢》第八十回　王一貼喝命徒弟們快泡好釅茶來。

周立波《掃盲誌異》　這時節她轉進竈屋，用紅漆茶盤端出一杯泡好的釅茶。

鄧按：釅茶，即很濃很濃的茶。《長沙方言詞典》第 196 頁，釅：（汁液）濃；味厚。舉例「咯杯茶太釅噠。」

躲懶

《紅樓夢》第五十六回　寶玉笑道：「媽媽們也別推辭了，這原是分內應當的。你們只要日夜辛苦些，別躲懶縱放人吃酒賭錢就是了。……」

《紅樓夢》第六十四回　（襲人對寶玉說）「等打完了結子，給你換下那舊的來。你雖然不講究這個，若叫老太太回來看見，又該說我們躲懶，連你的穿戴之物都不經心了。」

周立波《掃盲誌異》「明夜照樣學，不許躲懶，李家裏的滿妹子。將來，我要派人來考你們的！」

鄧按：往昔湖南民間常說「躲懶」，而甚少像如今說「偷懶」。

發躁

《紅樓夢》第七十七回　周瑞家的發躁向司棋道：「你如今不是副小姐了，若不聽說，我就打得你。……」

周立波《臘妹子》（臘妹子）她看看橡皮弓弦和茶子木弓子，「毛病到底出現在哪裏呢？」她琢磨不出，心裏發躁，起身撿了些石子，舉起彈弓，亂打一氣，不料這樣子一來，打順了手了，心裏平穩，手也不顫了。

鄧按：發躁就是心煩。民間常說，「心裏煩躁」。

氣得倒仰

《紅樓夢》第六十九回　我聽見這話，氣得倒仰……

《紅樓夢》第七十二回　司棋聽了，氣個倒仰……

周立波《蓋滿爹》　蓋滿爹眞的喜仰了，兩回都請先生吃了滿月酒。

鄧按：湖南民間喜歡用這個「仰」字。如說某人喜歡出去玩玩、逛逛，就會說他「喜歡到處仰」。人家絆了，會說「仰天一跤」。喜仰了，就是喜得臉朝天。氣得倒仰，就是仰面朝後跌倒下去，形容「氣得不得了」。

絆

《紅樓夢》第二十一回　史湘雲跑了出來，怕林黛玉趕上，寶玉在後忙說：「仔細絆跌了！那裏就趕上了！」

周立波《山鄉巨變》　不料自己絆一交，右腳曲了氣……

周立波《林冀生》　「一個一個走，不要著急，不要絆了。」駕船女子一手挽住槳，讓船頭緊緊貼在岸邊，嘴裏這樣叮嚀下船的過客。

鄧按：湖南民間說「摔了」、「跌倒了」爲「絆」，讀作 ban 去聲。《紅樓夢》第 21 回「絆跌了」，「跌」疑爲旁注「絆」所形成的衍文。但《紅樓夢》第五十二回「只用一根紅絲把兩個人的腳絆住」的「絆」，讀作 pan 去聲，如湖南話「蠻絆筋」即是這個「絆」字。

此外，周立波作品中尚有「黑早」(《桐花沒有開》)、「偏了」(《禾場上》)、「得空」「賊脔的」(《霜降前後》)、「一溜」「現世現報」(《山鄉巨變》)等等語彙與《紅樓夢》的語言相近或相對應。

值得欣慰的是，2003 年我更多的是憑少年記憶將湘語中的相關詞語來跟《紅樓夢》作對照，今年 2009 則是通過湖南作家作品來與《紅樓夢》作對照，於是驚人地發現，語言的少年記憶是何等的牢固而眞切。跟語言學家對個人語言積纍的地域特徵和年齡階段的論斷是多麼的吻合！我十六歲離開故鄉到北京上大學，對故鄉鄉音的記憶和把握葆有著充分的信心！

2009 年 10 月 29 日於滬上

《紅學筆記》跋

收在這本《紅學筆記》中的文字，前一部份《紅學問題探究》，是 2003 年寫的，曾收入《鄧牛頓美學文學紅學思辨集》（百家出版社 2004 年 12 月出版）；後一部份《鄧牛頓紅學園地》，則是 2009 年寫的，絕大部份放在「新浪網」湖南牛的博客上。

我之走進紅學，完全出於偶然。在寫作第三本美學專著《說趣》（重慶出版社 2005 年 4 月出版）的掃尾階段，欲把「知趣」、「湊趣」、「逗趣」這幾個術語集中到一篇文章中來講，於是想起了以往讀過的《紅樓夢》，其所描繪的社會背景和人際關係，大約有可能支撐起這樣論述的框架。

跟過去讀《紅樓夢》重人物、故事不同，這次細讀側重在人物關係和語言表達。哇，怎麼會有這麼多熟悉的鄉音啊？！所以這就有了 2003 年那幾篇讀紅的文字。新說的提出，質疑原在意料之中，可挨罵卻萬萬沒有想到，而且出在刊載拙文的同一張《中華讀書報》上。針對惡意的攻訐之聲，只得寫信反擊，接連寫了三、四封信，可《中華讀書報》的相關掌權人卻一律拒絕刊登。沒辦法，不得已，只得勞請青年朋友將其中的三封信幫我掛到網上。這就是現在作爲附錄的那三封公開信，算是留作歷史的紀錄吧。

2009 年，在學術研究的空隙之中，又想起了六年前的那一次挨罵的遭遇，於是又花了大半年的時間對《紅樓夢》中的相關問題進行了再一次全面的梳理，邊寫邊公佈在博客上。其中《紅樓夢文本獻疑》一文，蒙《南京師範大學文學院學報》慨予接納揭載，眞是感慨繫之、感激不已啊！

絕不敢說我講的都對。只是將我所熟悉的相關的語言、風物、習俗集納到一起，奇蹟般構成一個共同的地域環境，試圖說明《紅樓夢》原始文本的狀況和探尋《紅樓夢》原始作者的蹤跡。未來的歲月中，找不找得到他或她，碰運氣吧。

鄧牛頓　2009 年 11 月 2 日

贅語：2005 年在浦東幹部學院，在紀念瞿秋白同志殉難七十週年的學術討論會上，我終於有幸遠遠地一睹罵人者陳鐵健先生的風采。粗略的印象是，有那麼一點子驕狂之氣。聽他那發言的口氣，似乎中共黨史上那許多的是非曲直，都得由他這樣的「專家」來評說論定。而依我之見，大概得廣大人民說了算，多數黨員說了算，前進的歷史說了算。

尋找脂硯齋

尋找脂硯齋

前言：自從2003年我關注《紅樓夢》研究以來，就堅定地認爲「脂硯齋理當享有《紅樓夢》的署名權」。爾後雖說心有旁騖，從事了許多別方面的寫作，可尋找「脂硯齋」，尋找《紅樓夢》原始作者的意願，一直縈繞在我的心頭——

《紅樓夢旨義》云：《紅樓夢》「又曰石頭記，是自譬石頭所記之事也。」《石頭記》的作者原爲「石頭」。演繹石頭城故事的人應跟這座城市緊密相關。「脂硯齋」在其對《紅樓夢》的評述中，屢及「頑石」、「石兄」之類。竊以爲，「脂硯」二字隱寓的是，「石」乃血肉之軀，「石」現而「旨」見。即《紅樓夢》原始作者現身之時，其創作主旨將會得到更加分明的顯示。我們的使命就在，撥開歷史的迷霧，找到那個神神秘秘的「她」或「他」。

我所奉行的研究方法是：一、始終堅持從文本出發，即從《紅樓夢》創作文本和脂硯齋評論文本中找線索；二、努力找尋歷史材料的依據；三、充分慮及《紅樓夢》作爲小說藝術的創作特徵。

脂硯齋說《紅樓夢》

《脂硯齋重評石頭記》（簡稱「脂批」）一開頭就說，這是一部「將眞事隱去」，「原」、「應」、「歎」、「息」的家族興衰史，運用眞假、有無、陰陽、虛實、正反諸藝術手法，演繹出的「滿紙荒唐言，一把辛酸淚」的「離合悲歡，炎涼世態」的悲劇故事。面對著石頭城裏「鐘鳴鼎食之家，翰墨詩書之族，如今竟一代不如一代」的景況，作者爲自己「無材補天，幻形入世」而「一生慚恨」。有感於「紅塵中有卻有些樂事，但不能永遠依恃，況又有美中不足、好事多魔八個字緊相連屬。瞬息間則又樂急生悲，人非物換，究竟是到頭一夢，萬境皆空」，作者說此「四句乃一部之總綱」，即敷演《紅樓夢》故事的基調，而「警省」與「警戒」當事者與後來人則是作者的創作目的。整個脂批，作者身份躍然紙上！

甄（眞？）與賈（假）家

《紅樓夢》第二回，賈雨村與冷子興對話，講起金陵城（即石頭城）裏的甄府和賈府，冷子興說，「誰人不知道這甄府和賈府就是老親，又係世交，兩家來往極其親熱的……」

先講賈家。《紅樓夢》人物原型大多來自清康熙年間江寧織造曹寅一家。列舉如下——

賈政——康熙南巡，曹寅接駕有功，朝廷「給曹寅以通政使司通政使銜」。曹寅（1658～1712）爲賈政的原型。脂批：「嫡眞實事，非妄擁（擬）也。」

賈寶玉——曹寅之子曹連生（1693～1715），奉康熙特旨改換曹顒學名。康熙曾說，「曹顒係朕眼看自幼長成，此子甚可惜。朕所使用之包衣子嗣中，尙無一人如他者。看起來生長的也魁梧，拿起筆來也能寫作，是個文武全才的人。他在織造上很謹愼。朕對他曾寄予很大的希望。」（據康熙五十四年正月十二日內務府《奏請將曹頫給曹寅之妻爲嗣並補江寧織造摺》）在《紅樓夢》中，曹顒顯然是賈寶玉的原型。

賈璉——在《紅樓夢》中，人物設置往往採取分身法，於是上述曹連生又「假設」爲賈政的兄長賈赦之子，屬藝術虛構。

賈珍——曹寅還有另外一個兒子「珍兒」，次子。康熙五十年（1711），曹寅在江寧織造兼鹽差任。《辛卯三月二十六日聞珍兒殤，書此忍慟，兼示四侄，寄西軒諸友三首》，內有「零丁摧亞子，孤弱例寒門」句。悼珍兒詩見《詩鈔別集》。在《紅樓夢》中，賈珍成了寧國府賈敬的兒子，賈蓉之父，秦可卿的公公，其輩份未變。另虛構賈珠爲賈政的已逝長子，李紈之夫，賈蘭之父。

元春——曹寅長女曹福金，康熙四十五年（1706）由皇帝指婚，嫁多羅平郡王訥爾蘇爲福晉。在《紅樓夢》中元春爲賈政之長女，輩份沒變。不過非常有趣的是，訥爾蘇（1690～1740）爲努爾哈赤次子代善五世孫，在《紅樓夢》中「代善」卻被虛構成賈政之父，賈母之夫。

尋找脂硯齋

李紈——曹寅之妻爲蘇州織造李煦之堂妹。在《紅樓夢》中，一位李氏女子被虛構成賈政之長媳李紈。

傅秋芳——曹寅有一個妹夫名傅鼐。在《紅樓夢》中，第三十五回寫賈政門生傅試，因其妹傅秋芳有點才貌，想與豪門攀親，乃遣兩個婆子來探望寶玉。

總之，賈家——在《紅樓夢》裏意謂著，乃是他們家「西」堂裏的一群寶貝演繹的一個「原、應、歎、息」（元春、迎春、探春、惜春）的故事。《紅樓夢》係一部隱喻性的虛構作品。

再說甄家。這問題甚爲複雜。《紅樓夢》裏的故事，主要在賈家展開。甄士隱甄寶玉家事早已隱於背後。更由於作者使用了「障眼法」，要尋找作品的現實生活素材來源，即甄（眞？）家本事，就格外困難。作者隱寓著的那個「眞」家究竟在哪裏？

我們知道，宗法制的家庭是以男性爲中心的。依照邏輯推理，賈政賈寶玉們的賈家（寓假家）之外，就應當有一個「眞」家。

史太君、王夫人、邢夫人、王熙鳳、李紈等外姓女子，均已嫁入賈家，「假」家已經成爲了她們的眞家了。唯有林黛玉、薛寶釵、史湘雲諸女子，或寄寓、或遊走於賈家。那麼，這林、薛、史等人，她們冠有的父姓之家，就應當是她們的眞家了。

林黛玉姓林，眞家在蘇州。薛寶釵姓薛，眞家在應天。史湘雲姓史，飄來泊去，那史家在哪兒？

啊，「史家」！跟曹寅同時代的江寧城裏不是有個施世綸家嗎？施世綸（1658～1722），福建晉江人。康熙年間其父施琅，因收復臺澎、墾拓寶島有功，嘉授「靖海侯」。（《紅樓夢》第13～14回，秦可卿死時，都曾提及忠靖侯史鼎和其夫人前來賈府悼唁。）他青少年時代隨父，家居北京。又由於爾父的蔭庇，26歲得到了一個江蘇泰州知州的官職。康熙32年（1693年），施世綸由揚州知府遷任江寧知府，在此與江寧織造曹寅時相過從，關係親密。周汝昌先生在《紅樓夢新證》中列舉了許多材料記錄了這兩家的交往，恰巧契合「老親」、「世交」和「極其親熱」。康熙41年（1702），施世綸授湖南布政使，曹寅《送施潯江方伯之任湖南》詩云：「三年卓筆賦黃樓，期建高牙過石頭。」（《楝亭詩鈔》卷四）顯然，當年石頭城上飄揚著施家這地方官府的旗幟，在公眾的心目中，施家人也自然會擁有「石頭」這一類的能代表這座城市的徽識。

復看《紅樓夢》的人物設置。小說第二回敘及賈母，「賈代善襲了官，娶的金陵世勳史侯家的小姐爲妻」。此處脂硯齋有兩條批語。一、「因湘雲及也」。二、「記眞，湘雲祖姑史氏太君也」。《紅樓夢》作者最喜歡採用諧音、隱寓的手法來寫人，「史」姓明顯是「施」姓的諧音。將施家的人事搬到了賈家，一是史侯家小姐成了賈家的太上皇，二是讓史家的姑娘「湘雲」能自由地進出賈家。作品主旨、藝術結構需要形成的這種虛構，其現實素材來源顯然採擷自施世綸家。

還有一個林家。林黛玉的父親林如海，這名字源自施世綸家跟大海的關係。施世綸本人生在福建晉江，而晉江瀕臨大海，他的夫人正姓林。施世綸《南堂詩鈔》中有多首「贈內弟林 xx」的詩，可資佐證。

任何小說創作，作者都有相當多的熟悉的素材資源。這甄家與賈家，施家與曹家，如此熟識的人事關係的線索，當然使我們有可能從中來尋找《紅樓夢》原始作者的蹤跡。

甄寶玉和賈寶玉

也是《紅樓夢》第二回，賈雨村與冷子興對話。「冷子興演說榮國府」，描述了賈家寶玉的情狀，賈雨村則談及在甄家見到的甄寶玉。此時脂硯齋批道，「甄家之寶玉乃上半部不寫者，故此處極力表明以遙照賈家之寶玉。凡寫賈寶玉之文正爲眞寶玉傳影。」

脂硯齋這些話說得頗有點蹊蹺。整部《紅樓夢》，賈寶玉是主人公，爲何還要說是「爲眞寶玉傳影」呢？這就等於告訴我們讀者，作者心目中原本有兩個寶玉，一個是曹家的寶玉——賈（假）寶玉，另一個是施家的寶玉——甄（眞）寶玉。曹家的寶玉曹連生，一個大帥哥。施家有好些弟兄，兒隨母相，形象不會如爾父那麼難看，長得應算英俊。至於其中哪一位是作者心儀的「眞寶玉」，亦即施家的寶玉哥哥，那還得從史料中去尋找。當然，無論甄寶玉賈寶玉，都應該說是作者創造出的理想化的「二哥哥」、「厄（愛）哥哥」。

脂硯齋與史湘雲

眞巧啊！怎麼那麼巧？從上述《紅樓夢》的藝術結構和人物設置中，我們已經覺察到它跟現實生活的緊密關連。再說脂硯齋，其評批語言的細密，對創作意圖、創作手法的熟稔，更重要的是對創作主體情感的理解和申述，

尋找脂硯齋

都遠遠超乎一般的評論者。故而不能不使我們猜想：這脂硯齋應該就是作家自己！

讓我們來解讀庚辰本第二十一回的一則脂批。「有客題《紅樓夢》一律，失其姓氏，惟見其詩意駭警，故錄於斯。『自執金矛又執戈，自相戕戳自張羅。茜紗公子情無限，脂硯先生恨幾多。似幻似眞空歷遍，閒風閒月枉吟哦。情機轉得情天破，情不情兮奈我何。』凡是書題者不可（不以）此爲絕調。詩句警拔，且深知擬書底裏，惜乎失石矣。」這是理解脂硯齋的一個關鍵！「自執金矛又執戈，自相戕戳自張羅。」對《紅樓夢》小說而言，這講的分明是自己創作、自己評論，自己通過創作評說這一悲劇世情與悲劇人生，就彷彿自己剜自己的心一樣的痛楚。「茜紗公子情無限，脂硯先生恨幾多。」茜紗公子就是《紅樓夢》作品中住在怡紅院裏的賈寶玉，他當然是一位多情的公子少爺。小說第五十八回，《茜紗窗眞情揆癡理》，作者以讚賞的筆墨表現了賈寶玉對底層人情世態的寬容和理解。「脂硯先生」乃是實際生活中的作品評述者，她爲何「恨幾多」？這從她對小說中情節和人物的評說中，反覆表明著她在現實中有相類似的人生遭際與內心情感。小說第四十九回，《脂粉香娃割腥啖膻》，描寫史湘雲和賈寶玉一起啖食鹿肉的情景，這不也就分明地透露出「史湘雲」這個「脂粉香娃」跟小說評批者「脂硯齋」之間的勾連嗎？原來，「脂硯先生」——「脂粉香娃」，小說中那個喜歡女扮男裝的史湘雲，就是實際生活中脂硯齋的「傳影」啊！確實，在人生的路途上，在創作小說的過程中，脂硯齋遍歷了「似幻似眞」的情境，在「情」與「不情」的境遇中打轉，眞的是「人非物換」、「萬境皆空」，到頭來終竟「紅樓一夢」！這是何等多的「情」和「恨」啊！脂硯齋分明「深知擬書底裏」，儘管她如何地「張羅」，終於連自己的一個眞實的姓名也留不下來（「失石」，失「實」也，亦寓作者「石頭」的眞名被掩），這又是怎樣的無可奈何的人生悲劇啊！

施家養女

既然我們已經打通了「脂硯齋」與「史湘雲」之間的關連，那我們就有可能從現實生活和文學創作兩相連屬之中，逐漸揭開其歷史遮掩下《紅樓夢》作者的眞實面影——

先看《紅樓夢》第五回關於史湘雲的曲文：「〔樂中悲〕襁褓中，父母歎雙亡。縱居那綺羅叢，誰知嬌養？幸生來，英豪闊大寬宏量，從未將兒女私情略縈心上。好一似，霽月光風耀玉堂。廝配得才貌仙郎，博得個地久天長，準折得幼年時坎坷形狀。終久是雲散高唐，水涸湘江。這是塵寰中消長數應當，何必枉悲傷。」此乃史湘雲人物命運演變的基本線索：父母雙亡，被人收養，曾配得兒郎，後又終離散——作品中她是賈母史太君弟兄保齡侯史鼐的家人，自幼爲叔嬸收養。此處脂批：「意眞辭切。過來人見之，不免失聲。」

《紅樓夢》中與史湘雲相類似遭遇的還有林黛玉。第三回《榮國府收養林黛玉》，脂硯齋批道：「收養」——「二字觸目淒涼之至」；「上無親母教養，下無姊妹兄弟扶持」——「可憐」，「一句一滴血一句一滴血之文」。脂硯齋爲什麼對被收養這般敏感，有如此滴血之痛，應該說，這一定觸動了她自己的心旌。

聯繫到史湘雲常從史家到賈家，獲取些許的溫暖，那麼她在眞家（史家——施家）會是怎樣的情景呢？「縱居那綺羅叢，誰知嬌養？」既然寄人籬下，她就得看別人的臉色，她就得乖巧點主動幹活（女紅之類），其孤苦情狀可想而知。史湘雲和林黛玉實實就是作者的化身，在兩個女子相互比照、彼此映襯之中，藉以來渲泄她心中的悵恨，多側面地來顯現她的複雜的內心情感和被扭曲的多重性格。

我們再從史籍中看施世綸家。施世綸既是一個悲天憫人的清廉之官，又是一個講求人情的慈善長者。其《南堂詩鈔》中有一首《哭昂弟》的詩：「鴻雁影沉雲序失，鶺鴒魄散雨聲涼」，「寡妻穉子吾當撫，痛哭那堪折少年」。只要不過於坐實，那施家收養養子養女確有可能。「史湘雲」是史家收養的，「林黛玉」是賈家收養的，那麼與她們有類似命運的「脂硯齋」呢？依著從虛到實、從作品到現實的合乎邏輯的推定：脂硯齋乃是施世綸家的養女！只不過，她是在怎樣的情境中從故鄉湖南走進施家，我們目前尙不得而知，但隨著清史的整理挖掘，找到更加清晰的線索，應該可以指望。

多情女子

《紅樓夢》作者將史湘雲說成是「從未將兒女私情略縈心上」，實際上這是對女子性心理的一種掩飾之詞。作爲詩禮之家的一員，她可能更加重視精神追求，在靈肉矛盾之中更多地嚮往於靈境。正如她所說的，此時可以「啖肉食腥」，彼時即能「錦心繡口」，吟詩作賦，雅俗兼呈。

其實，人的一生，對「情」的追求，難以規避。史湘雲無疑是一個多情

尋找脂硯齋

女子。她跟賈寶玉自幼相識，多次替賈寶玉梳頭，瞭解賈寶玉愛在女孩中廝混，甚至有抓了胭脂就往嘴裏送的毛病。她把賈寶玉親熱地叫做「二哥哥」。長大了，又賡續著童年時代的友情，相互關懷，彼此依戀，時而詩社吟哦，時而園中嬉鬧，荳蔻年華中流露出的這種沁甜情愫，至今仍讓人爲之豔羨。

然而，那畢竟是一個封建道統的年代。正如同在賈家，林黛玉不可能實現與賈寶玉的結合，史湘雲在寄養的史家，也不大可能選擇她心中傾慕的另一個「二哥哥」。

脂硯齋創作的高明之處就在於，在這種一分爲二、而又兩相映照的人物關係之中，天才地來描摹她對人情事理的深度考察和體悟，並藉以表現她內心深處愛著、戀著的眞實情懷。

許多紅學家對史湘雲的後續婚姻情況作過種種猜測，其實她的悲劇命運不可避免。史湘雲海棠詩，「自是霜娥偏愛冷」句後，脂硯齋批道：「又不脫自己將來形景」。多清醒啊！在寫作評批《紅樓夢》的過程之中，脂硯齋已經分明地意識到像她這一類的女子，在封建家族制度之下，悲劇命運難以逆轉！

是的，就史湘雲的人生遭際與心理感受而言，「史」家又何嘗是她的眞家。脂硯齋正是憑藉著這一人物塑造，在這種「眞」和「假」的糾結之中，遮遮掩掩、隱隱作痛地向天下人進行著靈魂的傾訴……

閨中才秀

《紅樓夢》的創作與評說，已經全面地展示了脂硯齋對社會人生的深刻理解和在傳統文化方面的深厚造詣。民俗、宗教、哲學，小說、詩詞、戲曲、書畫，建築、園林、服飾、飲食，樣樣她都懂得。分析起來，這得益於她養女的社會身份，行走在鐘鼎之家、書香之族與社會底層之間，使她獲得了甚是廣闊的人生視野和頗爲獨特的藝術視角。

從歷史上看，她所寄寓的施家，確是一個「富而詩禮之家」。施世綸這個人，在官場上清廉從政，到家來則趕緊讀書，閒時則最喜山水登臨。「挑燈讀罷玄暉賦」；「謫仙詩句坡仙筆」；「遶湖霽景營邱筆，出水清詩謝朓才」；「問世有文章，散懷在瀟灑，自昔守維揚，吾慕歐陽者」，「誰憐彭澤酒，獨愛草堂詩。」他於邸中自建西園草堂、芙蓉閣、雪舫（即脂批所提及的「矮𩠆舫」），吟詩賞畫，頻臨山水，到年邁「甲子駸駸兩鬢遷，老來還復愛詩篇」，可見他的文化素養之深。「我已悠悠爲客久，子來復憶家山否？」「十五年來客帝京，何期今日向南行」，他懷念福建故鄉、閩中山水，他尊老愛幼，兄弟情深，多方面顯示乃一性情中人。他將在帝都私邸取名「南堂」，源自他在南方長期生活與爲官的經歷。正是生長在這樣的文化環境之中，耳濡目染，歲月浸淫，再加之個人特殊的人生經歷，脂硯齋可以說是在亦順亦逆的情境之中，鑄造了她的情性和人格，成就了她以文字傳情的偉業。

《紅樓夢》寫作

脂硯齋寫作《紅樓夢》前後，施、曹兩家發生了哪些重大事件呢？

康熙 23 年（1684） 施世綸授泰州知州。

康熙 28 年（1689） 康熙第二次南巡，稱施世綸爲「天下第一清官」。授揚州知府。

康熙 32 年（1693） 施世綸到任江寧知府。曹寅時任江寧織造。

康熙 35 年（1696） 施世綸父母先後辭世。曾授蘇州知府，以丁憂守制爲由，辭。

在閩期間參與《潯海施氏大宗族譜》編纂，陸續撰《大宗祀引》《族約引言》《施氏族約》。

康熙 38 年（1699） 施世綸授江南淮徐道。康熙第三次南巡，爾後第四、五、六次南巡均由曹家接待。

康熙 41 年（1702） 春，施世綸授湖南布政使。

康熙 43 年（1704） 施世綸移安徽布政使。

康熙 44 年（1705） 施世綸進京，遷太僕寺卿。

康熙 45 年（1706） 施世綸坐湖南任內失察，營兵掠當鋪，罷職。三月授順天府尹。是年冬，曹寅長女出嫁。

康熙 48 年（1709） 施世綸授左副都史兼管順天府尹事。

康熙 49 年（1710） 施世綸遷戶部侍郎，調總督倉場。

康熙 50 年（1711） 施世綸於京邸自建雪舫落成。

康熙 51 年（1712） 曹寅逝世，其子曹顒接任江南織造。次年冬，曹顒在《奏請進鹽差餘銀摺》中稱，「將此所得餘銀，恭進主子添備養馬之需，或備賞人之用……」

康熙 54 年（1715） 施世綸授雲南巡撫，未到任。調漕運總督。是年春，曹寅之繼子曹頫出任江寧織造。

尋找脂硯齋

康熙 59 年（1720） 施世綸赴陝西等地督察軍餉等事並負責賑災。

康熙 60 年（1721） 施世綸復理漕政。

康熙 61 年（1722） 施世綸四月以病乞休，康熙溫旨慰留，令其子施廷祥馳驛省視。五月卒。是年，康熙歿，雍正繼位，曹寅妻兄李煦因虧空國庫被撤職抄家。

雍正 1 年（1723） 相傳四月初十，12 歲的乾隆和 10 歲的曹雪芹相會於圓明園。

雍正 5 年（1727） 施世綸之子嗣編就父著《南堂詩鈔》。

雍正 6 年（1728） 春，曹家被抄。秋，曹家人北返京城。

乾隆 19 年（1754） 脂硯齋重評石頭記甲戌本問世。

乾隆 24 年（1759） 脂硯齋重評石頭記己卯本問世。

乾隆 25 年（1760） 脂硯齋重評石頭記庚辰本問世。

乾隆 29 年（1764） 曹雪芹逝世。

1705 年康熙第 5 次南巡，曹寅接駕。1706 年初施世綸因湖南任內失察事被免職過。1706 年底曹寅長女出嫁。1707 年康熙第 6 次南巡，曹寅又一次接駕。1712 年和 1722 年曹寅、施世綸先後逝世。1722 年，曹寅妻兄李煦被撤職抄家。1728 年曹家被抄。這個時間表，值得思索：應當說，曹、施兩家都過了鼎盛時期，逐漸呈現出衰敗景象。正所謂「如今生齒日繁，事物日盛，主僕上下安富尊榮者盡多，運籌謀畫者無一，其日用排場費用又不能將就省儉，如今外面的架子雖未甚倒，內囊卻也盡上來了。」吾疑：施家人是否從曹家人的興衰史中引起了警覺，想著要寫一部警世的小說？再說，施世綸是清代爲民盛讚的清官，康熙將他譽之爲「天下第一清官」，在那樣的家庭氛圍中，出現一個頭腦清醒的欲警天下的傳奇作者，實在情理之中。《石頭記》一書原始文本的作者就隱藏在施家的女眷中！曹雪芹接手作品修改後，下筆時，時而爲先祖曹寅諱，又似乎時而不諱，此中分明地透露出存在著另外一個原始文本的信息——原始文本的作者既然不是曹家人，她當然用不著爲曹家先祖諱。

《紅樓夢》這部百科全書式的作品的醞釀、構思與寫作，大約啓於乾隆初年，脂硯齋用十年左右的時間完成初稿，爾後或因家庭變故、或因心力交瘁以及其它原因，交付給一位名「曹雪芹」的人接手，「於悼紅軒中披閱十載，增刪五次，纂成目錄，分出章回」。

脂硯齋康熙 44 年（1705）前後隨施家進京做官在北京生活。曹雪芹則於雍正 6 年（1728）秋曹家被抄後隨家遷居北京。這是脂硯齋和曹雪芹能夠在京相識並於日後合作的機緣。看來脂硯齋眞要長曹雪芹一輩，曹雪芹該尊稱她爲「施家阿姨」啊！

讓史料說話

如果說以上論說，尚存若干推測的成分，那麼就讓我們翻開施世綸當年曾經親自參加過編纂的《潯海施氏大宗族譜》（臺灣龍文出版社 1993）——

施琅——施世綸家父。《紅樓夢》第四十九回云：「誰知保齡侯史鼐又遷委了外任大員，不日要帶了家眷去上任。賈母因捨不得湘雲，便留下他了，接到家中。」周汝昌先生在其《紅樓夢》校注本中作注：「保齡侯乃世職，乃忠靖侯史鼎之弟。」

施世綸——娶永春林氏，繼室王氏，副室葉氏、王氏、劉氏、宋氏、朱氏、李氏、林氏。生男：廷元（葉氏出），廷愷（林夫人出），廷龍（王氏出），廷禹（宋氏出），廷祥（王氏出），廷藩（劉氏出），廷開（朱氏出），廷廣（李氏出），廷偉（王氏出），廷第（林氏出）。

施廷元——施世綸長男。字濟美，號西岩。御前侍衛。生康熙己未年十一月廿八日申時。娶南靖謝氏，封安人，生康熙己未年十二月十七日午時。生男俊英、淮英、膺英。

施廷愷——施世綸次男。字伯佐。貢生。生康熙癸亥年十一月初三日申時。娶晉江林氏，生康熙甲子年十一月十九日丑時。生男憲英、樞英、？英。

施廷龍——施世綸三男。字伯猶。貢生。生康熙壬辰年七月初三日巳時。娶郭氏，生康熙乙亥年十月十二日亥時。生男尊英、？英。

請看，這個施家三兒媳郭氏，有點特別惹人注意，其它兒媳都記載有出生地點，唯獨她無根無攀。我敢斷定，她就是脂硯齋，由施家養女成了施家兒媳，其夫君廷龍爲繼室王氏所生。

聯繫《紅樓夢》的人物設置——

史家——施家也。已如前述。

王家——王家。王夫人、鳳姐都姓王。《紅樓夢》第五十三回，王夫人之兄「王子騰升了九省都檢點」，寓意王氏之子廷龍日後當升騰也。

薛家——「謝家」之諧也。施家長媳就姓謝。

尋找脂硯齋

林家——林家。施世綸髮妻姓林，次媳也姓林。

固然，「王」、「薛」兩個家族的設想可能源自金陵「舊時王謝堂前燕」的啓示，但更大的可能性，則是作者的創作構思可能受施家內部「王」、「謝」、「林」三個姓氏的啓發。

此外，對照周紹良先生的《紅樓夢》繫年，元妃歸省那一年，寶玉 12 歲，黛玉 11 歲，寶釵 15 歲。實際生活中，施家大兒媳謝氏生於 1680 年，二兒子廷愷生於 1683 年，二兒媳林氏生於 1684 年，正好與寶釵、寶玉、黛玉三人的年齡差恰相吻合。天下怎能有如此巧合的事情啊？！

脂硯齋這個人

脂硯齋，康熙 34 年（1695）農曆乙亥年十月十二日亥時生。姓郭。籍貫不詳。被施世綸家收養後，嫁給世綸第三個兒子廷龍。廷龍生於康熙 31 年（1692）農曆壬申年七月初三日巳時。他們育有兩個男孩。大兒名尊英，生於康熙 50 年（1711）農曆辛卯年十一月初七日辰時。小的名？英，生於康熙 53 年（1714）農曆甲午年三月十一日辰時。他們是否育有女孩，待考。

廷龍之母爲施世綸繼室，姓王。施世綸髮妻永春林氏於康熙 30 年（1691）農曆辛亥年四月初六日辰時卒。此後不久，施世綸即娶王氏爲繼室，並於次年七月有男孩廷龍出生。

非常巧的是，施世綸在其京邸南堂建造的書齋「雪舫」，於 1711 年（「辛卯十有一月」）落成，這是否跟慶賀尊英這個孫子出生相關？

又，按時間推算，郭氏與施廷龍圓房之時，大約在 1711 年春天。二十年後，她回憶當年情景：「傷哉！作者猶記矮䫜舫前以合歡花釀酒乎？」想新婚的那些歲月，於正在建設的不繫舟前，釀造合歡花酒，多溫馨，多浪漫！我們則由此推算出，郭氏他們從事《紅樓夢》的創作，應在 1731 年左右，正於曹家被抄之後。

郭氏通過藝術構思，告訴人們，她的作品結構是假設（「賈赦」也）虛構的。但石頭城的城門，榮國府寧國府的府門，她個人的心靈之門皆已打開（賈赦的夫人姓「邢」，即寓「邑」門已「開」）。既然，城「郭」之門、閨「閣」之門都已打開，那我們在時開時掩、亦實亦虛的藝術情境中，就能夠看到那個時代的景象以及一群女子們的生活情景。脂硯齋眞是一個絕頂聰慧的偉大作家！一部《紅樓夢》，奠定了她在中國文學史和世界文學史上的崇高地位！

本文結語

憶及我2003年發表《紅樓夢植根湘土湘音》《紅樓夢中的湖南方言考辨》以來，至今遷延已有十載。此刻，2012年春，當我再次讀到有正戚序本第54回總批，「都中望族首吾門」，聯繫施世綸長期擔任順天府尹（有人說相當於北京市長）的史實時，一個衣著樸素、脂粉略施、紙筆墨硯準備齊全的女子，正端坐書案前沉思的脂硯齋的形象，終於突顯在眼前。

本文的結論是：脂硯齋係清代施世綸家女眷。《紅樓夢》，一部由郭姓的湖南女子敘說的封建家族興衰史也！

謹向這位偉大的中國女性作家脂硯齋致敬！願大地的春風能撫慰她的靈魂……

2012壬辰年二月龍擡頭的日子裏初稿，春3月定稿於滬上

（《南京師範大學文學院學報》2012年第2期）

《紅樓夢》原始作者的蹤跡

探尋《紅樓夢》原始作者的蹤跡，是我這幾年一直關注的問題。

2003 年我研讀《紅樓夢》，得出兩條重要的結論：脂硯齋是《紅樓夢》的原始作者，脂硯齋有在湖南生活的經歷。但茫茫人海，史海浩渺，脂硯齋究竟在哪裏？當時尚屬茫然。一直到 2010 年 5 月我印製《紅學筆記》時，還在題記中說：「未來的歲月中，找不找得到他或她，碰運氣吧。」（香港世紀風出版社）

儘管如此，可近十年來，我總在惦記著這個問題。如何著手？想來想去，首先還得從《紅樓夢》創作文本和脂硯齋評論文本出發，發現問題。其一，甲戌本第六回脂批，有「姥」和「逛」兩個字特別注音，很引人注目。其二，《紅樓夢》第四十一回賈母說不吃六安茶，要吃老君眉。紅研所本注，老君眉是湖南君山茶，對此我一直存疑。其三，庚辰本第三十八回脂批，提及的「矮𩕳坊」到底在哪兒？在思考這類問題時，我當然要顧及這跟「湖南」是否有關連？又，脂硯齋從湖南走出後，會有怎樣的人生軌跡？

方法是，堅持從文本出發，從細小處著眼，發現問題，尋找線索，擴大視野，多向搜尋，廣泛探討，既不坐實，亦不懸空，決不先入爲主，囿於一己之見，這樣逐步地做去，終於有所發現。以下是相關的幾則筆記——

「姥」

《紅樓夢》甲戌本第六回《賈寶玉初試雨雲情　劉姥姥一進榮國府》，在「狗兒遂將岳母劉姥姥」文後有一夾批，「音老。出《偕聲字箋》。稱呼畢肖。」

這個「姥」字，我最早接觸的是李白的詩《夢遊天姥吟留別》。注云：天姥，山名。讀音爲「母」。《後吳錄》:「剡縣有天姥山，傳聞登者聞天姥歌謠之響。」《一統志》:「天姥峰，在台州天台縣西北，與天台相對。其峰孤峭，下臨剡縣，仰望如在天表。」詩云:「越人語天姥，雲霞明滅或可覩。天姥連天向天橫，勢拔五嶽掩赤城。……」我南開上學時同學張大元用四川口音朗讀李白此詩，至今聲猶在耳。

2001 年，我前往安徽巢湖等地旅遊，聽導遊講巢湖中姥山的故事。那時姥山雖未能登臨，可仰望之情至今縈繞心頭。其傳說云——

> 傳說在很久以前，今巢湖本爲古巢州地。古巢州近江，有港，打漁者多，魚市旺，乃一魚米之鄉。而今合肥地，古則爲一浩瀚無垠的澤國。
>
> 忽一日，江水暴漲，遊魚隨潮而遷。有一漁者出港打魚，偶獲巨魚一條，驚喜異常，於是趕忙入市趁鮮而賣。一嗜魚者過此，將此魚，買回。待餐時，唯一老婦人不食。時有一老翁過此見之，近老婦人耳語曰:「此乃吾子也，汝獨不食，吾一定厚報之。近日汝可往視城東門石龜，若其目赤，城當陷，汝當即避之。」言罷，老翁不見。
>
> 老婦人聞言，深信不已，遂天天往城東門瞅視石龜之眼，觀其是否赤變。如此來去匆匆，行止詭秘，一小孩見之，甚迷惑不解，便好奇地探問何故。老婦人見是一小孩，未加留意，便如實相告。小孩聽後，甚感好笑，頓生逗逗老婦人之意。次日，小孩於老婦人往視前，以豬血塗在石龜雙目。老婦人往視後，見石龜雙目汪血欲滴，急轉身返回家中，呼家人齊往城外逃走。時見一青衣黃子，對其曰:「吾乃龍之子，可隨後行。」引老婦人登山。然時辰已到，巢州陷而爲湖。老婦人不及，立湖而爲姥（姥，老婦人之意）山；其子於湖立爲孤山；老婦人慌急中丟一鞋，於湖而爲鞋山。由此，巢湖有了姥、孤、鞋三山。巢州陷後，合肥澤國不存，長而爲陸地。故民間昔有「陷巢州、長廬州」之說。

另一傳說則是相傳陷巢州時，老婦和其女兒因爲要將地陷的消息——通知鄉親，故來不及躲避，而化作姥山。姥姥的女兒與姥姥一道通知鄉鄰，女兒先姥姥一步奔走，跑丟了一雙鞋子，終又被洪水吞沒。後來，鞋子化作鞋山，女兒化作姑山。姑姥相望遙遙無期，萬頃波濤訴說著斷腸般的母女親情。後人爲了懷念姥姥，在姥山上建立了聖佬廟。

2010年，我的一位鄰居網友「八月桂花」在搜狐博客中發表《遊太姥山》一文稱——

> 已經進入2011年了，應該説是去年12月17日的周末，隨校攝影協會去福建福鼎市的太姥山采風。太姥山挺立於東海之濱，三面臨海，一面背山。相傳，軒轅黃帝之時，道仙容成子曾煉丹於此，堯時有老母植蘭於此，後羽化登仙，因得名太母。後東方朔奉命封山，太母被封爲36名山之一，並改「母」爲「姥」，從此稱太姥山。太姥山現在是國家地質公園，我們只呆了半天一個晚上，主要是爬山觀石，滿山皆奇岩怪石，千姿百態，肖人肖物，引發遊人的無限想像。眞是「太姥無俗石，個個似神工，隨人意所識，萬象在胸中。」果然名山......

複查典籍，「姥」同「姆」，有兩個讀音。宋陸游《阿姥》詩，「阿姥龍鍾七十強」。讀作「母」，指年老的婦人。明沈榜《宛署雜記》卷十七，「外甥稱母之父曰老爺，母之母曰姥佬。」讀作「老」，「姥姥」乃民間對外婆的俗稱。我曾聽安徽籍上海作家戴厚英的女兒，就把她的外婆叫做「姥姥」。

我一直認爲，《紅樓夢》原始作者是一位來自湖南的人士。可我的家鄉湖南，稱外祖母爲「外婆」，方言中沒有「姥姥」這一稱謂。《紅樓夢》作者精心設計了劉姥佬這個人物，那麼，她或他，究竟跟閩、越、皖這些地域有怎樣的關連？眞是頗費疑猜！

老君眉

《紅樓夢》第四十一回寫賈母吃茶——只見妙玉親自捧了一個海棠花式雕漆塡金雲龍獻壽的小茶盤，裏面放一個成窯五彩小蓋鐘，捧與賈母。賈母道：「我不吃六安茶。」妙玉笑說：「知道。這是老君眉。」賈母接了，又問是什麼水。妙玉笑回「是舊年蠲的雨水。」賈母便吃了半盞，便笑著遞與劉姥姥說：「你嘗嘗這個茶。」劉姥姥便一口吃盡，笑道：「好是好，就是淡些，再熬濃些更好了。」賈母眾人都笑起來。

關於「老君眉」，中國藝術研究院紅樓夢研究所校注本有一條注，云「老君眉——湖南洞庭湖君山所產的銀針茶，精選嫩芽製成，布滿毫毛，香氣高爽，其味甘醇，形如長眉，故名老君眉。歷代沿作貢品。一說六安銀針即老君眉。」

記得 2003 年我研究《紅樓夢》中的湖南方言問題時，得出《紅樓夢》原始作者是一位有湖南生活經歷的人士的結論時，曾就作品相關的地望土宜講過一些看法，可我對紅研所的這條注釋不予採信。

按說這條注釋對我的觀點的論證極爲有利，可憑我的一些茶史知識和自己吃湖南家鄉茶的經歷，硬是覺得「湖南冇得老君眉呀！」故而斷然否定了這條注釋所作的判斷。

爾後讀馮其庸先生《瓜飯樓重校評批紅樓夢》，見相關處也有一個批註：「喝茶是一種高等文化，一要茶具講究，如妙玉此兩件茶具均可稱爲上品，成窯五彩鍾，瓷器中之上品也。六安茶，安徽名茶，產自霍山。品類甚多。老君眉，亦安徽名茶，產於六安，葉細長，有白毫，今尚產，予曾喝過。」馮先生喝過今產六安地區的老君眉，我怎能不信？可曹雪芹時代六安地區有沒有老君眉，我依然存疑。再說上一世紀我在吾師安徽霍丘籍李何林教授家裏，也沒喝過他家鄉的叫老君眉的茶。

事也巧，有一次，我偶而讀到女作家潘向黎（復旦大學中文系福建籍潘旭瀾教授之女公子）一篇《福建白茶老君眉》的文章，文中引證了一些福建茶史資料，方才曉得，老君眉原來史籍上有紀錄呀！再後就是在網上讀到一篇《老君眉茶考》——

> 「老君眉」是什麼茶？於今數說，莫衷一是。中國藝術研究院紅樓夢研究所注釋是：「湖南洞庭湖君山所產的銀針茶」（見人民文學出版社，1985 年北京版《紅樓夢》568 頁注）；而在《紅樓夢大辭典》（文化藝術出版社，1990 年 1 月北京版，224 頁）首解爲：「今安徽六安銀針即老君眉」。二說都形容老君眉茶滿布毫毛或銀毫，形如長眉或針長如眉，這當是相彷彿的。然而老君眉茶的出產地還有待商榷。因爲明清時代，湖南君山和安徽六安出產的銀針茶，都不名爲「老君眉」。老君眉茶亦不是曹雪芹興之所至的意象之名。其實，清代確有「老君眉」茶名。該茶出產在福建省武夷山一帶。據清．郭柏蒼《閩產錄異．貨屬．茶》載：「老君眉（光澤烏君山前亦產老君眉——原注），葉長味鬱，然多僞」。
>
> 又查清．福建《光澤縣志》，也有「茶以老君眉名（烏君山前山後皆有）」。民國《福建通志．物產．茶》中也有此記載。民國《崇

安縣新志》則把清代「老君眉」茶列爲《武夷歷代名叢奇種名稱一覽表》中的名茶之一。本省、本縣的方志列作茶產名稱當是可信的。原來「老君眉」茶，是從茶樹品種而來，這種茶樹生長的茶葉，葉形長，芽多毫，採摘嫩芽製成的茶葉名爲「老君眉」，外觀芽身滿布白毫。老君眉茶屬白茶類中的名品（白茶類歷史上只有福建生產），沖泡後，茶湯色白略淡黃，芽葉幼嫩，製茶又不經揉撚，故茶味較淡，所以劉姥姥喝了老君眉茶直覺感到茶味談，是符合實際的眞實描寫。由此可見，曹雪芹描寫品飲老君眉茶，對話情節具體、可信，當是實指，而非泛指。想必曹氏當年或許親自品飲過或耳聞過老君眉茶，才能準確地寫出茶味特點來。

《紅樓夢》中寫的幾種茶名，都是明清時代的貢茶。老君眉茶當屬貢品「芽茶」中的名品。由於宋代在福建北苑（今建甌縣境内）設皇家貢茶院，元代在武夷山設御茶園，聲譽遠播，故明清時代福建貢茶數額最多，占當時全國皇用貢茶量的58%，品質也最好，史有記載。據明·何孟春（1528 年撰）《余冬序錄摘抄内外篇》稱：明代「天下茶貢歲額止四千二十二斤，而福建二千三百五十斤，福建最多。天下貢茶但以芽（茶）稱。」《明史·茶法》也有此記載。清代貢茶沿明制，據清·阿世坦等（於康熙29年即1690年撰）《清會典》載，規定「歲進茶芽」。福建貢額沿明朝，其中「建寧府屬薦新茶六百二十九斤……」。康熙十七年（1678）重申「福建應解芽茶」。

「順治七年，禮都照會產茶各省布政司，每年穀雨後十日起解，定限日期到部，延緩者參處。」現定「福建省建寧府限七十八日」貢到北京，「會同光祿寺交送内務府收供内用」。武夷山一帶清屬建寧府。曹雪芹的上代曾在清宮内務府任職，都是可供聯繫的線索。按現有材料，「老君眉」茶名，首見《閩產錄異》一書記載，雖成書於 1886 年，但說老君眉「然多僞」，按物稀而名貴，遐邇馳名，然後民間或有僞作，如若平常之品，何須冒名頂替！可見老君眉茶名出現較久，遠早於晚清。因此，筆者認爲《紅樓夢》中的老君眉茶，應釋爲「出產於福建武夷山一帶，採用老君眉茶樹的嫩芽製成銀針白毫茶稱爲老君眉」。（作者：王郁鳳係中華茶人聯誼會常務理事兼副秘書長）

該文作者，茶藝界權威也，這茶史的文字確實令人信服：原來老君眉產自福建！

話說回來，湖南人「飲茶不言「喝」與「飲」，而叫「吃茶」。《紅樓夢》原始作者就是這樣來描寫的，連賈母也「吃」起茶來了。本人雖然也吃過「君山銀針」等茶中名品，可多數時間皆喜作「牛飲」，甚少有品茶的餘裕。至於《紅樓夢》原始作者爲什麼說賈母愛吃福建的「老君眉」，留待下回再講。

2012 年 2 月 16 日於滬上

矮䫜舫在哪裏？

《紅樓夢》庚辰本第三十八回脂批：「傷哉！作者猶記矮䫜舫前以合歡花釀酒乎？屈指二十年矣。」這矮䫜舫在哪裏？土默熱先生 2011 年 11 月 27 日在其新浪博客中撰文《矮䫜舫與西湖舫課》說：

> 「矮䫜舫」——其字冷僻，其名古怪，其事荒誕——曾引起諸多紅學家的關注。查歷來紅學家們的詮釋，多爲望文生義：「舫」就是船，「矮」就是低矮，䫜（左幽右頁，讀 ao 平聲，後不注）屬於生僻字，當今各種字典中均未收錄，網絡字庫中亦無此字。據《康熙字典》：䫜，於交切，音坳，頭凹也。又《集韻》：䫜，大首深目貌。綜合在一起，紅學家們便把「矮䫜舫」解釋爲：一種低矮的大首深目狀的船。並解釋說，曹雪芹和他的叔叔脂硯齋，二十年前曾經在這條奇怪的船前面以合歡花釀酒，二十年後脂硯齋讀到這篇文字，觸景傷情，故有此批語。
>
> 我們的紅學家們貌似很有學問，引經據典作出了這樣複雜而又深奧的解釋，但卻經不起嚴格推敲。只要仔細思之，問題就出來了：首先，作爲一條船，如何「矮」法？如何䫜法？實在令人費解，任誰也想不出「矮䫜」二字用之於船，這應該是一條什麼樣的船。其次，曹雪芹與脂硯齋曾有過在「矮䫜舫」前的共同生活經歷，證據何在？貧居北京西山的曹雪芹，又與水上的「矮䫜舫」有什麼關係？更何況，曹雪芹二十來歲便寫《紅樓夢》，脂硯齋「傷哉」的是「屈指二十年」前事，難道曹雪芹一出娘胎便在「矮䫜舫前以合歡花釀酒乎」？

前幾天，在網絡上瀏覽，發現一篇署名 burningsnow 網友的文章《矮䫜舫的出處》，很有見地。文章認爲：「矮䫜」一詞典出於陸游的詩句：「紙裁微放矮，硯斫正須䫜。」這兩句詩見《陸游詩集》卷十八《閒詠》：「久入春農社，新腰老衲包。紙裁微放矮，硯斫正須䫜。髯簿能爲祟，方兄任絕交。吾詩無傑句，聊復當談嘲。」這才是對《紅樓夢》脂批出現的「矮䫜舫」的正解，脂硯齋說的「矮䫜舫」一詞乃是用典，任何望文生義的解釋都是曲解。

陸游詩中習用「矮」字：《臨安春雨初霽》「矮紙斜行閒作草」，《春日》「矮牋移入放翁詩」，《初夏幽居》「矮牋勻碧錄唐詩」，《龜堂獨酌》「映窗矮卷寫黃庭」，《題趙生畫》「矮軸正向幽窗橫」等。這些「矮」字均作「短」解，所謂「矮紙」、「矮牋」、「矮卷」、「矮軸」，就是指稍短一些的紙牋、書卷或卷軸。陸游是越州山陰（今浙江紹興）人，他的習用「矮䫜」之癖好，是否與浙江人的土話發音有關，或者唐宋時人習用這兩個字，筆者對此沒有研究，立此存照，留待高明。

陸游詩中這個「䫜」字，乃是用於斫硯，即磨製硯臺。所謂「硯斫正須䫜」，就是說磨製硯臺應該䫜一些，也就是凹一些的意思，在這裡䫜和「凹」乃是一個意思，發音也一樣。唐代詩人皮日休《新秋言懷寄魯望三十韻》中也曾使用過這個䫜字：「檜身渾個矮，石面得能䫜」，也是「凹」的意思。在陸游詩中雖然沒有再發現使用䫜字，但使用「凹」字卻是有的，並且還是用於硯臺。「重簾不卷留香久，古硯微凹聚墨多」，見《書室明暖，終日婆娑其間，倦則扶杖至小園，戲作長句二首》。《紅樓夢》中便出現了陸游的這句詩，書中第四十八回寫香菱學詩，她笑著對黛玉說：我只愛陸放翁的詩「重簾不卷留香久，古硯微凹聚墨多」。結果招致黛玉的一頓批評，認爲這樣的詩句過於淺近，入了此道再也學不出好詩來。

綜上所述不難看出，脂硯齋在《紅樓夢》批語中所說的「矮䫜舫」，就是使用陸游詩句之典：「矮」代指書籍紙張，「䫜」代指硯臺，「矮䫜舫」就是指裝著「矮紙䫜硯」的船，也就是裝著文房四寶紙墨筆硯的船，這是一種大俗中見大雅的說法，說白了就是「讀書船」

的意思。脂硯齋所「傷哉」的，乃是看到《紅樓夢》書中寫黛玉飲「合歡花浸的酒」，回憶起自己和作者二十年前一起讀書，曾在「矮䫜舫」即讀書船前以合歡花釀酒，故觸景傷情，寫下這段批語。

事有湊巧，我在制定 2012 年個人學術規劃時，欲將重點放在尋找《紅樓夢》原始作者的課題上。2012 年 2 月 7 日和 8 日，我分別到上海古籍出版社和上海徐匯區圖書館得閱《清代詩文集彙編》，獲得了滿意的結論：矮䫜舫在施世綸的「南堂」！

《清代詩文集彙編》第 201 冊施世綸《南堂詩鈔》卷十二詩，《辛卯十有一月餘於南堂東偏構小齋因地狹長乃規作兩間前後置窗櫺初覆瓦微雪甫成覆雪以齋似舫而成於雪中故名之曰雪舫詩以落之》——

窗外雲根似伏鼇　小齋如舫繫庭皐
竭朝何處蘆花遠　一夜無聲玉浪高
擬載圖書好歸處　流觀山水寄遊遨
時人漫指歐蘇似 歐作畫舫齋蘇作雪堂
未有文章寄昔豪

我想這首詩已經很好的回答了土默熱先生的疑慮。矮䫜舫乃一書齋也！施世綸稱其爲「雪舫」，《紅樓夢》作者則開玩笑地稱其爲「矮䫜舫」也。更何況《紅樓夢》第七十六回題作《凸碧堂品笛感淒清 凹晶館聯詩悲寂寞》，正可供我們思考。

施世綸（1658～1722）是清康熙時的著名清官，小說《施公案》主人公。康熙 32 年（1693 年）到任江寧知府，與江寧織造曹寅（1658～1712）過從甚洽。其所著《南堂詩鈔》中有《楝亭》（卷七）《曹水部子清以余贈幾賦詩見擲和詩答之》（卷七）《楝亭夜話同水部曹子清廬山邵守張見陽分詠》（卷七）《次韻奉別水部曹子清》（卷八）諸作。詩云：「得逢意氣神不隔」，「古來道合心能醉」，可見關係之親密。

至於《紅樓夢》爲什麼會跟施家扯上關係，施世綸 1711 年冬天建造的這「雪舫」又爲何被《紅樓夢》作者們選作小說素材，且容日後一一道來。

草根眼中的大觀園

在討論這類問題之前，首先必須明確：《紅樓夢》是一部小說。小說創作既有生活基礎，素材來源，又有藝術想像，虛構空間。《紅樓夢》作者的創作方法，乃是眞眞假假，假假眞眞，虛虛實實，實實虛虛。因此我們在探尋《紅樓夢》的創作過程和找尋《紅樓夢》原始作者的努力中，應當遵循歷史材料優先，科學推測爲輔，既不坐實，又不懸虛的法則。

就說大觀園在哪兒？很多紅學專家都撰有專文。而我這個草根研究者則認爲，這是一個棘手卻又不難回答的問題。我說，大觀園在中國，在北京，在金陵，在揚州，在蘇州，在杭州……在作者親自經歷或所見所聞中國優秀園林藝術的所有地方，在作者的藝術想像之中。大觀園，是《紅樓夢》作者弘大的藝術構思啊！

記得 1962 年，我初到上海時，曾讀到吳柳（《文匯報》著名記者何倩）《京華何處大觀園》的文章，故而對這個問題一直興致頗濃。待到在北京，在長三角地區生活久了，在遍遊各處優秀園林之後，方有穎悟之見：《紅樓夢》作者對中國園林藝術有著深厚的造詣，所以大觀園的構思之源決不會拘泥於一所。

不過，話說回來，我還是在思索，《紅樓夢》作者到底在哪些地方生活過？在逐步解答這個問題之前，先亮出一個觀點：「芳園築向帝城西」！《紅樓夢》第十八回薛寶釵一首律詩中透露的這個信息，說明大觀園最初構思的場所乃在北京城西，不是恭王府，而是清康熙時代清官施世綸的居所「南堂」等私家園林和暢春園等皇家宮苑。

讀施世綸《南堂詩鈔》，會知道他 1705 年（康熙 44 年）後在京爲官期間，閒時主要活動地方就在城西郊區。有詩爲證：「十里西山落鏡中」（《北湖觀蓮》湖水入西苑太液池）；「坡陀橫翠嶺，可以望西山」（《南堂秋興》）；「西山天成嵯峨白」（《晚下暢春園風雪》）。

關於南堂，尙有《南堂近闢南北窗明淨可喜偶成四韻》《辛卯十有一月餘於南堂東偏構小齋因地狹長乃規作兩間前後置窗櫺初覆瓦微雪甫成覆雪以齋似舫而成於雪中故名之曰雪舫詩以落之》《春日南堂漫興》《夏日南堂雨興》諸首，詩云：「春風俯叢竹，爲愛碧珊珊。」「漸見筍根穿戶密，轉多葵蕊向陽頻。」至於南堂的具體位置，其《早春經玉泉山下留宿隱人家》詩，「相逢愛汝槿籬下，古渡漁舟帶遠梅」，「故鄉倘未徑歸去，欲卜居鄰與近村。」《近郊》詩，「沿山古寺碧雲遮，絕壑疏鐘起暮霞」，「一入闉闍塵撲面，靜喧咫尺異天涯。」可以推測，大致在帝城城西邊上。「闉闍」，泛指城門也。

至於暢春園，爲省讀者檢索之勞，將《中國宮苑園林史考》的介紹抄存於此。「暢春園在西直門外十二里之處，即位於圓明園的南方。此園的圍牆一千零六十丈。清聖祖康熙皇帝於處理政務之暇駐蹕於此。該處原爲明朝武清侯李偉的故園，周圍十餘里。在這個故園的舊址加以改造，建築宮殿，御賜名稱爲暢春園。康熙皇帝時常奉孝莊文皇后和孝惠章皇后於此園中休息，同時在園中處理和決定諸般政務。宮門之中爲春暉堂，有東西配殿，後面有垂花門。內殿稱爲壽萱春永，左右有配殿，東西有耳殿，後面有照殿。照殿後的倒座殿稱爲嘉蔭殿。兩座角門之中有積芳亭，正宇稱爲雲涯館。自館後渡過橋，順著山向北走，有一河池，南北立有二坊，稱爲玉澗金流。門內爲景瑞軒，軒後爲林香山翠，再後邊則爲延春樓。延春樓的後面，河上有鳶飛魚躍亭。稍南之處有觀蓮所樓，左爲式古齋，齋後爲倚謝。園內東西築有兩堤，各長數百步。東堤稱爲丁香堤，西堤稱爲蘭芝堤。兩堤皆通景瑞軒。西堤之外另築一堤，名曰桃花堤。東西兩堤的外側有大小河數道，環流苑內。從西北門的五空閘出去，即達垣外東徑的水磨邨。向清河西流，由馬廠北流而入圓明園。自宮門至於此處，就是暢春園中路。由雲涯館東南的角門外向北轉，渡過板橋，就是劍山。劍山上建有蒼然亭，山下建有清遠亭。沿堤向南行，在河上築有南北垣一道，當中有一座門，叫做廣梁門。廣梁門內的前殿是聖祖康熙皇帝御門聽政和選館引見之所。此外還建有齋、閣、亭、堂、廟、書屋、樓、軒等，還建有一所恩祐寺。一路至此，即爲暢春園東路。從春暉堂之西，通過如意門，即至玩芳堤。山的後面有韻松軒，高宗乾隆皇帝曾在此處讀書。乾隆四年韻松軒受火災焚毀，後來重建。由此而行，通過西部諸多建築物之間，就來到紫雲堂，這就是暢春園西路。苑牆外邊，再往西去有一座西花園。」（以上根據《順天府志》的記載。日本岡大路著，常瀛生譯，農業出版社 1988 年 5 月版第 218～219 頁）至於暢春園現狀，在北京大學西校門外，殘存著一塊有「暢春園」字樣的界樁，和恩祐寺，恩慕寺兩座山門。（詳參陳文良魏開肇李學文《北京名園趣談》，中國建築出版社 1983 年 6 月版）

這四篇紅學筆記，前兩篇，「姥」和「老君眉」，從地域上講，都指向了「閩」和「皖」。第三篇，從史料上指向了施世綸家。第四篇，乃是第三篇的自然延伸。而這四篇，閩、皖、京，還包括原在議論中的「湘」，形成的一條地域鏈，均指向了施世綸家。施世綸離開故鄉福建，得爾父靖海侯施琅之蔭庇任泰州州府，職上爲康熙所賞識，歷任揚州知府、江寧知府、湖南布政使、安徽布政使、順天府尹等官職。《紅樓夢》作品中涉及的相關物象，與歷史記載中施世綸的爲官路線恰相吻合，這爲我們尋找原始作者提供了可能。施世綸《南堂詩鈔》卷七有《慈姥山》詩，《武夷茶歌爲葉淡遠賦》。武夷茶歌言「爰有白毫品最佳，碧霄一種冠他譜」，正是《紅樓夢》中賈母史老太君要喝的那種「老君眉」茶啊！

再回到湖南。我注意到，賈寶玉所作的那篇動人的《芙蓉女兒誄》——「高標見嫉，閨闈恨比長沙」，跟漢代文學家長沙王太傅賈誼有所關聯。從《紅樓夢》中描寫賈璉跟尤二姐討檳榔吃的情節，想起這跟湖南人愛吃檳榔的地方風習相關。於是又寫了一篇紅學筆記放在個人博客上發表——

從賈璉跟尤二姐討檳榔吃說起

《紅樓夢》第六十四回寫賈璉對尤氏姐妹「動了垂涎之意」，有一天——

「賈璉進入房中一看，只見南邊炕上只有尤二姐帶著兩個丫環一處做活，卻不見尤老娘與三姐兒。賈璉忙上前問好相見。尤二姐含笑讓坐，便靠東邊排插兒坐下，賈璉仍將上首讓與二姐兒，說了幾句見面情兒，便笑問道：『親家太太和三妹妹那裏去了，怎麼不見？』尤二姐笑道：『才有事，往後頭去了，也就來的。』此時伺候的丫環因倒茶去，無人在跟前，賈璉不住的拿眼瞟著二姐兒。二姐兒低了頭，只含笑不理。

賈璉又不敢造次動手動腳，因見二姐兒手中拿著一條拴著荷包的絹子擺弄，搭訕著往腰裏摸了摸，說道：『檳榔荷包也忘記了帶了來，妹妹有檳榔，賞我一口吃。』二姐道：『檳榔倒有，就只是我的檳榔從來不給人吃。』賈璉便笑著欲近身來拿。二姐兒怕有人來看見不雅，便連忙一笑，撂了過來。賈璉接在手中，都倒了出來，揀了半塊吃剩下的撂在口中吃了，又將剩下的都揣了起來。剛要把荷包親身送過去，只見兩個丫環倒了茶來。」

吃檳榔，是長沙地方風俗。男男女女，老老少少，都會嚼檳榔。上一世紀五十年代，我在長沙讀書時，也吃過檳榔。在長沙，食用檳榔的量詞叫「一口」。像小船一樣的一口檳榔，中間點一點子桂枝油，味道苦苦的，澀澀的，有點子辣，放在嘴巴裏嚼來嚼去，頗刺激的，只不過本人不大喜歡吃。打 1956 年起，我到北京、天津上大學，爾後到上海工作，到南京、揚州、蘇州等地遊玩，有 30 年沒吃過檳榔，也沒見過檳榔。1986 年以後至今，幾次返回故鄉，都有年輕哥哥給我吃檳榔。相比過去，檳榔多了一層包裝紙，變成休閒食品模樣，味道則依然是苦苦的，澀澀的，有點子辣，可珍貴的，倒是鄉情依舊。

上海辭書出版社出版的《簡明生物學詞典》介紹：檳榔（Areca catechu）棕櫚科。常綠喬木，高 17 米或更高；莖基部略膨大。羽狀複葉，長達 2 米，小葉狹長披針形，頂端漸尖呈不規則齒裂，兩面光滑，總葉柄三角狀，有長葉鞘。花單性，肉穗花序，雄花長於花序頂端，雌花生於基部。果長橢圓形，橙紅色，花萼宿存，中果皮厚，內含一種子。花、果均具芳香。原產東南亞，我國廣東、雲南、福建、臺灣等地有栽培。果供食用。種子名「檳榔子」，含檳榔城和鞣酸等，供食用；中醫學上用爲消積、殺蟲、下氣行水藥，性溫、味苦辛，主治蟲積、食滯、脘腹脹痛、水腫腳氣等症。果皮稱「大腹皮」，能行氣、利水、消腫。木材外部堅硬，可作屋柱或隔板。

馮其庸先生重校評批《紅樓夢》本「校記」:「認爲此回文字是雪芹原文，見拙著《論庚辰本》。此回程甲、楊本、蒙府、戚序、列藏各本均有。列本文字基本同程甲，其餘各本，文字多有出入。本回以程甲本爲底本，校以列本及以上各本。」

我不知道曹雪芹吃沒吃過檳榔。曹雪芹似乎是沒有到過長沙的。假如曹雪芹是《石頭記》的初稿作者，那麼他至少要有親人或親戚朋友給他講吃檳榔和賈璉尤二姐這類人吃檳榔的故事。

從《紅樓夢》第六十四回「吃檳榔」這一情節的生動性和特定的鄉土性，再加之「奪手」、「聲氣」、「打結子」、「撕他那嘴」、「躲懶」、「氣色」、「只我嫌他是不是的寫了給人看去」（此處「是不是」乃湘方言特殊用法，指隨隨便便的）等等湖南民間語言，我則更加以爲《紅樓夢》原始文本的作者是一個湖南人。

查《長沙方言詞典》，第 211 頁列有「檳榔寶」的條目，說是上一世紀「五十年代初，長沙街頭常見一個癡呆人在地上撿檳榔渣吃，人稱檳榔寶，後泛指傻裏傻氣的人」。此刻，不知爲何，我的幻覺中，會出現賈家的子孫在長沙賈誼故居門口撿檳榔渣吃的鏡頭。賈璉們的子孫如果不另覓新路，就大抵上只配做檳榔寶！

末了，請紅學專門家有空到長沙去走一走，參觀參觀賈誼故居，並且吃點子檳榔。「試下看，檳榔到底麼子味道？」不過，到了長沙，要提醒年輕的博士、碩士紅學家，千萬莫隨便接年輕伢子、漂亮妹子摺過來的檳榔喲！（見新浪網鄧牛頓的博客）

意想不到的是，今年當我重拾《紅樓夢》研究的課題時，會從網絡上發現一條重要線索：施世綸愛吃檳榔！——

施世綸《抵長沙》。清康熙 41 年（1702）起，施任湖南布政使，長達三年。其詩云：「地僻星沙出，峰回嶽麓長。江山移蜀漢，日月老衡陽。賈傅井猶在，定王臺已荒。經過書院黑，仰止緩舟航。」（錄自施世綸《南堂詩鈔》）我以爲正是在長沙爲官三年，施世綸喜歡上了吃檳榔。

施世綸天津行轅。天津中和煙鋪，又稱五甲子老煙鋪，是天津最早的也是經營時間最長的一家煙店。崇禎十七年（1644 年），也就是李自成率領農民起義軍攻進北京城的那一年，山西臨汾人張晉凱在天津城北門外大街開了一個小煙鋪。這個煙鋪不僅販賣煙葉，還兼售檳榔等爽口之物。最初這個煙鋪鋪面很小，也沒有名稱，因爲是山西人經營的，人們稱之爲「老西兒煙鋪」。相傳小說《施公案》的主人公施世綸任倉廠總督駐守天津時，他的行轅在離煙鋪不遠的估衣街歸賈胡同北口。施世綸喜歡吃檳榔，而煙鋪所售檳榔肉厚味醇，深受施世綸喜愛，所以他經常光顧煙鋪。一次問及店主張晉凱煙鋪叫何字號時，張無言以對。施世綸見狀，信筆題寫「中和煙鋪」四個大字送給張晉凱。張視之爲寶，遂鐫刻成巨匾懸掛，從此煙鋪聲名鵲起。（錄自《天津煙草報》）

施世綸《木芙蓉》。時在長沙，吟道，「窗外芙蓉花，迢迢美木末。紅萼扶青枝，遠山霞一抹。似愛水邊開，生憎風日奪。含笑語芭蕉，三秋多契闊。」（《南堂詩鈔》）

施世綸《平臺芙蓉歌》。亦在長沙，「秋朝秋夕花不空，上旬下旬花不同。海棠開後芙蓉開，看看花滿芙蓉臺。芙蓉主人愛花哉，添得平臺花裏來。但恨去年花煥彩，有花無臺不瀟灑。今年三醉上臺遊，足踏紅浪翻滄海。」（《南堂詩鈔》）

賈傅井，芙蓉花，歸賈胡同，施世綸買檳榔……這一切一切，都使我不得不把《紅樓夢》原始作者脂硯齋的人生軌跡跟施世綸一家聯繫起來。我們正是沿著這樣一條隱隱約約的證據鏈找下去，決心要把脂硯齋尋出來。

2012 年 3 月 8 日於上海

《南京師範大學文學院學報》2012 年第 2 期

《紅樓夢》創作素材探源

以我跟小說家的接觸，知道他們的創作素材大抵取之於自己的人生閱歷，將所經歷的地方的方物人事，攬入作品之中。《紅樓夢》的原始作者當然也不例外。我已認定脂硯齋爲《紅樓夢》的原始作者，即康熙時被封爲「靖海侯」施琅之孫媳、被康熙譽爲「天下第一清官」施世綸的三兒媳，姓郭。當《尋找脂硯齋》論文發表之時（南京師範大學文學院學報 2012 年第 2 期），對《紅樓夢》創作素材的來源尚來不及詳談，此刻且容我過細道來——

極堪玩味的第十六回

早幾年前，我就特別注意第十六回的描寫，對其中的方言做過梳理。從情節上來說，《紅樓夢》這一回，開始述及賈府準備迎接元春回來省親：

> 趙嬤嬤道：「阿彌陀佛！原來如此。這樣說，咱們家也要預備接咱們大小姐了？」賈璉道：「這何用說呢！不然，這會子忙的是什麼？」鳳姐笑道：「若果如此，我可也見個大世面了。可恨我小幾歲年紀，若早生二三十年，如今這些老人家也不薄我沒見世面了。說起當年太祖皇帝仿舜巡的故事，比一部書還熱鬧，我偏沒造化趕上。」趙嬤嬤道：「唉喲喲，那可是千載希逢的！那時候我才記事兒，咱們賈府正在姑蘇揚州一帶監造海舫，修理海塘，只預備接駕一次，把銀子都花的淌海水似的！說起來……」鳳姐忙接道：「我們王府也預備過一次。那時我爺爺單管各國進貢朝賀的事，凡有的外國人來，都是我們家養活。粵、閩、滇、浙所有的洋船貨物都是我們家的。」趙嬤嬤道：「那是誰不知道的？如今還有個口號兒呢，說『東海少了

白玉床，龍王來請江南王』，這說的就是奶奶府上了。還有如今現在江南的甄家，噯喲喲，好勢派！獨他家接駕四次，若不是我們親眼看見，告訴誰誰也不信的。別講銀子成了土泥，憑是世上所有的，沒有不是堆山塞海的，『罪過可惜』四個字竟顧不得了。」鳳姐道：「常聽見我們太爺們也這樣說，豈有不信的。只納罕他家怎麼就這麼富貴呢？」趙嬤嬤道：「告訴奶奶一句話，也不過是拿著皇帝家的銀子往皇帝身上使罷了！誰家有那些錢買這個虛熱鬧去？」

此一段文字談及賈府、王府和甄家。只要我們懂得小說創作的原則，不過於坐實某府某家、某時某事，就可以大致瞭解到《紅樓夢》創作素材的來源。

其一、「接駕四次」。指的是康熙南巡，其中四次由時任江寧織造的曹寅家來接待。

其二、「在姑蘇揚州一帶監造海舫，修理海塘，只准備接駕一次」。指的是脂硯齋所生活的施世綸家的事情。施世綸的父親施琅，康熙時曾任福建水師提督，1683 年受命率兵統一臺灣，其出發前曾有造船、練兵之舉。其後被康熙嘉授「靖海侯」。施世綸呢，康熙三十年 8 月（1691）任揚州知府時，時值泰州范公堤堤壩倒塌，海潮泛濫成災，奉命主持賑濟，他力請修葺堤壩，以工代賑，既賑了災，又修了堤。

其三、「我們王府也準備過一次」。康熙 28 年（1689），康熙第 2 次南巡。施世綸到寶應接駕時，康熙命其到清河面諭。施世綸《南堂詩鈔》中記載，「上爲停舟溫諭良久，顧謂諸王左右曰，此天下第一清官也。一時岸上皆呼萬歲。」

其四、「粵、閩、滇、浙所有的洋船貨物都是我們家的」。這顯然是小說作者的誇耀。脂硯齋的婆母王氏，爲施世綸的繼室；其夫君「廷龍」即爲王氏所出，是施世綸的第三個兒子；此乃「龍王來請江南王」素材的來源。再說「粵、閩、滇、浙」四省，就地域而言，也都多少與施世綸家有所關涉。粵：施世綸《南堂詩鈔》卷十二，有《南堂秋興》一首，注曰「時三兒赴粵東」。施廷龍到廣東去幹什麼？目前尚不得而知。閩：施世綸出生於福建晉江龍湖鎮衙口（即潯海）。滇：康熙 54 年（1715）施世綸授雲南巡撫，但未曾到任。浙：施世綸曾在泰州、揚州、江寧、北京等地爲官，浙江乃施世綸任職場所和福建家鄉之間南來北往的必經之地。康熙 32 年（1693）施世綸到任江寧知府，爾後三年與江寧織造曹寅同地爲官，並有密切往來。

由此可知，作為《紅樓夢》的原始作者，脂硯齋在進行藝術構思時，充分地運用了施、曹兩家所發生的事情，作為作品的素材之源。可謂是：眞眞假假，虛虛實實，既具有生活根底，又擅長藝術想像！

「近海一帶海嘯」

《紅樓夢》第七十回：原來林黛玉聞得賈政回家，必問寶玉的功課，寶玉肯分心，恐臨期吃了虧。因此自己只裝作不耐煩，把詩社便不起，也不以外事去勾引他。探春寶釵二人每日也臨一篇楷書字與寶玉，寶玉自己每日也加工，或寫二百三百不拘。至三月下旬，便將字又集湊出許多來。這日正算，再得五十篇，也就混的過了。誰知紫鵑走來，送了一卷東西與寶玉，拆開看時，卻是一色老油竹紙上臨的鍾王蠅頭小楷，字迹且與自己十分相似。喜的寶玉和紫鵑作了一個揖，又親自來道謝。史湘雲寶琴二人亦皆臨了幾篇相送。湊成雖不足功課，亦足搪塞了。寶玉放了心，於是將所應讀之書，又溫理過幾遍。正是天天用功，可巧近海一帶海嘯，又遭踏了幾處生民。地方官題本奏聞，奉旨就著賈政順路查看賑濟回來。如此算去，至冬底方回。寶玉聽了，便把書字又擱過一邊，仍是照舊遊蕩。

這一段，描寫眾人幫助寶玉應付賈政的課業檢查，非常生動。但我們此刻的關注點，卻是《紅樓夢》文本中所提及的「近海一帶海嘯」。對此，周汝昌先生《紅樓夢新證》第七章「新索隱」（五十一）「海嘯」講：「破額山人《夜航船》『風水運』條云：乾隆年間，閩中延平海嘯，狂飆三晝夜，民居漂蕩殆盡，淹死生靈，堆積莫辦，賑恤蘆席，為之一空。」緊接著，周先生分析，「江南海溢，像這樣的，雍正末年、乾隆初年，尚不止此一次。雪芹此處，未必是幾句淡話，恐係實事，但所指是否正即延平一次，則未敢必，尚待細考耳。」出言謹慎，持論穩重，期待細考，學風其範也！循著周先生所指引的方向，細考中國社會科學出版社 2001 年出版的《福建省志地震志》，其第二章「地震活動」記載，康熙、乾隆年間，八閩地區中強地震有兩次，即 1691 年晉江地震和 1791 年東山地震，時間間距正好 100 年。由於東山地震晚於《紅樓夢》的創作年代，所以我認定《紅樓夢》中所言及的「海嘯」，應該是康熙三十年四月（1691 年 5 月）發生的晉江地震。這正是發生在施世綸故鄉的一次中強地震！

此次地震，震中位置，北緯 24.6 度，東經 118.5 度，震級爲 4.75，十都（安海附近）地裂百餘丈。這樣的發生在家門口的地震，成爲施氏家族的長久記憶，並被脂硯齋寫進自己的作品，勢在必然！很巧，《紅樓夢》第七十回述「史湘雲偶塡柳絮詞」，正「時值暮春之際」，與地震發生的時間恰相吻合。這說明，《紅樓夢》的原始作者，總想通過各種方式與渠道，讓後人知曉她才是《紅樓夢》創作的初始作者以及日後須隱姓埋名的苦衷。對我等而言，則眞得花費好些考證的工夫啊！

「一家子養了十個兒子，娶了十房媳婦」

《紅樓夢》第五十四回，繼續寫榮國府元宵開夜宴，鳳姐建議擊鼓傳梅，鼓停，紅梅傳到誰手裏，誰就得講一個笑話——

> 便命響鼓。那女先兒們皆是慣的，或緊或慢，或如殘漏之滴，或如迸豆之疾，或如驚馬之亂馳，或如疾電之光而忽暗。其鼓聲慢，傳梅亦慢；鼓聲疾，傳梅亦疾。恰恰至賈母手中，鼓聲忽住。大家呵呵一笑，賈蓉忙上來斟了一杯。眾人都笑道：「自然老太太先喜了，我們才託賴些喜。」賈母笑道：「這酒也罷了，只是這笑話倒有些個難說。」眾人都說：「老太太的比鳳姐兒的還好還多，賞一個，我們也笑一笑兒。」賈母笑道：「並沒什麼新鮮發笑的，少不得老臉皮子厚的說一個罷了。」因說道：「一家子養了十個兒子，娶了十房媳婦。惟有第十個媳婦聰明伶俐，心巧嘴乖，公婆最疼，成日家說那九個不孝順。這九個媳婦委屈，便商議說：『咱們九個心裏孝順，只是不像那小蹄子嘴巧，所以公公婆婆老了，只說他好，這委屈向誰訴去？』大媳婦有主意，便說道：『咱們明兒到閻王廟去燒香，和閻王爺說去，問他一問，叫我們託生人，爲什麼單單的給那小蹄子一張乖嘴，我們都是笨的。』眾人聽了都喜歡，說這主意不錯。第二日便都到閻王廟裏來燒了香，九個人都在供桌底下睡著了。九個魂專等閻王駕到，左等不來，右等也不到。正著急，只見孫行者駕著筋斗雲來了，看見九個魂便要拿金箍棒打，唬得九個魂忙跪下央求。孫行者問原故，九個人忙細細的告訴了他。孫行者聽了，把腳一跺，歎了一口氣道：『這原故幸虧遇見我，等著閻王來了，他也不得知道的。』九個人聽了，就求說：『大聖發個慈悲，我們就好了。』孫行者笑道：』

這卻不難。那日你們妯娌十個託生時，可巧我到閻王那裏去的，因爲撒了泡尿在地下，你那小嬸子便吃了。你們如今要伶俐嘴乖，有的是尿，再撒泡你們吃了就是了。」說畢，大家都笑起來。鳳姐兒笑道：「好的，幸而我們都笨嘴笨腮的，不然也就吃了猴兒尿了。』」尤氏婁氏都笑向李紈道：「咱們這裡誰是吃過猴兒尿的，別裝沒事人兒。」

老太太的笑話太精彩了！把我們的腰都笑軟了。不過，現在要說的，天下竟有這樣的巧事：《潯海施氏大宗族譜》記載，施世綸真的生有十個兒子！

《潯海施氏大宗族譜》收入臺灣關係族譜叢書，爲清代施德馨纂輯，施世綸（等）補輯，龍文出版社股份有限公司 1993 年 5 月初版。族譜載施世綸十個兒子情況如下——

施廷元，字濟美，號西巖。潯江長男，現任御前侍衛。生康熙己未年（1679）十一月廿八日申時，娶南靖謝氏，封安人，生康熙己未年十二月十七日午時。生男俊英、淮英、膺英。

施廷愷，字伯佐。潯江次男，貢生。生康熙癸未年（1683）十一月初二日申時，娶晉江林氏，生康熙甲子年十一月十九日丑時。生男憲英、樞英、X 英。

施廷龍，字伯猶。潯江三男，貢生。生康熙壬申年（1692）七月初三日巳時，娶郭氏，生康熙乙亥年十月十二日亥時。生男尊英、X 英。

施廷禹，字伯 X。潯江四男。生康熙丁丑年（1697）正月初七日巳時，娶永春林氏，生康熙 XX 年 X 月 XX 日 X 時。

施廷祥，字伯 X。潯江五男，現任御前侍衛。生康熙戊寅年（1698）十月初八日未時，娶晉江王氏，生康熙 XX 年 X 月 XX 日 X 時。

施廷藩，字伯 X。潯江六男。生康熙己卯年（1699）三月十三日戌時，娶文山王氏，生康熙 XX 年 X 月 XX 日 X 時。

施廷開，字伯 X。潯江七男。生康熙己卯年（1699）十二月十五日寅時，娶惠安林氏，生康熙 XX 年 X 月 XX 日 X 時。

施廷廣，字伯 X。潯江八男。生康熙壬午年（1702）六月十五日辰時。

施廷偉，字伯 X。潯江九男。生康熙 XX 年 X 月 XX 日 X 時。

施廷第，字伯 X。潯江十男。生康熙 XX 年 X 月 XX 日 X 時。

需要說明的是，施世綸，字文賢，號潯江，先後娶永春林氏，繼室王氏，副室葉氏＼王氏＼劉氏＼宋氏＼朱氏＼李氏＼林氏。文中凡標有「X」處，均表示不知何因，族譜中的文字被塗黑。廷愷的第三個兒子，生於康熙乙未年十二月十八寅時，不知何因，名字被塗。廷龍之次子，生於康熙甲午年三月十一日辰時，亦不知何因，名字被塗。

以上族譜材料均截止至康熙五十四年（1715），即延愷三兒出生之乙未年。至於此後施家到底發生了什麼事情，目前不得而知，待考待究。

另外，非常可惜，施世綸的第十個兒子施廷第，什麼時候討了一個什麼樣的婆娘，是不是鳳姐這樣兒的，只有脂硯齋知道。再說，《紅樓夢》作爲小說創作，原始作者利用現實生活素材，以民間故事的結構與方式，編出這麼一個笑話，實在是高明、巧妙。所以，我們也似乎無需過於從實地進行考據了。大家說是不是？

「鄧牛頓猜想」

「鄧牛頓猜想」，這是我初涉紅學研究領域時，陳四益先生賜予的。不過我以爲，在有相當的史據的前提下，應該寬容研究者進行合理的猜度與推定。

試看，兩百多年來，《紅樓夢》創作有如一座大迷宮，引發出那麼多人的探索興趣。當我反覆仔細地琢磨《紅樓夢》，作品前景上極爲廣闊地演示著賈府的故事，而背景上又神神秘秘、若隱若現地顯示著屬於史家的故事。比如，秦可卿病故，第 13 回「忠靖侯史鼎的夫人」來賈府弔唁，第 14 回送殯行列中出現了「忠靖侯史鼎」的身影。又比如，第 49 回述及「保齡侯史鼐又遷委了外任大員」，欲帶侄女史湘雲同去；第 70 回講「近日王子騰之女許與保寧侯之子爲妻，擇日於五月初十日過門」等等。竊以爲，這些人物與情節皆是《紅樓夢》原始作者對施世綸家事的靈性敷演。事實上，自從施世綸之父施琅被康熙晉封爲「靖海侯」以來，施家一直以此爲榮。在施世綸《南堂詩鈔》少數紀事詩中，最突出的當數卷二《東征頌三十六韻》和卷六《清河見上圖歌》，前首敘乃父征臺，後首記自己面駕。《東征頌》詩中作者特別夾註有這樣的文字：「詔封靖海將軍靖海侯世襲罔替　國恩深重誠不知如何圖報也」。施琅有 8 個兒子：世澤、世綸、世騮、世驥、世騋、世驃、世驊、世範。除長子世澤過繼胞兄之外，「侯」位爲小兒承襲，世綸獲得清官美譽，其它兒子如世驃等也皆有建功立業之舉。

還需要注意的是，施世綸《南堂詩鈔》付梓之時，後存「雍正丙午清和月男廷翰謹識」的記載。查：雍正四年，歲次丙午，1726 年；施世綸之子嗣中並無「廷翰」之名。我認爲，這是三兒媳郭氏所爲，「史湘雲」式的女扮男妝，樂以翰墨文章而自許。脂硯齋在編輯《南堂詩鈔》的過程中，重溫了施家的艱辛奮鬥與歷史榮光，培育了自己的海洋意識與文學情結。而此前，1722 年，雍正繼位，曹寅妻兄李煦因虧空國庫被撤職抄家；此後，1728 雍正六年，江寧織造曹頫家被抄（是年秋，四歲的曹雪芹隨家人返回京城）。曹家所經歷的大變故，使曾在江寧爲官的施家的子嗣大爲震動，這才是脂硯齋開啓創作的主要動因：通過《紅樓夢》的演繹，完成其「警省」或「警戒」的重大主題。「李紈」，寓李家已完！如此的人物設置，只有旁觀者的脂硯齋才能做到。若是「曹雪芹」的話，自己至親家裏出了這樣的慘禍，他創作構思時，能這麼平靜、這麼殘忍地進行這樣的人物設計嗎？

2013 癸巳年清和月於滬上

「過會」的熱鬧

《紅樓夢》第一回，描寫甄士隱見女兒英蓮越發生得粉妝玉琢，乖覺可喜，便伸手從奶母處接過來，「抱在懷內，逗他玩耍一回，又帶至街前，看那過會的熱鬧」。讀到這裡，我總是會想起少年時代在湖南鄉鎮上看過會時的情景——

瀏陽河邊上有一個椰梨鎮。鎮上有一座臨湘山，山上有一座六朝遺廟——陶公廟。供奉的是晉代竹林隱逸陶淡與乃侄陶烜，還有一位陶氏的道友、來自襄陽的杜雲隱。民間稱之爲「陶杜公三位眞人」。因杜公諧音「渡公」，又流傳著渡公能摘一片竹葉過河的故事。據傳，陶烜與陶淵明爲從兄弟。每年農曆正月十三，八月十七，是兩位陶公的誕辰之日，民眾舉辦廟會，爲鄉梓祈福。是日，廟會的遊行隊伍，從麻家橋經由半邊街、正街到下市街，最後至陶公廟，綿延一、二公里。遊行隊伍中有舞龍的，耍獅的，戲蚌的，踩高蹺的，還有擡著走的多臺民間戲劇造型，如《白蛇傳》《雙龍臺》《桃園結義》《天女散花》《張果老騎驢》等傳統故事。民間稱這種戲劇形態叫「紮大戲」，角色多由少年兒童裝扮。所謂「過會」，就是這些民間藝術隊伍，邊走邊作即興表演，與沿途民眾交流互動。觀眾常常讚賞這些扮戲的孩子聰明可愛，同時又替他們吃苦擔著心。我小時候，到椰梨街上看「過會」有二、三次，不知怎的，總忘不了那一男一女唱花鼓調《劉海砍樵》的熱烈氣氛。此種民間遊藝，既娛神又樂己，故而常常是鑼鼓喧天，香煙繚繞，人聲鼎沸，勢如潮湧。小孩子看過會，往往是騎在大人肩上，長輩或駐足或頻移，孩童則手持吃食，歡呼雀躍，皆興奮異常。

紅研所校注本注：「過會——舊時遇節慶，隨地聚演百戲雜耍、笙樂鼓吹之類，觀者如潮。」大抵不錯，只可惜沒活靈活現注出那「過」字的味道來。我不知道，紅學專門家們有沒有親歷過「過會」的現場體驗？

「過會」，似乎是一種地域性的方言詞語。有些人不懂什麼叫「過會」，所以《紅樓夢》列藏本，此處就被改成「看那過往人熱鬧」了。

2012 年「六一」國際兒童節前夕於上海

平地一聲雷

紅研所本《紅樓夢》第五十四回，寫賈府放煙火：「這煙火皆係各處進貢之物，雖不甚大，卻極精巧，各色故事俱全，夾著各色花炮。」「說話之間，外面一色一色的放了又放，又有許多的滿天星、九龍入雲、一聲雷、飛天十響之類的零星小爆竹。」

往昔，對這一情景並未特別在意。如今仔細核對蒙府本、列藏本、戚寧本等諸脂本，此「一聲雷」均作「平地一聲雷」。這使我頓生回憶——

1951 年我到長沙廣益中學讀書。在長沙街頭經常走過一條小巷，名字就叫「平地一聲雷」。那時猜度，這個地方大概曾發生過著名的雷擊事件，所以會取出這樣一個地名。不過後來有人告訴我，是因爲這裡有一口水井，投石下去會發出雷鳴般的聲音，故名。我喝過這口井的水，甜甜的，也試著投下一粒小石子，聽那轟轟的聲響。至今這故鄉的記憶，依然是甜甜的、轟轟的……只不過隨著城市建設的發展，這「平地一聲雷」大約已隱入歷史的冊頁中了吧？

將花炮定名爲「平地一聲雷」等各色名目，生動而形象，體現出鄉民的創造活力與文化智慧。

關於鞭炮煙花歷史，「國際煙花網」介紹：「瀏陽花炮歷史悠久，聲譽遠播。瀏陽花炮始於唐，盛於宋，已有 1300 多年歷史，清朝即已具相當生產規模，成爲京城鬧元宵的名品。」並說，「早在 1723 年，瀏陽花炮即爲京城貢品、暢銷全國。」「中國瀏陽網」講得更具體——「傳說雍正皇帝登基時，爲改元正朔，要在元年元宵佳節燃放響炮、花炮，傳旨鞭炮行業，要創新花上京。其時瀏陽官吏誠惶誠恐，四處張貼告示，廣納良才，並指令鞭炮能手李泰限期創出新花進貢，致使李泰寢食不安。一日，他路過鐵匠鋪，見錘下星火四射，有長有短，有紅有白，有粗有細，有粒有絲，頓生靈感。隨後李泰掃了一些鐵屑，回到家中把其錘得粉碎，再摻以火藥和米湯攪和在一起。鐵砂、火藥拌和得大小粗細不等，再以黑硝作動力，裝於底部導火線處，於是，便造出了噴射花色形態各異、或梅或菊的花朵來。待李泰的新花在紫荊城上空高升鑽天，落下繽紛的花雨，雍正看得眼花繚亂。從此，瀏陽便享有花炮之鄉的美名。」

將這些資料抄存於此，請紅學專門家參考。

2012 年 7 月 18 日於滬上

「抓他〔的〕乖」

紅研所《紅樓夢》第五十六回，寫「敏探春興利除宿弊」：探春對平兒講，「雖如此說，也須得回你奶奶一聲。我們這裡搜剔小遺，已經不當，皆因你奶奶是個明白人，我才這樣行，若是糊塗多蠱多妒的，我也不肯，倒像抓他乖一般。豈可不商議了行。」平兒笑道：「既這樣，我去告訴一聲。」

什麼是「抓他〔的〕乖」？一般人不懂，紅研所本也沒作出校注。

據我所知，在湖南方言中，「抓他〔的〕乖」，是指抓人的錯處。古文詞彙中有「乖錯」一詞。「乖」，湘方言讀作「拐」（第三聲）。《長沙方言詞典》有「拐」的條目：壞；不好，限於指人。另有「拐場」的條目：壞了事。

查閱諸脂本，所述一段文字，均有若干差別——

楊藏本作：「雖如此說，也須得回你奶奶一聲。我們這裡搜剔小利，已經不當，皆因你奶奶是個明白人，我才這樣行，若是糊塗多蠱多妒的，我也不肯，到像抓他的乖是的。豈可不商議了再行呢。」平兒笑道：「這麼著，我去告訴一聲兒。」

列藏本作：「雖如此說，須得回你奶奶一聲。我們這裡披剔小遺，已經不當，皆因你奶奶是個明白人，我才這樣行，若是糊塗多歪多怪的，我也不肯，到像抓他乖一般。豈可不商議了？」平兒笑道：「既這麼樣，我去告訴一聲。」

蒙府本作：「雖如此說，也須得回你奶奶一聲。我們這裡搜剔小利，已經不當，皆因你奶奶是個明白人，我才這樣行，若是糊塗的，我也不肯，到像抓了尖，豈可不商議了再行。」平兒笑道：「既這樣，我去告訴一聲。」

戚寧本作：「雖如此說，也須得回你奶奶一聲。我們這裡搜剔不遺，已經不當，皆因你奶奶是個明白人，我才這樣行，若是糊塗的，我也不肯，到像抓了尖兒，豈可不商量了再行？」平兒笑道：「既這樣，我去告訴一聲。」

紅研所在校注庚辰本時，對原本改動處，所持標準不一，時取時或不取。如「搜剔小遺」庚辰本原本上曾改成「搜剔小過」，校注本根據多數版本仍作「搜剔小遺」，是可以理解的。但根據上下文語意，「搜剔小過」似乎更佳。至於蒙府本、戚序本將「抓乖」改作「抓尖」，就顯然是方言上隔閡的緣故。

2012 年 7 月 21 日於上海

「先」——何須補「時」？

紅研所《紅樓夢》校注本第七十二回：（林之孝對賈璉說起家道艱難），「人口太重了。不如揀個空日回明老太太老爺，把這些出過力的老家人用不著的，開恩放幾家出去。一則他們各有營運，二則家裏一年也省些口糧月錢。再者裏頭的姑娘也太多。俗語說，『一時比不得一時』，如今說不得先時的例了，少不得大家委曲些，該使八個的使六個，該使六個的便使四個。……」校注本在「先時」處作了一個注：「時」字原無，從各本補。

那麼，此處到底需不需要補「時」呢？且看這個「先」字，在《紅樓夢》中出現了多處——

第二六十三回——襲人晴雯都笑說：「這可別委曲了他。直到如今，他可姐姐了沒離開過口。不過頑的時候叫一聲半聲名字，若當著人卻是和先一樣。」

第六十四回——賈珍笑道：「你還當是先呢，有銀子放著不使。你無論那裏借了給他罷。」

也是第七十二回——賈璉垂頭含笑想了一想，拍手道：「我如今竟糊塗了！丟三忘四，惹人抱怨，竟大不像先了。」

這些「先」字，都當「先前」或「先時」講。也許有些人因爲方言的隔閡，在《紅樓夢》傳抄過程中，就在「先」字後面補了一個「時」字。應當實事求是地說，補出這個「時」字，語意是貫通的。

然而從版本學來看，庚辰本此處既然只有「先」字，且其它多處皆使用「先」字，故而我認爲第七十二回此處也就不必再補這個「時」字了。「從全書各處」，應是此處校注原則。

「先」的頻繁出現，表明了賈家的敗落衰頹之象日顯：很多事，都不能跟從前比，援先時的例。這是《紅樓夢》描寫的高明之處。

末了附帶說一聲，查《長沙方言辭典》有「先」字條：「時間或次序在前的」；「先前」……

2012 年 7 月 31 日於上海

「出利息」？

紅研所本《紅樓夢》第五十六回：（探春又笑道），「可惜，蘅蕪苑和怡紅院這兩處大地方竟沒有出利息之物。」

我每次讀到此處，總覺得有些彆扭。這是因爲兒時在湖南農村，常常聽長輩爲地裏收成而發愁：「今年一下子旱，一下子澇，搞得地裏冒得麼子出息了。」「出息」是一個很普通的詞彙，雖然多義，可作「經濟效益」講，是很多老百姓都能理解的。那爲什麼包括庚辰本在內的一些脂本都加出了這個「利」字呢？

我猜想最大的可能是由於方言的隔膜。不過，查夢稿本，此處這個「利」字是圈去了的。程乙本則作「竟沒有出息之物」。更奇妙的是，同是庚辰本第五十六回，寶釵提及，「一年在園裏辛苦到頭，這園內既有出息，也是分內該沾帶些的。」

很明顯，「出息」與「利息」常出現在不同的語境之中，存在著語意上的差別，不應混同。依拙見，《紅樓夢》第五十六回此處之原文，以從程乙本爲妥。

2012 年 8 月 1 日於上海

說「蜙」

《紅樓夢》戚序本第六十七回：（祝老婆子對襲人說），「我在這裡趕螞蜂呢，今年三伏裏雨水少，不知怎麼果木樹上長蟲子，把果子吃的巴拉眼睛的弔了好些下來，可惜了的白擲了，就是這葡萄，剛成了珠兒，怪好看的，那螞蜂蜜蜂兒滿滿的圍著蜙，都咬破了，這還罷了，喜雀、雀兒他也來吃這個葡萄，還有一個毛病兒，無論雀兒、蟲兒，一嘟嚕上只咬破三五個，那破的水淌到好的上頭，連這一嘟嚕都是要爛的。這些雀兒螞蜂可惡著呢，故此我在這裡趕。姑娘你瞧，咱們說話的空兒沒趕，就『蜙』了許多上來了。」

讀紅研所《紅樓夢》校注本，第六十七回後有一段校記：「此回庚辰、己卯本原缺。其餘各本雖均存，但差異極大，明顯分爲兩種類型：戚序、列藏、甲辰本爲一類；夢稿、程甲本爲一類。蒙府本據程甲本配補。今以程甲本爲底本，校以夢稿本，個別地方參校別本。」

周汝昌校訂批點本《石頭記》，採用的是戚本，未作校注評點。

專家們似乎繞過了這一段文字中的相關難題。比如，這裡出現的「蜙」字，我就不認識，也沒見過。於是只得遍查各類辭典，可依然不見它的蹤影。

不過，古代漢語和現代漢語中卻皆有一個「蚛」字，引起了我的注意。「蚛」，讀作 zhong（去聲），蟲咬，被蟲咬殘。唐陸龜蒙《奉酬襲美秋晚見題》：「失雨園蔬赤，無風蚛葉彫。」唐馮贄《雲仙雜記》卷八：「晚年衰憊，齒皆蚛齲。」《康熙字典》：「《篇海》，直眾切，音仲。蟲食物，又音沖。」

寫到這裡，突然想起少年時代在湖南農村，聽大人罵小孩，「只曉得 zhong（上聲）飯！」於是又去查《長沙方言詞典》。沒想到，在這裡看見一個有趣的現象，「蟲牙」、「蟲咬咬」、「腫飯」三個詞接續排列，「蟲」爲第二聲，「腫」

爲第三聲。其中「腫飯」釋爲，「吃飯詈語」；語例，「你盡在外面跳皮，一落屋就只曉得腫飯。」我也來試舉一例：「你這隻懶蟲，麼子事都不肯做，只曉得腫飯。」此處這個「腫」字，顯然是方言記錄者採用的以音記字的方法形成的，只不過遠不如《紅樓夢》文本中自造的那個「𧍕」字來得精彩。

當然，「𧍕」、「蚛」、「腫」三個字，畢竟「蚛」應是《紅樓夢》文本的正確寫法。只不知紅學專門家以爲然否？求教！

2012 年 2 月 12 日於上海

「還自猶可」？「還猶自可」！

自從我關注《紅樓夢》語言問題以來，對閱讀中存疑的語彙、語句常常作些記號，以便日後查檢。「還自猶可」？即是其中之一。

紅研所《紅樓夢》校注本第二十三回：「賈政、王夫人接了這諭，待夏守忠去後，便來回明賈母，遣人進去各處收拾打掃，安設簾幔床帳。別人聽了還自猶可，惟寶玉聽了這諭，喜的無可不可。」校注者說，庚辰本此處缺 27 字，根據夢稿本補入。

我先查庚辰本：「別人聽了還自由可，惟寶玉聽了這諭，喜的無可無不可。」複查夢稿本，雖說所缺 27 字與本文議題無關，可該本恰在此處有不同的表述：「別人聽了還由自可，惟寶玉聽了這話喜之不勝。」其中「自」字是補入的，「諭」作「話」，「喜的無可不可」改成「喜之不勝」。

那麼，到底是「還自猶可」，還是「還猶自可」？

周汝昌、蔡義江、鄭慶山諸先生校注本皆取「還自猶可」。裴效維先生亦取「還自猶可」，並作校注：「還都不當回事。可：微不足道。」（這個解釋跟賈府諸人對元春態度相左，值得商榷呀！）

然而，列藏本作：「別人聽了還由自可，惟寶玉聽了這諭，喜的無所不可。」程乙本作：「別人聽了，還猶自可，惟寶玉喜之不勝。」

問題在，我小時候在湖南農村，多次從母親日常口語中，聽到「還猶自可」。這每每是講述某件事情，使用「還猶自可」，作承上啓下、帶轉折性的口語說辭。只是那時，我根本不知道這四個字怎麼寫，直到半個世紀以後，細讀《紅樓夢》文本，才遭遇到這樣的敘述語言。

帶著上述疑團，我請教了上海大學的林建福先生。他研究後指出——

人民文學出版社本《紅樓夢》(據程乙本整理) 第二十三回稱在獲知元春下諭令寶玉與眾姐妹入住大觀園後,「別人聽了,還猶自可,惟寶玉喜之不勝」。此處別人「還猶自可」的反應與寶玉的「喜之不勝」恰成對照,這應不成問題。

「還猶」應是一個副詞,有「也不過」的意思。「自」,似可由「自己」的意義引申爲「私下」。可,認爲對。故「還猶自可」是以「還猶」、「自」兩個副詞來修飾動詞「可」,可譯爲「也不過私下覺得元春的安排是妥當的」。又,「可」還有「符合」的意思,則「還猶自可」又可解釋爲「也不過是私下覺得元春的安排符合自己的心意。」倘依別本作「還自猶可」,便不成語。勉強解釋,也還是上面的意思。

謝謝林黛玉的本家建福先生的點撥啊!

2012 年 8 月 15 日於上海

「點夾子」

關於《紅樓夢》中的「點夾子」，我在《紅樓夢中的湖南方言考辨》一文中已經提及（《上海大學學報》2003 年第 5 期）。

紅研所《紅樓夢》校注本第三十八回——「黛玉獨不敢多吃，只吃了一點兒夾子肉就下來了。」

林黛玉是南方人，她說話是不應當帶「兒」化腔的。我將同是第三十八回的《紅樓夢稿》相關文字查了一下：

代玉放下釣竿，走至坐間，拿起那（烏梅銀花自斟）壺來，揀了一個小小的海棠凍石蕉葉杯。丫環看見，知他要吃酒，忙（著）走上來斟。代玉道：「你們只管吃去，讓我自（己）斟，才有趣（兒）。」說著便斟了半盞，看時卻是黃酒，因道：「我吃了一點子螃蟹覺得心口微微的疼，須得熱熱的吃口燒酒。」

值得注意的是，夢稿本中的「己」和「兒」乃旁添進去的，然後才與庚辰本相同；庚辰本中的「喝」在夢稿本中作「吃」。

我一直認為，《紅樓夢》原始作者描寫林黛玉講話時，是不會帶「兒」化腔的。「讓我自斟才有趣」，可能為原稿，在增刪、抄寫過程中才添進了「己」和「兒」。正如原稿為「吃酒」而非「喝酒」。

相似例證在第三十八回中還有。庚辰本原是「迎春又獨在花陰下拿著花針穿茉莉花」，夢稿本卻是「迎春獨在花陰下拿著針（兒）穿茉莉花」，此處「花」字被圈去，「針」字後添上了「兒」字。而據我所知，南方民間有「花針」之稱，針是不叫做「針兒」的。庚辰本此處更接近原始文本。

回到「點夾子」。己卯本、庚辰本作「只吃了一點兒夾子肉」。其它蒙府本、戚序本、列藏本、甲辰本、程甲本、程乙本等均作「只吃了一點夾子肉」，「一點」沒有被「兒」化。鄭慶山校注本雖採用庚辰本作底本，卻從多數文本，此處捨棄了「兒」化處理。另外，「夾子肉」在夢稿本中改作爲「只吃了一點黃子」。妙復軒評本「夾子肉」注爲「螯」。紅研所《紅樓夢》校注本注「螯」爲「螃蟹夾子」。裴效維全解本「夾子肉」注作「指螃蟹腿上的肉」。

「螯」在古詩中多爲蟹的別稱。《紅樓夢》有關吃蟹的描寫，提及了「螃蟹黃子」「小腿子」、「臍子」等名稱。「夾子肉」爲何物？很難想像，嬌弱的林小姐會去啃蟹鉗蟹腳，吃點子蟹黃蟹肉倒還差不多。

總之，我以爲「點夾子」就是林瀟湘自己所講的「一點子」。《長沙方言詞典》「點咖子」條，注爲「量詞，點兒」。由於方言上的隔膜，專家們對「點夾子」的理解都偏了錯了。

2012 年 8 月 25 日於上海

從「容易褪不下來」說方言問題

《紅樓夢》第二十八回：寶玉笑問道：「寶姐姐，我瞧瞧你的紅麝串子？」可巧寶釵左腕上籠著一串，見寶玉問他，少不得褪了下來。寶釵生的肌膚豐澤，容易褪不下來。寶玉在旁看著雪白一段酥臂，不覺動了羨慕之心……

鄭慶山先生《脂本集校石頭記 ·敘例》提及，《紅樓夢》「有少量不合邏輯的矛盾句，如『容易褪不下來』……」

其實，這是湖南方言的一種語法表達方式，將否定副詞「不」置於形容詞「容易」之後，強調「褪不下來」很容易。意即不容易褪下來，並非不合邏輯。

上述文字是 2003 年寫的。相關方言語法問題，曾請教上海大學阮恒輝教授。

今年我又細讀《紅樓夢》，清理出「容易……」的類似句式三處。並就與此相關的語法學與邏輯學問題，請教上海大學孫小力教授。

《紅樓夢》第八回——（秦業）知賈家塾中現今司塾的是賈代儒，乃當今之老儒，秦鐘此去，學業料必進益，成名可望，因此十分喜悅。只是宦囊羞澀，那賈家上上下下都是一雙富貴眼睛，容易拿不出來，爲兒子的終身大事，說不得東拼西湊的恭恭敬敬封了二十四兩贄見禮，親自帶了秦鐘，來代儒家拜見了。

《紅樓夢》第六十八回——（鳳姐對尤二姐說）「我們有一個花園子極大，姊妹住著，容易沒人去的。你這一去且在園裏住兩天……」

《紅樓夢》第三十六回——（鳳姐笑道）「也罷了，他們幾家的錢容易也不能花到我眼前，這是他們自尋的，送什麼來，我就收什麼，橫豎我有主意。」

孫教授指出，我也認爲並非不合邏輯，而是口語的說法。如果一定要從語法上分析，不妨說是方言裏否定副詞「不」（包括「沒」）的習慣性位置。問題倒在於究竟是哪裏的口語。湖南方言有這樣的說法，其它地方未必沒有，所以這是一個比較麻煩的問題。目前看來相對容易做到的，可以針對紅樓夢作者的幾種假說，看看這些作者的家鄉方言是否有這樣的用法。

感謝孫教授多次懇切的指點！

坦白地說，我不是語言學專家，只是從小在長沙農村長大的一介草民。到今天爲止，我在長沙生活 16 年，在京津地區生活 6 年，在包括上海在內的長三角地區生活 50 年。就方言的記憶與感悟能力而言，依然是小時候那 16 年最深最強。

我提出《紅樓夢》的方言問題，首要的依據當然只能是少年時代的方言記憶，而後才是輔查各地的方言辭典。認知能力是有限的。

不過話說回來，我認爲除了少數方言學專家外，對多數人而言，在我們這個幅員遼闊、方言異常豐富的國度裏，要通曉各地的方言大抵是困難的。因此，我把自己提出問題的基點定位在：依湘語視角。

在近十年方言問題的關注中，我有如下的體會：

一、《紅樓夢》成書的年代距離我的少年時代大抵是二百年。人們的社會生活方式與語言表達習慣大抵保持相對穩定的狀態。

二、從新中國成立起，一個多甲子的歲月，社會形態、生活方式、語言表達有了很大程度的變化。方言正在逐漸消亡之中。比如，我在上海曾問一個來自湖南的博士生，懂不懂「丹墀」這個方言詞語，回答說不知。因爲這個青年很可能在城市生活，見都沒有見過清代以來的近代建築範式，故不知「丹墀」爲何物，什麼樣範？而江蘇教育出版社 2002 年 2 月出版的六卷本《現代漢語方言大詞典》對「丹墀」有明確的記載。年紀稍大一點的湖南鄉民是懂得「丹墀」的確切含義的。

三、參與《現代漢語方言大詞典》編纂的專門家投入了巨大的勞動，值得尊敬。但方言調查者與方言使用者之間依然存在著相當的距離。比方，「夻鬼」「打聯垂」這些詞，我可以確切地說，在長沙地區存在，可詞典中未見記錄。「取和」這個詞，見於廈門；「丟生」這個詞，見於東莞，可長沙地區確實也有，然而詞典中亦未見記錄。如此等等，或漸次消亡，或調查遺漏，更何況地域交叉，方言問題眞是複雜異常啊！

我說這些，決非要掩飾自己的知識局限，恰恰相反，倒是眞誠地期待，有更多的讀者朋友和專門家，對我多加批評與指點，以求得共同進步。

2012 年 9 月 4 日於上海

碧瀏清水

2003年，我寫就《紅樓夢方言系統的認定》（收入《鄧牛頓美學文學紅學思辨集》，百家出版社2004）一文，述及「碧瀏清水」——

> 《紅樓夢》第四十一回：（劉姥姥）只見迎面忽有一帶水池，只有七八尺寬，石頭砌岸，裏面碧瀏清水流往那邊去了，上面有一塊白石橫架在上面。
>
> 按：《長沙方言詞典》第178頁：溜清的，（水）很清澈。湖南方言形容水的清澈，爲「碧清的」，「溜清的」。「溜」的音讀可能源自於「瀏」。瀏，水流清澈貌，《詩・鄭風・溱洧》：「溱與洧，瀏有清矣。」《紅樓夢》此處言「碧」又言「瀏」可能是抄傳時將注解當作正文，形成重複。

當時只注意庚辰本的文字，後來檢讀諸本，果然多與庚辰本有別。如戚序本作「碧清的水」，夢稿本、甲辰本、程甲本、程乙本均作「碧波清水」。

又查庚辰本《紅樓夢》第十七至十八回：「只見水上落花愈多，其水愈清，溶溶蕩蕩，曲折縈紆。」己卯本、戚序本、甲辰本、程甲本均與庚辰本同。惟程乙本作「只見水上落花愈多，其水愈加清溜，溶溶蕩蕩，曲折縈紆。」

程乙本第十七回中的「清溜」，是有所據，抑或整理者擅改，頗難猜度。倘有其它版本的依據，則似乎與庚辰本聯繫起來了！原始文本很可能爲「碧清水」或「溜清水」，傳抄過程中才改成「碧清的水」或「碧波清水」了。

2012年9月8日於上海

「勞什子」怎麼成了「北方方言」？

二十世紀中葉讀人民文學出版社出版的《紅樓夢》，其第三回對「勞什子」這個詞作了一條注——「如同說『東西』，但更含有厭惡情緒。」那時候，並未在意這個方言詞的詞義。因爲這個自童年時代就熟稔的詞語，在故鄉湖南鄉親們的日常生活中經常能夠聽到。比如，「哪個要你那些勞什子！」「哪個管你那些勞什子？」

「勞什子」，或指物，那些價值微小的東西；或指事，那些無關緊要的事情。

到了二十一世紀，偶而於書肆中見到一本寧波出版社出版的《紅樓夢》，由鍾禮平、陳龍安主編，2001 年 1 月初版印行。該書對「勞什子」作注——「北方方言，泛指一般事物，猶言『東西』，含輕蔑、厭惡之意。第六十二回『如今學了這勞什子，他們說怕壞了嗓子』中的『勞什子』則指唱戲。」

這就讓我頓時感到愕然！怎麼，「勞什子」成了「北方方言」？這有什麼依據？

查《現代漢語詞典》——「勞什子〔牢什子〕〈方〉使人討厭的東西。」並未指明爲何處方言。不過我想起了小時候看鄉親們記賬，常喜歡用「什貨」這個詞語。「什貨」，雜貨也。《漢語大字典》（四川辭書出版社，湖北辭書出版社）對「什」字的解釋是，品雜，數多。如「家什」、「什錦」、「什物」等等。可見，從詞源學釋義，「勞什子」應指那些費力甚多而益處甚少的雜事、雜物。誠如王蒙評點紅樓夢所注：「對器物的貶稱，意近破東西，破玩意兒。」

我又複查漢語大詞典出版社的《漢語大詞典》，對「勞什子」引述語例甚多——1、方言。《紅樓夢》第三回：「〔寶玉〕罵道：『什麼罕物……我也不要這勞什子了！」《文明小史》第三八回：「如今要除下我手腳上的這個勞什子，除非你們大老爺親自來除。」魯迅《集外集拾遺 ·文藝的大眾化》：「不過應該多有爲大眾設想的作家，竭力來作淺顯易解的作品，使大家能懂，愛看，以擠掉一些陳腐的勞什子。」2、令人討厭。田漢《關漢卿》第二場：「幹嘛你還要搞這個勞什子行業呢？乾脆辭掉，專心寫東西不好嗎？」周而復《上海的早晨》第三部十七：「他希望快開會，快散會，快離開這個勞什子的廠。」

浙江的魯迅和湖南的田漢都能運用自如地使用「勞什子」這個方言詞彙，怎麼就會成了「北方方言」了呢？

當然，隨著普通話的普及和社會生活方式的改變，「勞什子」這個方言詞彙正處在消亡之中。難怪本世紀江蘇教育出版社出版的《現代漢語方言大詞典》（李榮主編，涵蓋哈爾濱、南京、長沙等中國南北 42 個地區），其中「勞什子」一詞已經杳無蹤影。

2012 年 12 月 26 日於滬上

誰「嚇了我一跳好的」？
——《紅樓夢》校注商榷一例

《紅樓夢》校注，紅學專門家做了大量的工作，值得學習與尊敬。但任何專家都可能有知識上的局限。更何況《紅樓夢》這個偉大而複雜的存在，研究起來問題會更多。

比如，偶然翻到中國藝術研究院紅樓夢研究所《紅樓夢》校注本三版，第二十四回開頭：話說林黛玉正自情思縈逗、纏綿固結之時，忽有人從背後擊了他一掌，說道：「你作什麼一個人在這裡？」林黛玉倒唬了一跳，回頭看時，不是別人，卻是香菱。林黛玉道：「你這個傻丫頭，唬我一跳。你這會子打那裏來？」……

啊？！專家們一直熱烈推崇的庚辰本這個開頭原本是——……林黛玉道：「你這個傻丫頭，唬我這麼一跳好的。你這會子打那裏來？」……怎麼？如今「這麼」、「好的」四個字就硬生生地被刪掉了呢？

說實在的，我對《紅樓夢》複雜的語言現象一直頗爲關注，也頗有興味。記得我在 2003 年讀中國藝術研究院紅樓夢研究所校注本（人民文學出版社 1996 年 12 月北京第 2 版）時，上述第二十四回文字保持了庚辰本原貌。這個校注本前有馮其庸先生的《紅樓夢校注本再版序》（1994 年 7 月 6 日於京華寬堂）。爾後讀馮其庸先生《瓜飯樓重校評批紅樓夢》（遼寧人民出版社 2005 年 1 月第 1 版）時，卻驚人地發現他出了這麼一個詳細的校記——庚辰「唬我這麼一跳，好的，你這會子打那裏來？」戚本、舒本同，蒙府本作「好好的」，列本無「好的」兩字，甲辰、程甲本作「唬我一跳，你這會子打那裏來？」

楊本原文同甲辰、程甲，旁改後成「你這傻丫頭，冒冒失失的，唬我這麼一跳，你這會子打那裏來？」程乙本無「這麼」兩字，餘全同楊本改文。

應當指出的是，「嚇我一跳好的！」這在我的故鄉湖南老百姓的口頭上是一句普通得不能再普通的話。「嚇我一跳好的！」就是嚇得我好厲害的意思。「好的」是指程度而言，形容詞後置以突顯語意。《紅樓夢》中「唬了一跳」「唬我一跳」甚多，僅第二十四回就有 4 處，惟這一處強調了程度。許多《紅樓夢》文本之所以作了種種的改動，原因皆在不懂湘方言的語意與表達方式。

另外，值得注意的是，《紅樓夢》第五十一回，麝月慌慌張張的笑了進來，說道：「嚇了我一跳好的。黑影子裏，山子石後頭，只見一個人蹲著。我才要叫喊，原來是那個大錦雞，見了人一飛，飛到亮處來，我才看眞了。若冒冒失失一嚷，倒鬧起人來。」馮其庸先生《瓜飯樓重校評批紅樓夢》這一回保留了「嚇了我一跳好的！」未作任何改動與說明。又，《紅樓夢》第 41 回，「若繞出去還好，若繞不出去，可夠他繞回子好的。」馮其庸先生《瓜飯樓重校評批紅樓夢》這一回亦未作任何改動與說明。可見，這類句式在《紅樓夢》已有多處，皆屬湘方言的表達方式。

最近我又細讀了一遍《紅樓夢》，又發現兩處與此相關的文字。一處是第二十回末尾，湘雲道：「你敢挑寶姐姐的短處，就算你是好的。……」另一處是第三十一回，湘雲照臉啐了一口道：「下流東西，好生走罷。越問越問出好的來了！」前一處「好的」可釋爲「就算你狠」、「就算你厲害」。後一處「好的」，依前後文語意，顯係貶詞，可釋爲「越問越問出不像話的東西了！」可見《紅樓夢》中的方言現象異常複雜。在《紅樓夢》原始作者到底是誰尙存疑竇的當今，有理由籲請紅學專門家對小說文本的刪改與校注，作出極其審愼的選擇和更爲合理的處置。

還記得馮其庸先生在《紅樓夢校注本再版序》中說得非常之好，「我們的校勘工作做到了審愼和準確，不至於隨意改動底本的文字，從而較好地保持了原本的歷史面貌。」可新校注本此處爲什麼要作如此大膽的刪改呢？聽說上述馮先生的署名本後來也作了類似的改動，這就讓我實實百思不得其解了。

須知，相對而言，紅研所校注本在學界具有相當的權威性。愼之又愼的要求決不算過份。我查了最近兩年出版的其它學者的校注本，如成愛君校輯本對第二十四回的處理，就可以發現受了紅研所校注本的影響。此外，裴效維校注本，第二十四回以程本作底本，林黛玉道：「你這個傻丫頭，冒冒失失的唬我一跳。這會子打那裏來？」第五十一回作「唬我一跳好的」，則有一注：「好的——這裡是好厲害之意。」（裴先生：此種注法，英雄所見略同也！一笑！）蔡義江評注本，第五十一回同庚辰本底本。第二十四回，林黛玉道：「你這個傻丫頭，唬我這麼一跳，好的！你這會子打那裏來？」（蔡先生，您這樣斷句，似乎偏離了原本的語意啊！求教！）

正是我充分認同庚辰本的歷史地位，方認爲保留底本上的「好的」，更符合《紅樓夢》原始作者的言說方式。故而紅學專門家的貿然改動，確實「嚇了我一跳好的！」

2012年11月22日於上海

《文學報》2012年12月13日

此「村」非彼「村」
——《紅樓夢大辭典》增訂本商榷一則

馮其庸、李希凡先生主編的《紅樓夢大辭典》增訂本由文化藝術出版社出版了，這是一件好事。然而放在紅學研究的廣闊視野中來考察，其可商榷質疑之處尚多。這裡僅就其中方言「村」字的理解奉獻一點個人意見。

《紅樓夢》裏的「村」字，確實有點麻煩。「村」作爲動詞，出現在兩處——

第六十三回——（眾丫環準備替寶玉過生日）寶玉聽了，喜的忙說：「他們是那裏的錢，不該叫他們出才是。」晴雯道：「他們沒錢，難道我們是有錢的！這原是各人的心。那怕他偷的呢，只管領他們的情就是。」寶玉聽了，笑說：「你說的是。」襲人笑道：「你一天不挨他兩句硬話村你，你再過不去。」此處，紅研所校注本基本上採用了甲辰本、程甲本的文字，沒有用庚辰本。擇其善者而從之，當然正確！查庚辰本「村」作「蠢」，旁改作「撞」，其它諸本相類似。

第六十二回——湘雲便用筷子舉著說道：「這鴨頭不是那丫頭，頭上那有桂花油？」眾人越發笑起來，引得晴雯小螺等一干人都走過來說：「雲姑娘會開心兒，拿著我們取笑兒，快罰一杯才罷！怎麼見得我們就該擦桂花油呢？倒得每人給瓶子桂花油擦擦！」黛玉笑道：「他倒有心給你們一瓶子桂花油，又怕掛誤著打竊盜官司。」眾人不理論，寶玉卻明白，忙低了頭。彩雲心裏有病，不覺的紅了臉。寶釵忙暗暗的瞅了黛玉一眼。黛玉自悔失言，原是打趣寶玉的，就忘了村了彩雲了，自悔不及，忙一頓的行令猜拳岔開了。

這裡，摘錄的是人民文學出版社 1973 年的版本（《前言》，李希凡），文字基本上採自程乙本。而當今紅研所校注本採用的是庚辰本，「黛玉自悔失言，原是趣寶玉的，就忘了趣著彩雲。」

查己卯本作：「黛玉自悔失言，原是打趣寶玉的，就忘了趣著彩雲。」南圖本作：「黛玉自悔失言，原是譏寶玉的，就忘了打趣著彩雲。」甲辰本作：「黛玉自悔失言，原是趣寶玉的，就忘了彩雲。」夢稿本作：「黛玉自悔失言，原是趣寶玉的，就忘了村了彩雲了。」夢稿本此處「村了」是旁改的，顯然有其它抄本作爲根據。我以爲人民文學出版社 1973 年版的文字處理是正確的，此處程乙本綜合了己卯本和夢稿本的優點，更接近於原始作者的寫作風貌。

各本之所以有文字上的不同，皆在於對這個「村」字的方言語義不甚瞭解。即便在今天，各家注釋亦多有差異——

人文 1973 年本：第六十二回注曰，用不好聽的話傷人，叫做「村」。

紅研所 2008 年本：第六十三回注曰，粗俗。這裡作動詞，頂撞之意。

裴效維全解本：第六十二回注曰，奚落，譏誚，挖苦。第六十三回注曰，奚落、譏誚。

蔡義江新注本：第六十二回同庚辰本。第六十三回注曰，數落，說話使人難堪。

應該說，各家所注大體上符合《紅樓夢》原始作者描寫的語境中的語意，雖然在準確度上尚有高低之分。唯有紅研所校注本可商榷之處則甚多。此刻抄出《紅樓夢大辭典》增訂本中關於「村」的條目，因爲這是專家們截至 2010 年 4 月 12 日的最新研究成果——

村粗俗。有時作動詞用，有衝撞、冒犯的意思。六十三回：「你（寶玉）一天不挨他（晴雯）兩句硬話村你，你再過不去。」二十六回黛玉哭道：「外頭聽了村話來，也說給我聽。」村話：即粗俗的言語。

記得周汝昌先生講過，小說中的方言有時不得已，會採用「以音記字」的方法。確實，在一時找不出準確表意的對應字或詞時，這是沒有辦法的辦法。《紅樓夢》第六十二、六十三回中的「村」，即是「以音記字」的典型例證。也就是《紅樓夢大辭典》中專家們所說的「借字」。

「村」，我可以負責任地說，這是一個湖南方言用語。我少年時代在長沙城鄉生活多年，對「村」字的理解有相當的熟悉程度。據我調查所知，現在這個「村」字尚活躍於群眾的口語之中，有頂撞、責怪、詰問、反駁等等語意。

不過，此「村」非那「村」也！村莊、村女、村話之類的「村」與方言動詞的「村」相距十萬八千里，用吳方言表達，就是「不搭界」。將以音記字（即借字）的「村」字的語意與常規用字的「村」字的語意攪混起來，紅研所專家們似有「望『字』生義」之嫌！

請專家們仔細品味一下，看《紅樓夢》第六十二、六十三回中的相關之處，黛玉的言行和晴雯的言行到底與「粗俗」有無關連？不過，諸位會不會遭到晴雯的搶白或黛玉的嗔怪，實實難以預料。一笑！

2012 年 12 月 29 日於上海

《文學報》2013 年 1 月 10 日

就「村」字簡答郭樹榮先生

首先感謝郭樹榮先生的商榷。因爲學術問題只有在彼此討論之中，才有可能近乎正確或合乎歷史眞實。

只要認眞閱讀拙文，就會正確理解《此「村」非彼「村」》，講的是不同的語境之中，作爲形容詞的「村」和作爲動詞的「村」，雖然讀音相同，但語意迥別。郭文舉了一大堆的例子，說來說去，皆是作爲形容詞的「村」而非作爲動詞的「村」，在解讀時同樣存在著以爲此「村」即彼「村」之嫌。

另外，郭文認爲，「《紅樓夢》又不是用方言寫的，「村」字更不是湖南方言之義，你用『方言』質疑非方言乃至是用普通話寫的小說，豈不是南轅北轍……」《紅樓夢》作者怎麼用起「普通話」寫作來了，眞是天下奇談？？？！！！再說，你怎麼來解釋《紅樓夢》中存在的極其複雜的方言現象呢？

本人現在所做的，正是通過「方言」問題的研究，試圖來探討《紅樓夢》原始作者的人生蹤跡。

看來，唯有擺脫固有的慣性思維，以求索的精神來破解某些自以爲「已成定論」的學術難題，才有可能獲得新的識見。「武斷」之論暫且奉還給郭樹榮先生。

《文學報》2013年3月7日

《紅樓夢》中湖南方言問題的總解答

2003 年，我在《紅樓夢植根湘土湘音》《紅樓夢中的湖南方言考辨》兩文中，提出《紅樓夢》的原始文本是用湖南方言寫成的。這引起了不少人的質疑：一是因爲我在認定湘方言語彙時確實相對寬泛了些，以至造成此人說這個詞我們這裡有，彼人說那個詞我們那裏有；二是因爲中國幅員遼闊，相當多的人（當然包括我自己）無法有那麼多、那麼廣的方言體驗，彼此隔膜，以致很難一下子接受對方的觀點。此後將近十年，我對此問題進行了多向反思，通過各種渠道學習瞭解相關方言語彙所涵蓋的地域並進行比較，結論則依然未能改變。我對善意質疑與懇切指教的各方朋友表示感謝，並就此問題總體作答。

其一、我所列舉的湖南方言語彙，儘管這個詞這裡有，那個詞那裏有，可這些方言語彙在《紅樓夢》中和在長沙地區全都有。方言的地域交叉現象無法否定我的結論。從方法論的角度來分析：是將列舉的所有的湘方言詞語聚合起來，共同形成了一個湖南方言語境，而後作出整體性的認定。

其二、有些湘方言詞語交叉現象並不怎麼複雜。比如「丹墀」釋爲天井；「來往」釋爲上下；「談講」釋爲打講、閒談；「才剛」釋爲剛才；「繳用」釋爲開支、花銷；「夯」即「嫨」也，釋爲「做事拖沓」；「趦著頭」釋爲低著頭，即「鎖起腦殼」；「不像」釋爲不體面、不像樣、不成體統；等等。再如「脅鬼」、「堂客」、「丟生」、「取和」、「打發」等等詞語，雖說南方少數地方也有，但湘語中確實使用得相當普遍。

其三、「打聯垂」這個方言詞語，雖說當今已近失傳，可在我的少年時代的語言記憶中，確實甚爲牢固。它絕非什麼西洋女子裝扮，即便在湖南鄉間也屬女孩的頭部裝飾之類。而「打 XX」也確爲我們漢語言傳統的構詞形式。

其四、關於湖南方言中句法方面的相關例證，我將另文呈獻。

其五、我已充分注意到《紅樓夢》初創、增刪、傳播過程中有其它地區方言的摻入。如吳方言（「不曾」之類）、北京方言（「借光」之類）以及東北方言等，而語言的「兒化」特徵則尤爲明顯。

2012 年 5 月 15 日於上海

《紅樓夢》後四十回湘方言的梳理

作爲《紅樓夢》的讀者，我最先閱讀的是 120 回的程本。作爲研究者，則深受專門家的影響，詳讀 80 回的多種脂本。如今市場上甚爲普及的是 120 回的程本，或將脂本與程本對接的 120 回本。在對脂本進行湘方言的學術掃描之後，我的興趣轉移到程本的後四十回居然發現相當的湘方言的痕跡，於是決定進行一番初步的梳理。

程偉元在 1791 年（清乾隆五十六年）程甲本序中明確地說道：「《紅樓夢》小說本名《石頭記》，作者相傳不一，究未知出自何人，惟書內記雪芹曹先生刪改數過。」此後 220 年間，紅學界普遍將《紅樓夢》的著作權交予了曹雪芹和續作者高鶚，幾乎忽略了程偉元所言原始作者「究未知出自何人」？

是相信程偉元呢，還是相信胡適等人呢？我以爲，還是相信程偉元爲是。一因程偉元更接近《紅樓夢》的創作與抄傳年代，二因我們依然得從文本出發，去探尋《紅樓夢》的原始作者和成書過程。我一直認爲，在曹、高刪續《紅樓夢》之前，尙有一個原始作者的原始文本存在。如今細讀後四十回，更堅定了我這一學術信念。

後四十回湘方言探尋

我曾經甚爲詳細地梳理過脂本八十回中的湘方言語彙與句法。而通觀程本後四十回文字，應該承認：依然有湘方言成分，但較之前八十回則少了許多。現依愚見將甚爲典型的例證羅列如下——

第八十一回　一、探春把竿一挑，往地下一撩，卻活迸的。侍書在滿地上亂抓，兩手捧著，擱在小磁壇內清水養著。

鄧按：「一潦」，應爲「一撂」。原始作者對方言用語，往往以音記字。這個「撩」字在後四十回中多次出現。「活迸」，長沙方言常說釣上來的魚「活迸亂跳的」。「活迸」依然是以音記字。「磁壇」，即「瓷壇」，包括湖南人在內的南方人多用此器物。

二、代儒道：「我看他相貌也還體面，靈性也還去得，爲什麼不念書，只是心野貪頑。……」

鄧按：「靈性也還去得」，一般人不理解，但在長沙人則很容易懂，說的是賈寶玉的靈性「也還可以」，「說得過去」。「去得」是長沙方言的言說方式。這種「得」字作爲語尾的句式，在《紅樓夢》中多次出現。如第九十九回，「外頭也有些體面，家裏還過得……」第 103 回，「託了刑部裏的人，相驗問口供的時候有照應得。」

三、代儒告訴寶玉道：「今日頭一天，早些放你家去罷。明日要講書了。但是你又不是很愚夯的，明日我倒要你先講一兩章書我聽，試試你近來功課何如……」

鄧按：「頭一天」、「講書」、「夯」等都是長沙人的口頭表達。「放你家去」則屬吳地方言。

第八十二回　一、寶玉道：「今日有事沒有？」襲人道：「事卻沒有。方才太太叫鴛鴦姐姐來吩咐我們：如今老爺發狠叫你念書，如有丫鬟們再敢和你頑笑，都要照著晴雯司棋的例辦。……」

鄧按：這裡老爺「發狠」，大約是指老爺下狠心要讓寶玉「好生念書」。「照著」，爲「按照」「參照」「依照」之意，皆爲長沙方言的習慣用語。不過，此處我還懷疑，原作或許是「如今老爺叫你發狠念書……」，更符合長沙人的日常表達，叫小孩下狠勁努力讀書。或許高鶚們將之作了改動呢，亦有這種可能啊！

二、襲人笑道：「媽媽怎麼認得我？」婆子笑道：「我們只在太太屋裏看屋子，不大跟太太姑娘出門，所以姑娘們都不大認得。姑娘們碰著到我們那邊去，我們都模糊記得。」

鄧按：姑娘們碰著到我們那邊去，應釋爲「有時」到我們那邊去。「碰著」長沙日常口語應說成「碰噠」。將「碰著」釋爲「有時」「偶而」，這在不懂長沙方言的人那裏，是相當難以理解的。至於說「認得」而不說「認識」，這也是長沙人的語言習慣。這一用詞，《紅樓夢》中比比皆是。

第八十三回　一、紫鵑又把鐲子連袖子輕輕摟起，不叫壓住了脈息。

鄧按：摟，長沙方言念作「lou」（陰平），朝上挽起。摟起袖子，摟起褲子，摟起上衣等等。然而到了程乙本，卻將「摟」改作「擼」。「擼」讀作「lu」（陰平），北方人常說的一個動詞。「摟」語意朝上，正確；「擼」卻語意朝下，與紫鵑應有的動作不合。

二、鳳姐點點頭兒，因叫平兒稱了幾兩銀子，遞給周瑞家的，道：「你先拿去交給紫鵑，只說我給他添補東西的。若要官中的，只管要去，別提這月錢的話。他也是個伶透人，自然明白我的話……」

鄧按：「伶透人」，疑爲「伶泛人」，長沙方言，作者以音記字。抄者不懂，誤作「伶透人」。其實，應作「靈泛人」。《紅樓夢》中有「鬆泛」「活泛」的語彙，第九十七回則有「靈透」一詞，均可作爲參證。

第八十四回　（賈母問寶玉）：「你今兒怎麼這早晚才散學。」

（寶玉對賈母說）：「頭裏散學時李貴傳老爺的話，叫吃了飯過去。……」

鄧按：長沙人很少說「放學」，而多言「散學」。如「學生伢子散學噠！」「學堂裏散學噠！」

第八十八回　忽見寶玉進來，手中提了兩個細篾絲的小籠子，籠內有幾個蟈蟈兒，笑道：「我聽說老太太夜裏睡不著，我給老太太留下解解悶。」

鄧按：「細篾絲的小籠子」，爲包括湖南在內的南方竹製器物。

第九十回　一、雪雁道：「人事都不省了，瞧瞧罷，左不過在這一兩天了。」

鄧按：這裡言林黛玉將不久於人世。「左不過」意爲「也就在」。《紅樓夢》第五十四回：「這些書就是一套子，左不過是些佳人才子，最沒趣兒。」意爲「橫直」、「反正」。長沙人喜歡用這個「左不過」的詞語。

二、賈母又向鳳姐道：「鳳哥兒，你如今自從身上不大好，也不大管園裏的事了。我告訴你，須得經點兒心。不但這個，就像前年那些人喝酒耍錢，都不是事。……」

鄧按：「都不是事」，言「都不像人幹的事」，或「都不應該出現的事情。」

第八十四回：「賈環聽了，便去伸手拿那銱子瞧時，豈知措手不及，沸的一聲，銱子倒了，火已潑滅了一半。賈環見不是事，自覺沒趣，連忙跑了。……」「見不是事」，同一語意，爲「不應有的事」。長沙人常這樣說。

第九十四回　只聽得趙姨娘的聲兒哭著喊著走來說：「你們丟了東西自己不找，怎麼叫人背地裏拷問環兒。我把環兒帶了來，索性交給你們這一起洑上水的，該殺該剮，隨你們罷。」

鄧按：「洑上水的」，意爲喜歡「巴結」「奉承」上頭的那些人。「起」，量詞，「這一起」意爲「這一批」、「這一夥」。《紅樓夢》第五十七回、第一百回，亦均有「洑上水」一詞。

第九十七回　這時寶玉雖因失玉昏憒，但只聽見娶了黛玉爲妻，眞乃是從古至今天上人間第一件暢心滿意的事了，那身子頓覺健旺起來，只不過不似從前那般靈透，所以鳳姐的妙計百發百中……

鄧按：「健旺」，一個語意容易理解的詞彙，多用於書面語。《紅樓夢》這裡亦是敘述語言。然而很有意思的是，古時書面語「健旺」在湖南鄉土語彙中卻常用作口頭語。我自小離鄉，每逢回到故土，見到長輩頭一句話總是：「你老人家健旺啊！」在湖南方言語境中，「健旺」作爲對長者的問候語，使用得非常普遍。記在這裡，供研究者參考。

第一百回　金桂道：「姑奶奶，如今你是比不得頭裏的了。你兩口兒好好的過日子，我是個單身人兒，要臉做什麼！」說著，便要跑到街上回娘家去，虧得人還多，扯住了，又勸了半天方住。

鄧按：據我所知，普通話多說「拉住」，而湖南話多說「扯住」。勸架，多說「扯架」、「扯扛」。

第一百零三回　裏頭跟寶釵的人聽見外頭鬧起來，趕著來瞧，恐怕周瑞家的吃虧，齊打夥的上去半勸半喝。

鄧按：此處「打夥」語意爲好些人一起去幹什麼……再如《紅樓夢》第一百一十八回：「只要環老三在太太跟前這麼一說，我找邢大舅再一說，太太們問起來你們齊打夥說好就是了。」「打夥」語意爲「一齊」「一起」「一道」，這是湖南方言的一種表達方式，不言「結夥」而言「打夥」。此外，湖南方言還有「繳夥」這類的語彙，意爲夥著辦事等等，可資參照。

第一百一十一回　那些上夜的人啼哭著說道：「我們幾個人輪更上夜，是管二三更的，我們都沒有住腳前後走的。……」

鄧按：湖南人多言「住腳」，而少言「停腳」。《紅樓夢》第八十七回有「站住腳」，第一百一十二回有「坐不住」，第一百一十六回有「立住腳」，喜用這個「住」字。

第一百一十七回　如今寶玉賈環他哥兒兩個各有一種脾氣，鬧得人人不理。獨有賈蘭跟著他母親上緊攻書，作了文字送到學裏請教代儒。

鄧按：「上緊」，湖南方言，「發狠」「努力」「用心」「抓緊」等意。父輩每每叮囑子女，「你讀書要上緊啊！」《紅樓夢》第九十二回，「依我說也該上緊些才好」。

總而言之，《紅樓夢》後四十回，各回中大抵多多少少都有些湘方言或準方言的痕跡。比如通紅（第八十一回），放定（第八十二回），才剛（第八十三回），這倒不消（這倒用不著，第八十四回），捱次（不言「依次」，第八十五回），勞神（第八十六回），降伏（第八十七回），一點都不漏縫（第八十八回），別淨餓著（第八十九回），提防著他的皮（第九十回），盡子頑（指光頑不讀書，第九十二回），盡子喝去（儘量喝，第九十三回），好討人嫌（第九十四回，第一百一十二回），諸事將就（指諸事湊合著辦，第九十六回），背靜（指僻靜之處，《長沙方言詞典》有「背陰」、「背陰處」等條，第九十六回），勞什子（第九十四回，第九十七回），家裏還過得（家裏還算富裕，第九十九回），碗片子（第一百零一回），說得活像（第一百零二回），打搶（第一百零三回），得閒（第一百零四回），一仰身栽到地下（第一百零五回），得便的時候（不言「方便時」，第一百零九回），打不得撒手的（第一百一十回），人客（第一百一十回，第一百一十一回），過的麼（意同第九十九回「過得」，第一百一十三回），檳榔荷包（第一百一十七回，與第六十四回賈璉跟尤二姐討檳榔吃相呼應），絆住了（第一百二十回）等等。

返回前八十回看看

這裡拿程乙本跟脂本作些比較。

貪鬼　脂本第十六回 原來是你這蹄子貪鬼。

程乙本第十六回 原來是你這蹄子鬧鬼。

脂本第四十三回 我說你貪鬼呢，怎麼你大嫂的沒有？

程乙本第四十三回 我說你鬧鬼呢！怎麼你大嫂子的沒有？

脂本第四十六回 買了來家，三日兩日，又要貪鬼弔猴的。

程乙本第四十六回 買了來三日兩日，又弄鬼掉猴的。

鄧按：貪鬼，爲湖南方言。脂本接近原始文本。程本不理解方言語意，改掉了「貪」字。

夯　程乙本第五十四回　一、「咱們明兒到閻王廟去燒香，和閻王爺說去，問他一問：叫我們託生爲人，怎麼單單給那小蹄子兒一個乖嘴，我們都入了夯嘴裏頭？……」二、鳳姐兒笑道：「好的呀！幸而我們都是夯嘴夯腮的，不然也就吃了猴兒尿了。」

脂本第五十四回　一、「爲什麼單單的給那小蹄子兒一張乖嘴，我們都是笨的。二、鳳姐兒笑道：「好的，幸而我們都是笨嘴笨腮的，不然也就吃了猴兒尿了。」

鄧按：「夯」字還分別出現在甲戌本第十六回，戚序本第三十回，程甲本第六十七回，程乙本第六十二回。我一直認爲，「夯」字很多人理解爲「笨」，其實在湖南方言中是「做事拖沓」，民間有「夯屍」、「夯屍鬼」等詞語。程乙本等眾多版本中均出現「夯」，說明這屬原始文本的本來面目。

抱　脂本第六十一回　蒼蠅不抱無縫的蛋。

程乙本第六十一回　蒼蠅不抱沒縫兒的雞蛋。

鄧按：一般人說，蒼蠅不叮無縫的蛋。這個「抱」字，屬湖南方言。長沙地區把孵小雞的母雞，稱作「抱雞婆」。脂本接近原始文本。程本將「縫」字兒化了，並在「蛋」前加了一個「雞」字。

村　程乙本第六十二回　黛玉自悔失言：原是打趣寶玉的，就忘了村了彩雲了。自悔不及，忙一頓的行令猜拳岔開了。

脂本第六十二回　黛玉自悔失言，原是趣寶玉的，就忘了趣著彩雲。

鄧按：「村」，爲長沙方言，意爲被詰、被斥、被譏等。脂本第六十二回將「村」改作「打趣」的「趣」，分明理解有誤。然而脂本、程乙本第六十三回開頭——襲人笑道：「你這個人，一天不挨他兩句硬話村你，你就過不去。」基本相同，均保留了這個「村」字。可見程乙本此處比較接近原始文本。

鬆泛　程乙本第十六回　李貴忙勸道：「不可。秦哥兒是弱症，怕炕上硌的不受用，所以暫且挪下來鬆泛些。」

脂本第十六回　李貴忙勸道：「不可不可，秦哥兒是弱症，未免炕上扛的骨頭不受用，所以暫且挪下來鬆散些。」

鄧按：「鬆泛」爲湖南方言，即輕鬆、舒適些。湖南方言另有「活泛」、「靈泛」等詞。脂本改「鬆泛」爲「鬆散」，語意欠確切。很顯然，此處文字以程本爲佳，且接近原始文本。

從上述比較中，可見《紅樓夢》的抄傳、流佈，渠道甚多。就接近原始文本而言，脂本、程本，各有優長之處。和前八十回一樣，程本後四十回，也是在原始文本基礎上，經加工修改而成。這給我們的研究，帶來了很多的興味。

更加開闊的視野

鑒於《紅樓夢》成書過程的複雜性，要弄清原始作者以及加工者的基本面目，必須堅持從文本出發，輔以歷史資料記載，方能作出一個大致不錯的判斷。另外，必須把《紅樓夢》當作創作小說看待，在大多數讀者能夠理解的接受層面上，來把握作者的創作意圖。離開了文學閱讀理解的可能性，過份深究作者的所謂政治隱寓，更可能會使研究陷入認識的迷途，離科學的結論越來越遠。

從紅學研究的歷史來分析，看一看若干專門家的籍貫或許會有啓發：胡適（1891 年生），安徽績溪。俞平伯（1900），浙江德清。啓功（1912），北京。周汝昌（1918），天津。馮其庸（1924），江蘇無錫。蔡義江（1934），浙江寧波。鄭慶山（1936），黑龍江綏棱。裴效維（1938），山西榆社。鄧遂夫（1943），四川自貢。……

從方言學來解讀《紅樓夢》，上述各位專家都有所長和所短、高見與局限。因此我一直期望紅學專門家以更加開闊的視野來看待自己的學術成果，思考並接納各種不同的學術新見，同時也期待有更多的語言學家介入《紅樓夢》的研究，共同推進紅學研究的大突破。

2011 年 11 月 3 日於上海

「不顯堆……」

《紅樓夢》第四十一回是湘方言留存甚多的回目之一。這回寫賈母等人吃點心。其中一些小麵果子做得玲瓏剔透，劉姥姥揀了一朵牡丹花樣的，笑說要帶回家去做花樣子……此時賈母說道——

> 「家去我送你一罎子。你先趁熱吃這個罷。」別人不過揀各人愛吃的一兩點就罷了；劉姥姥原不曾吃過這些東西，且都作的小巧，不顯盤堆的，他和板兒每樣吃了些，就去了半盤子。……
>
> （據紅研所校注本）

開初讀這段文字時，未見什麼校注紀錄，也就並不在意。後來仔細閱讀時，覺著「不顯盤堆」有點搞不懂。於是去查書，一查就查出疑點來了。

先看庚辰本。其中「我送你一罎子」，「壇」字旁改爲「盒」字；「不顯盤堆的」，先錯成「不題盤堆的」，後旁改爲「堆滿了盤子」。很顯然，傳抄者、旁改者都不懂這裡的意思，或抄錯，或臆改。

復看南圖本。賈母笑道：「等你家去我送你一磁罎子。你先趁熱兒吃這個罷。」別人揀各人愛吃的一兩點兒就罷了。劉姥姥原不曾吃過這些東西，且都作的小巧，不顯盤堆的，他和板兒每樣吃了些，就去了半盤子。……

再看夢稿本。賈母笑道：「家去我送你一磁罎子。你先趁熱吃這個罷。」別人不過揀各人愛吃的一兩樣就算了。劉姥姥原不曾吃過這些東西，且都作得小巧，不顯堆垛的，他和板兒每樣吃了些，就去了半盤了。……

其它王府本、甲辰本大抵同南圖本；程甲本、程乙本大抵同夢稿本。

這裡有兩處值得注意。一是「磁罎子」，多數本子都這樣，應該認同爲原始文本的樣範。再說「磁罎子」，在南方人家庭中普遍使用。

二是「不顯堆垛」，裘效維先生《紅樓夢全解本》作了一個注：「不顯堆垛兒——意謂不顯得體積大。」我認爲：「不顯堆垛」優於「不顯盤堆」。原因在，我小時候在湖南鄉間過年，人客來了擺放幾盤點心，大人子往往會講，瓜子和糖粒子「不顯堆夥」，要放點子「有堆夥」的傢夥，像紅薯片子、炒蠶豆之類的東西。一是好看點子，同時也可以節省一點子。

查《長沙方言詞典》有「堆夥」條——成堆的物品的體積（多言其體積大，分量多）：五角錢買咯多紅薯，那有堆夥。／五斤蘋果只有咯多子，連不現堆夥。

我以爲，「不顯堆垛」應爲「不顯堆夥」，可以還原《紅樓夢》原始文本的面貌。敬請紅學專門家和朋友們指正。

2013 年 6 月 17 日於滬上

紅樓夢研究備考：健旺

2011 年底我對《紅樓夢》後四十回中的湘方言作了一番梳理，其中有關於「健旺」一詞的述說——

> 第九十七回　這時寶玉雖因失玉昏憒，但只聽見娶了黛玉爲妻，眞乃是從古至今天上人間第一件暢心滿意的事了，那身子頓覺健旺起來，只不過不似從前那般靈透，所以鳳姐的妙計百發百中……
>
> 鄧按：「健旺」，一個語意容易理解的詞彙，多用於書面語。《紅樓夢》這裡亦是敘述語言。然而很有意思的是，古時書面語「健旺」在湖南鄉土語彙中卻常用作口頭語。我自小離鄉，每逢回到故土，見到長輩頭一句話總是：「你老人家健旺啊！」在湖南方言語境中，「健旺」作爲對長者的問候語，使用得非常普遍。記在這裡，供研究者參考。

2013 年 5 月，我讀《世紀風雲中的共和國大將許光達》一書，內中有關於「健旺」一詞的用法，現轉錄如下——

【1928 年秋，許光達奉黨組織之命，準備去西北，臨走前，回了趟家】將近半夜的時候，許德華（即許光達）來到了瀏陽河邊。他蹲下了身，雙手捧起了清涼的河水，貪婪地喝著。啊！家鄉的水眞甜！許德華來到渡口，敏捷地跳上船，熟練地操起竹篙，輕輕地一點，木船離岸而去。許德華習慣地衝艙裏喊了聲：「易家老爹，您老健旺？」

【1950 年 1 月。瀏陽河渡口】許光達向老人家問候：「您老人家健旺！」易家老倌子緊握著許光達的手：「好，好！」說罷，把許光達一家讓到船上。

【1950 年 1 月。許光達家】許光達大步走進家門，一眼就看到了離別二十多年的老爹，只見許子貴雙眼布滿淚水，許光達不覺鼻子酸楚，眼睛也濕潤了，聲音有些顫抖：「爹爹，我回來了，您老人家健旺！」（田越英等著，作家出版社 1997 年 7 月北京第 1 版）

讀謝志明《紅樓夢作者新考》

我於 2003 年 8 月 6 日《中華讀書報》發表《紅樓夢植根湘土湘音》、2003 年第 5 期《上海大學學報》發表《紅樓夢中的湖南方言考辨》之後，沉寂了將近 6 年。2009 年初，所撰美學新著《態學筆記》一書定稿之後，又想起了當年爲《紅樓夢》挨罵的事，欲對相關方言問題再作若干梳理。於是到上海福州路訪書，沒想到，一本紅色封面的《紅樓湘婁文化考》突然躍入眼簾，趕緊買了回來。粗略地讀了一遍，書的前半部有「犟牛所見略同」之慨！書的後半部，以爲自成一說，雖讀者與紅學界一時異議四起。不過，我已將該書作者謝志明先生視爲同道。

之後，我在新浪網上與謝先生相遇，兩人除相互鼓勵外，又彼此贈書，我將拙著《鄧牛頓美學文學紅學思辨集》寄給了他，以加強溝通。直至今年 6 月，謝先生有湖南——江西——南京——上海——北京學術考察之旅，9 日出發，16 日晚抵滬。17 日上午，兩人得以相見。謝先生雖旅途勞頓，可一說紅樓，就分外精神。他拿出重印的《紅樓湘婁文化考》和新寫的《紅樓夢作者新考》一書的打印稿，讓我一閱。哇，他在《紅樓夢》的版本學上又下了那麼深入細緻的工夫，其執著勤奮的精神實在令我感佩不已。

直到目前爲止，依然還是那句話，我和謝志明先生是紅學研究的同道，以爲堅持從文本出發，兼顧史實考證的研究方向是正確的路徑。雖然謝氏說要成立需要有更多的事實與證據，然其確在努力探索，以自圓其說，有値得我們重視的價値。

本人近日草本經營，印出一本《紅學筆記》，估存一說，留予歷史。古人云：「莫愁前路無知己」，相期共同努力吧！

2010 年 6 月 24 日於上海

紅學的新聲

尋找紅樓夢的原始作者

我的紅學商榷文稿蒙《文學報》「新批評」海納，刊出後蒙朋友們鼓勵和上海大學出版社的支持，相關文章集成學術新著《尋找紅樓夢的原始作者》一書，於 2013 年 11 月在滬出版。現將這部探索性著作的主要觀點摘抄，敬請評家讀者垂注和賜教。

一

《紅樓夢》中存在著大量的湖南方言。《紅樓夢》原本中的湖南方言是被層層遮蓋著的，後來人每披閱增刪一次，就被其所使用的其它的地方語言覆蓋一次。可是原作中的語言，特別是爲其性格所決定的人物語言是絕難作徹底改變的。這樣，原作的方言本色就連同其中的人物性格一起被幸運地保存下來，顯現出動人的歷史光彩。

必須指出，地域方言是有一定的標準的，但方言也有地域交叉的現象，方言也可能演變成普通話的用語，方言考訂中亦存在著難以決斷的種種複雜情狀。我所列舉的方言用語以及相關的其它地方詞語，是將其放置在湖南、主要是長沙這個地區的整體語境中來加以辨析與確認的。我絕不忽視《紅樓夢》語言中的北方語彙和江淮地區的方言語彙。只是想明確地認定，《紅樓夢》語言當中存在著明顯極了的湖南方言系統的特徵。

我所列舉的湖南方言詞語，儘管這個詞這裡有，那個詞那裏有，可這些方言詞語在《紅樓夢》中和在長沙地區全都有。方言的地域交叉現象無法否定我的結論。從方法論的角度來分析：是將列舉的所有的湘方言詞語聚合起來，共同形成了一個湖南方言語境，而後作出整體性的認定。

《紅樓夢》中的湖南方言，僅就本人所檢出的相關詞語數量已經逾百，內中名詞、動詞、代詞、形容詞、數量詞、副詞等一應俱全，而且這些方言詞語廣布全書各回。事實表明，《紅樓夢》中湖南方言現象的呈現，具有系統性、多向性、豐富性和完整性，從而有力地證明了，《紅樓夢》的原始作者，提供了一個用湘方言寫作、故事框架相對完整的原始文本，交與曹雪芹去披閱增刪。

二

《紅樓夢》的原始之作，是用湘語寫成的。《紅樓夢》的原始作者不是曹雪芹，而是一位有在湖南長期生活經歷的人士。這位作者，或出生於湖南，土生土長；或幼年少年時期，隨家庭進入湖南；或從小在湖南長大，青壯年時期遷徙異地。這位作者，因各種原因，跟曹雪芹結成了或朋友、或親戚的關係。這位作者，經歷過或目睹過家庭興衰，有相當豐富的人生閱歷和很高的文學素養。這位作者，能純熟地運用湖南地區方言進行寫作。這位作者，建構了《紅樓夢》的整個故事框架和參與了《紅樓夢》的整個寫作過程。這位作者，奠定了《紅樓夢》的創作基礎。

感謝前輩與同輩的紅學專門家，他們在紅學研究過程中所堅持的實事求是的態度：《紅樓夢》文本中難通、可疑之處，就承認「難通、可疑」，允許他人進行多向的學理研討。我一直興奮地看到，紅學專門家提出的《紅樓夢》文本中諸多的滯礙難解之處，只要一納入湘方言體系中來進行考察，就幾乎奇蹟般地豁然開釋。

堅持從文本出發進行學術探討，是我的一貫主張，否則就只能耽於幻想與猜度。假如說，啓始時我曾沉醉於發現的激情，那麼時至今日，我有了更多、更沉著的學術理性。

三

探尋《紅樓夢》原始作者的蹤跡，是我一直關注的問題。

2003 年我研讀《紅樓夢》，得出兩條重要的結論：脂硯齋是《紅樓夢》的原始作者，脂硯齋有在湖南生活的經歷。但茫茫人海，史海浩渺，脂硯齋究竟在哪裏？當時尚屬茫然。一直到 2010 年 5 月我印製《紅學筆記》時，還在題記中說：「未來的歲月中，找不找得到他或她，碰運氣吧。」（香港世紀風出版社）

儘管如此，可近幾年，我總在惦記著這個問題。如何著手？我所奉行的研究方法是：一、始終堅持從文本出發，即從《紅樓夢》創作文本和脂硯齋評論文本中找線索；二、努力找尋歷史材料的依據；三、充分慮及《紅樓夢》作爲小說藝術的創作特徵。

本書的結論是：脂硯齋係清代康熙年間著名清官施世綸的三兒媳，1695年生，姓郭。《紅樓夢》，一部由郭姓的湖南女子敘說的封建家族興衰史也。

《文學報》2013 年 11 月 21 日

《紅樓夢》作者新探

此曹非彼曹

關於《紅樓夢》的作者，程偉元在程甲本序中說得最爲清楚：「《紅樓夢》小說本名《石頭記》，作者相傳不一，究未知出自何人，惟書內記雪芹曹先生刪改數過。」程偉元同時代人楊鍾羲在其《雪橋詩話》中講，「蘭墅名鶚，乾隆乙卯進士。世傳曹雪芹小說，蘭墅實卒成之，與雪芹皆隸漢軍籍。」從目前紅學家們展示的研究成果看，乾隆時代確有一「曹雪芹」的人存在，可此人是胖是瘦，是曹寅的兒子、孫子或曾孫，誰也說不清。再說曹氏家譜皆無明確記載，故而多數學者推定爲曹頫之子，曹宣或曹寅之孫。連馮其庸先生也會實事求是地宣稱：「曹雪芹的血統關係，在乾隆時期及稍後的一些著作裏，確是有很多矛盾的。」（《敝帚集》第 81 頁）

「相傳」、「世傳」，在清代這樣的社會文化氛圍和文化傳播條件下，即便是敦誠、敦敏、張宜泉等與這個時隱時現、飄然無定的「曹雪芹」有所接觸的人，誰能指認他就是《紅樓夢》的眞正作者？難道不會以訛傳訛，或默然自許？試問，用「四十蕭然太瘦生」、「四十年華付杳冥」、「其人工詩善畫」、「年未五旬而卒」等材料，來推斷這位「曹雪芹」的生年和小說作者身份，能靠譜嗎？能不令人頓生疑竇？《石頭記》未曾完稿，此人行跡卻怎麼也不像在執筆寫書啊！

誠然，脂硯齋確認有一個名叫「曹雪芹」的人是《紅樓夢》的作者。在那個需要隱姓埋名的時代環境中，評者爲自己取了個筆名，她爲何會供出作者的眞實姓名呢？竊以爲，此「曹雪芹」也是一個筆名！所謂「寓懷而設」、「寫假如眞」：曹，曹家也；雪，諧「泄」也；芹，芹意、芹獻也。以曹家衰落史爲基本素材，來宣泄作者對世運世情的深切感受和警世警人的創作主旨。小結：此曹非彼曹。

史公是哪個

2013年，我出版了《尋找紅樓夢的原始作者》一書（上海大學出版社）。論證脂硯齋是《紅樓夢》的原始作者，施琅之孫媳、施世綸的三兒媳，姓郭，1695年生；分析脂硯齋有在京跟曹雪芹合作的可能。然而她與他，如何接觸？怎麼合作？倆人是什麼關係？尚未完成「逗榫」這一道程序。

進入2014年，我再次細研脂評，特別是蒙府本上的回前回後評，注意到跟作者身世相關的三條線索——

其一、蒙府本第二回回前評：「以百回之大文，先以此回作兩大筆以帽之，誠是大觀。世態人情，盡盤旋於其間，而一絲不亂，非具龍象力者，其孰能哉？」那麼，這個「具龍象力者」是誰？

其二、蒙府本第六十九回回前評：「寫鳳姐寫不盡，卻從上下左右寫。寫秋桐極淫邪，正寫鳳姐極淫邪；寫平兒極義氣，正寫鳳姐極不義氣；寫使女欺壓二姐，正寫鳳姐欺壓二姐；寫下人感戴二姐，正寫下人不感戴鳳姐。史公用意，非念死書子之所知。」嘿！這位「史公」又是何許人？

其三、蒙府本第五十四回回前評：「積德如今到子孫，都中旺族首吾門。可憐立業英雄輩，遺脈誰知祖父恩。」此處，說的是哪一家？「遺脈」又指的是哪一些人？

胡文彬先生在《影印蒙古王府本石頭記序》中認爲，「蒙府本第五十四回回前總批中所說『都中旺族首吾門』與『可憐立業英雄輩』二句與曹、李、孫三家家世地位完全不相符。因此，蒙府本上的一些回前回後總批及側批是否是『脂批』以及這些批語的作者是誰、作批的時間等問題仍然值得再討論。」

我們先討論「史公」。《紅樓夢》第四回正文，（門子）「一面說，一面從順袋中取出一張抄寫的『護官符』來，遞與雨村。看時，上面皆是本地大族名宦之家的諺俗口碑。其口碑排寫得明白，下面所注的皆是自始祖官爵並房次。……」《護官符》第二句爲，「阿房宮，三百里，住不下金陵一個史。」甲戌本於這句後注有：「保齡侯尚書令史公之後，房分共十八。都中現住者十房，原籍現居八房。」此注庚辰本雖已失落，可列藏本、甲辰本等均有保存。我在前述紅學拙著中收存《尋找脂硯齋》等文，曾論及「史」、「施」相諧，《紅樓夢》的創作者、評論者和素材來源均跟施琅、施世綸一家相關。據臺灣龍文出版社出版的《潯海施氏大宗族譜》得知，施琅（1621～1696），字尊侯，號琢公，福建晉江人，康熙時因平定治理臺灣，被封爲「靖海侯」。施琅有八個兒子：世澤、世綸、世騮、世驥、世騋、世驃、世驊、世範；其次男世綸則有十個兒子：廷元、廷愷、廷龍、廷禹、廷祥、廷藩、廷開、廷廣、廷偉、廷第，跟上述「史公」房次恰相吻合。施世綸（1659～1722），字文賢，號潯江，康熙三十二年任江寧知府後，與曹寅結識，來往密切。他曾被康熙褒獎爲「天下第一清官」。世綸三子施廷龍乃脂硯齋（郭氏）之夫，字伯猶，生於康熙壬申年（1692）七月初三巳時。這個簡要的譜系已可揭示：第三代「史公」爲施廷龍，亦即批語中所說的「具龍象力者」，與脂硯齋合作《紅樓夢》的眞正作者。

再說「都中旺族首吾門」。馮其庸、李希凡先生主編之《紅樓夢大辭典》增訂本第367頁有「施世綸」的條目，述及：「清康熙二十四年（1685）以廕生授江南泰州知州。以後歷官揚州知府、江寧知府、江南淮徐道、湖南布政史、安徽布政史、太僕寺卿、順天府尹、左副都御史、戶部侍郎、漕運總督等。」順天府尹，相當於當今的北京市長。依據清史材料整理而成的施世綸簡歷，分明地證實了第二代「史公」當年的家世地位，批語所言「都中旺族首吾門」不假。施琅、施世綸父子堪稱「立業英雄輩」，施廷龍等後人當爲施家「遺脈」，而日後這些子孫究竟遭遇了怎樣的世運，尙待查考。

至於蒙府本回前回後評批者確爲脂硯齋。理由是：蒙府本第五回回前評：「萬種豪華原是幻，何嘗造孽，何是風流，曲終人散有人留，爲甚營求，只愛蠅頭。……」蒙府本第七回回前評：「有情情處特無情，何是人人不醒？」前一個「何是」，是說「什麼是」；後一個「何是」，是問「爲什麼」。這與《長沙方言辭典》第90頁「何是」條的解釋，正相一致。也跟脂硯齋對世運世情的認識與人生追求相契合。加之第六十九回回前評：「史公用意，非念死書子之所知。」將「死書」予以「子」尾化，屬於湖南方言現象。我在發表的紅學文章中，已經從方言的角度反覆論證了脂硯齋的湘人身份，故此不贅。還有作批的時間，脂硯齋於蒙府本第五十四回回後總評中業已告知：「噫！作者已逝，聖歎云亡。愚不自量，輒擬數語，知我罪我，其聽之矣。」

這一芹一脂

脂硯齋說：「余閱此書，偶有所得，即筆錄之。非從頭至尾閱過，復從首加批者，故偶有復處。且諸公之批，自是諸公眼界；脂齋之批，亦有脂齋取樂處。後每一閱，亦必有一語半言重加批評於側，故又有於前後照應之說等批。」（《紅樓夢》甲戌本第二回眉批）從一芹一脂合作開始至芹死後，脂硯齋不斷在做評批工作。讀《紅樓夢》甲戌本第一回眉批：

> 能解者方有辛酸之淚，哭成此書。壬午除夕，書未成，芹爲淚盡而逝。余嘗（常）哭芹，淚亦待盡。每意（思）覓青埂峰再問石兄，余（奈）不遇獺（癩）頭和尚何？悵悵！　今而後惟願造化主再出一芹一脂，是書何本（幸），余二人亦大快遂心於九泉矣。甲午（申）八日（月）淚筆。

甲申八月，爲乾隆二十九年（1764）。芹逝之後這一段時間，脂硯齋通過評書批書，向讀者反覆宣講作者的創作意圖和寫作技藝，揭示作者的身世背景，使他們夫妻二人的創作情況和深厚情感得以傳世。她多次提醒：「作人要老誠，作文要狡滑。」「作者用畫家煙雲模糊處，觀者萬不可被作者瞞蔽了去，方是巨眼。」

清史材料記載，施廷龍 1692 年生，次年 1693 即隨爾父世綸進入江寧，1702 年到達長沙，1705 年進入北京。康熙四十四年（1705），是年，施廷龍 13 歲，郭氏 10 歲，雖說郭氏乃被收養者，可她與廷龍自幼相處一道。知曉了這樣的歷史情境，我們讀庚辰本第 17～18 回側批，就毫無滯礙，容易理解：「不肖子弟來看形容。余初看之，不覺怒焉，蓋謂作者形容余幼年往事。因思彼亦自寫照，何獨余哉？信筆書之，供諸大眾同一發笑。」脂硯齋在評批中，絡續提及跟作品相關、「經過見過」的人和事，甚至是記憶中二、三十年的往事，使讀者藉以得見芹、脂二人自幼時至暮年的歲月年輪。她在蒙府本第四回回前評刻意地說：「請君著眼護身符，把筆悲傷說世途。作者淚痕同我淚，燕山仍舊竇公無。」施廷龍、郭氏夫婦共著人生的悲與喜和創作的苦與樂。「脂硯齋」從原始作者到評批者，「曹雪芹」接著披閱、增刪，纂成目錄，分出章回，倆人豐富的生活閱歷、廣博的文化素養與聰敏的南北方言感悟能力，玉成了他們的偉大作品，爲《紅樓夢》的創作奉獻了不朽的勞績。

詩云:「思樂泮水,薄採其芹。」當我們不再做「念死書子」的人,換個視角來解讀「紅樓」和「脂批」,就能撥開歷史的迷霧,揭開難解的謎團,走進「新漲綠添浣葛處,好雲香護採芹人」的學術新境。

2014 年 8 月於上海

《文學報》2014 年 9 月 11 日

《紅樓夢》作者補論

施廷龍郭氏夫婦與《紅樓夢》

在論證脂硯齋、曹雪芹合作創作《紅樓夢》的過程中，我注意到任何創作者與評論者都會跟其人生經歷相關，皆會充分運用其「經過見過」的地域、人事作爲素材。我之所以最終認定施廷龍郭氏夫婦爲《紅樓夢》的合作者，其根據已在拙著《尋找紅樓夢的原始作者》（上海大學出版社，2013）一書中逐步予以論證。請讀者參閱書中《尋找脂硯齋》《紅樓夢原始作者的蹤跡》《紅樓夢創作素材探源》等篇章外，現作出若干材料補充，敬請諸君審察。

羅浮二山

《紅樓夢》蒙府本、戚序本等第七十八回回後總評：「姽嫿詞一段與前後文似斷似連，如羅浮二山煙雨爲連合，時有精氣來往。」馮其庸李希凡先生主編之《紅樓夢大辭典》增訂本第463頁有「羅浮二山」條——

> 羅浮山在廣東省博羅縣境內東江之濱，亦稱「東樵山」，與南海縣西樵山共有「南粵名山數二樵」的稱譽。山跨博羅、增城、龍門三縣，綿延250公里，峰巒四百餘，風景秀麗。羅浮本二山，羅山自古有之，浮山在羅山之東北，相傳原爲蓬萊之一阜，浮海而至，與羅山相倚，以鐵橋相連。羅浮山被道教列爲第七洞天，東晉咸和年間（326～334）葛洪在此煉丹修道，行醫採藥，始建庵舍。南朝梁武帝又在此建佛寺。南朝詩人謝靈運《初發石首城》詩句：「遊當羅浮行，息必廬霍期。」羅山主峰飛雲頂，高1296公尺，浮山主峰

稱「上界三峰」，鼎足峭立，與飛雲頂並峙。山巒間雲煙變幻，氣象萬千。脂批這裡以羅浮二山爲喻，以指出《姽嫿詞》一段文章「與前後文似斷似連」。前文寫晴雯死，寶釵搬回薛家，迎春要出嫁，芳官等出家爲尼，「親眷凋零悽楚」。後文寫寶玉祭晴雯，撰《芙蓉女兒誄》。《姽嫿詞》一段插在中間，似斷似連。

需要思考的是，爲什麼脂硯齋會以此爲喻，來解說《紅樓夢》的情節安排？原來康熙四十八年，施廷龍曾有粵東之行，爾父施世綸《南堂詩鈔》卷十二《南堂秋興》詩後小注云：「時三兒赴粵東」。他去粵東幹什麼？可能是走親戚。《南堂詩鈔》卷四《送陳定侯母舅之任》詩云：「雪消江北棹，風暖粵東春。」十七、八歲的年輕人到外面去走一走，見識見識，實在情理之中。而粵東正是羅浮二山的所在地。羅浮二山，應當留在他的記憶之中。

湊巧的是，到了雍正四年（1726），施廷龍郭氏夫婦在整理刊印《南堂詩鈔》時，會在詩鈔中遭遇「羅浮」。《紅梅》詩：「芙蓉署暖見霞紅，……不用相思珠淚染，羅浮還與夢魂通。」《人日壽黃仙裳》詩：「羅浮之客嘯雲煙，……」不過，這羅浮不是粵東的羅浮，而是施世綸任職的泰州的羅浮山。對此，《南堂詩鈔》原跋中收有時人徐乾學的記述——

君晉水人而治於泰。閩中山川絕勝，生其地者往往能詩。泰州枕江臂淮，有天目羅浮之山，太子港七星丹諸蹟，有曾肇趙抃以文章政事顯。君之宰也，循覽山川，考古賢哲，詩之不墜忠厚和平之意，益可知也。

吾近查閱網絡，見有「泰州漁行水村」新浪博客，其 2013 年 9 月 29 日《漁行水村歷史文化遺存》云——

羅浮山，在泰州城北趙公橋西，漁行境內，臨大河濱北岸。《崇禎泰州志》載：羅浮山，在州治西北五里，高一丈，周一萬七十八步。在藪澤中，不爲洪水漫，遙望如羅浮，故名。山周遍植垂楊，山中有茅庵，供葛洪牌位，人稱葛眞廟。葛眞即葛洪（281 年？～341 年）字稚川，號抱朴子。晉句容人。始以儒學知名，元帝召爲丞相掾，以切賜爵關內侯。後以祖玄所煉丹秘術於鄭隱，洪就隱學悉得其法，著《抱朴子》，論煉丹，多涉及物質構成的奧秘。精醫學詩賦，著《金匱方》一百卷、《肘後備急方》四卷、《碑誄詩賦》百卷，得仙術於羅浮山。但葛洪得道的羅浮，是在廣東增城，袤直五百里，峰巒四百餘，瑰奇靈秀，爲粵中名山，決非泰州一丸之處。可是由於泰州卻有洪水不浸之寶地，並標名羅浮。而葛洪又恰羅浮得道，乃設庵以祀之，非想冒名頂替，實際有景仰前賢，以勖來者之意。羅浮山在明代以前，有無人事活動，未見經傳，入清以後，有文人先後在此集會攻研製藝，出現二個「羅浮七子」。

第一個「羅浮七子」是在順治康熙年間，爲徐鼎鎮、顧崧、陳厚耀、朱大模、王鳳藻、唐麟祥、朱治。其中已找到資料的有陳厚耀，康熙丙戌（1706）進士，授翰林院檢討。唐麟祥，康熙癸未（1703）進士，官四川射洪知縣，調蔚州。朱士模，康熙癸未貢生。著有《七子言志編》。第二個「羅浮七子」，是雍正乾隆年間，爲宮增祜、俞堧、羅克承、張紹齡、徐泌、陳暄、朱昊。宮增祜爲乾隆癸酉（1753）副貢生，官東流縣教諭。其文章編有《羅浮七子》。同治甲子年（1864）上巳，姚正鏞（仲海），在羅浮精舍，招集同人，禊集於此。趙瑜有五古志其盛：

蕩舟鳳尾橋，羅浮指山麓。狎茲鷗鷺群，川原豁心目。
絲柳蘸輕煙，隔溪送黃綠。春陰釀奇寒，重裘懍膚粟。
飽飫伊蒲饌，破戒呼醽醁。列座無少長，歡言罄所欲。
三絕詩書畫，五音絲竹木。風雨歸思濃，遲雲夜許卜。
作序仿山陰，催詩罰金谷。風流晉永和，黽勉繼芳躅。
之子會言旋，勝遊冀可復。

從此詩可以觀出這時羅浮山的景色和茅庵已建成精舍，有僧人住持，中午供應素齋，並希望這樣的勝遊，今後還能繼續下去。進一步說明羅浮山歷史上一直爲文人雅士吟詩論文之處。

民國以後，此處未見有活動記載。敵僞期間此處成爲刑場。解放後，拓寬通揚運河，羅浮山遺址拓入河心。

啊！清朝時泰州的羅浮山居然那麼有名氣。粵東的羅浮與泰州的羅浮，疊加在施廷龍的印象之中。雖說脂硯齋（郭氏）沒去過那些地方，可施廷龍會將他的感受告訴她。因此，脂硯齋才會在評批《紅樓夢》時巧以「羅浮二山」爲喻。

武夷九曲之文

《紅樓夢大辭典》增訂本第445頁有「武夷九曲之文」條：

> 《紅樓夢》第二十六回寫賈芸到怡紅院看寶玉，聽到召喚，忙進入房內，「擡頭一看，只見金碧輝煌，卻看不見寶玉在那裏。」庚辰本在末句旁有朱筆夾批：「武夷九曲之文。」武夷即武夷山，位於福建崇安縣城南，爲我國著名風景區。九曲即九曲溪，集中了武夷山的名勝古蹟。宋代李綱詩：「一溪貫群山，清淺縈九曲。溪邊列岩岫，倒影浸寒綠。」沿九曲溪順流而下可飽覽武夷山的奇峰秀色。賈芸入寶玉房內，只見「金碧輝煌」（脂批：「器皿疊疊。」）、「文章閃灼」（脂批：「陳設壘壘。」），卻看不見寶玉，形容寶玉房內陳設之奢華耀目，賈芸目不暇接，脂批故喻爲「武夷九曲之文。」

值得注意的是，脂硯齋隨興批出「武夷九曲之文」，實有來歷。原來，他們夫婦在整理刊印《南堂詩鈔》時，必然會注意到爾父施世綸多次過武夷山的經歷。施世綸康熙二十二年（1683）秋和康熙三十五年（1696）春兩度返回家鄉晉江，詩鈔中均有紀錄。特別是康熙三十八年（1699）五月被授江南淮徐道，他丁憂之後赴任途中，路經武夷，其行跡詩中有詳細的描繪：《武夷山》《黯淡灘》《登仙掌峰天遊觀》《紫陽書院》《崇安道上》……其時「幔亭」峰這一武夷山的象徵性景觀多次出現在他的詩作中。「幔亭入我夢」（《建陽道中》）；「幔亭舊憶同遊處，九曲峰高一寸心。」（《別戴則紉歸三山》）；「何時更踏幔亭路，一聽仙歌萬慮忘。」（《夏日登陶然亭》）；「最憶尋仙武夷道，岩花滴瀝過籃輿。」（《秋雨書懷》）；「忽憶過嶺年，幔亭訪仙躅。」（《秋雨書懷》）在湖南布政史任上，他有長詩《幔亭紀遊》，對武夷的自然、人文景觀進行了詩性的描繪與頌揚：「潛通小九曲，日午上天遊。孤雲去一握，雨送仙掌來。」「朱祠書院築，乞地得洞宮。性天達問學，緬懷閩洛風。逝者誰能續，俎豆至今香。」「仙峰如指矗，溪鳥上雲門。灘花照毛竹，地盡出新邨。水清倒醽醁，載榼復醉歸。」對此，脂硯齋印象深刻，「武夷九曲」遂留在她心中，走到她筆下，成爲她對紅樓筆致的獨特評語。

嘉蔭堂與大觀園

《紅樓夢大辭典》增訂本第93頁有「嘉蔭堂」條——

> 大觀園園景之一，在園之東部。堂爲寬大敞廳，前有月臺，與

凸碧山莊、凹晶溪館爲一組建築群。從此處逶迤而上，不過一日百步，到山之峰脊上，便是凸碧山莊，凹晶溪館則在山坡之下。第七十一回賈母八十壽辰時在此供賓客休息；第七十五回又在月臺上焚著香斗秉著風燭拜月，後轉至山上賞月。

嘉蔭堂成爲大觀園園景之一，源於施廷龍郭氏夫婦對前輩施琅、施世綸的感恩思想，以及對清代皇家園林暢春園的瞭解。施世綸《南堂詩鈔》涉及暢春園就有：《暢春園道上口號》《暢春園送　駕幸江南》《早集暢春園歸作》《晚下暢春園道中風雪》以及另一首《早集暢春園》等。「四更踏馬影，十載聽雞音」，施世綸的官職和他在康熙眼中的印象，使他能夠多次進入這個皇帝駐蹕休憩之所。施廷龍郭氏夫婦的青少年時期，一定聽到過父親施世綸對暢春園的描述，而「嘉蔭殿」正是暢春園中的一景。「嘉蔭」到了他們的筆下，使嘉蔭堂成爲大觀園園景之一，實屬自然。

再說《紅樓夢》裏大觀園的構想跟施世綸的官署密切相關。庚辰本第二十七、八回脂批：「曾用兩處舊有之園所改，故如此寫方可。細極！」源自施世綸泰州知州任上的「西園」和順天府任上的「南堂」，兩處均經施世綸修葺與改建。

其一、西園。施世綸的好友黃仙裳曾有記述：「潯江施先生喜賦詩，詩必有所爲而作。顧其立志，凡人品文章政事皆必占第一流。雖通侯貴冑，榮兼五馬，而治郡清勤，催科聽訟，常日暮不遑飲食，廚傳蕭然一如貧士。署中舊有芙蓉閣，歲久湮廢，先生重構，草屋數椽，顏曰西園。每退食即讀書其中，修竹涼陰與鬚眉相暎，興來吟詠篇帙遂多。……」（《南堂詩鈔》序）施世綸本人也有多首詩作述及西園的建造和在西園跟諸友的小集，如《西園草堂落成同錢麟圖黃仙裳諸君分得思字》《西園紀事》等。他說：「簿書適已暇，卜築成斯堂。經營始孟夏，二旬獲允臧。是用安質樸，未敢即輝煌。」

其二、南堂。施世綸對京中官署亦施以改建。如 1711 年《辛卯十有一月余於南堂東偏構小齋因地狹長乃規作兩間前後置窗櫺初覆重瓦微雪甫成覆雪以齋似舫而成於雪中故名之曰雪舫詩以落之》，以及此後數年在南堂內修建小閣。其《院署後小閣新成詩以落之》詩云：「繚垣縹緲出明窗，碧瓦平欄小若艭。不用隨風掛帆席，偏宜坐雨聽濤瀧。數枝叢竹如湘水，一村疏梅冠浦江。共道吟詩勝東閣，捲簾湖雁起雙雙。」

總之，施廷龍郭氏夫婦的創作構思顯然從這些事上得到啓發！

南巡

《紅樓夢大辭典》增訂本第453頁有「南巡」條——

《紅樓夢》第十六回甲戌本回前總批有：「借省親事寫南巡，出脱心中多少憶昔感今。」南巡，指康熙南巡，共六次。第一次爲康熙二十三年（1684），曹雪芹曾祖曹璽去世不久，康熙這次南巡駐江寧將軍衙門，曾親至曹璽的江南織造署，撫慰遺孤，遣内大臣尊奠，並賜以御書。第二次南巡爲康熙二十八年（1689），時曹雪芹祖父曹寅在京任内務府郎中。第三次爲康熙三十八年（1699），曹寅任江寧織造，康熙以織造署爲行宮。第四次爲康熙四十一年（1702），但中途因皇太子患病，自德州而返。第五次南巡爲康熙四十四年（1705），時曹寅任江寧織造兼鹽政。康熙仍以織造府爲行宮。第六次南巡爲康熙四十六年（1707），曹寅任同前，仍以織造府爲行宮。康熙六次南巡，第一次曾親臨江南織造署，以後有三次都以織造署爲行宮。故《紅樓夢》第十六回借趙嬤嬤口説：「……還有如今現在江南的甄家，噯喲喲，好勢派！獨他家接駕四次，若不是我們親眼看見，告訴誰誰也不信的。……」庚辰本夾批：「點正題正文。」均可參看。甲戌本這條總批認爲《紅樓夢》借賈妃省親而寫康熙南巡，曹家接駕，因此「出脱心中多少憶昔感今」。

南巡，對曹寅、施世綸兩家都是大事。過去大家都關注曹家，而全然忽視了施家。現將施家與南巡的關係略加整理與回顧：

第一次：康熙二十八年（1689）康熙第二次南巡，施世綸於清河縣覲上。《南堂詩鈔》：《清河縣覲　上》；《過宜陵》詩注云：「今春與四弟見駕過此」；《清河見上圖歌》詩注云：「某初至寶應接駕，上親呼名到清河面駕。次日某到清河，上爲停舟溫諭良久，顧謂諸王左右曰，此天下第一清官也。一時岸上皆呼萬歲。」

第二次：康熙四十四年（1705）康熙第五次南巡，施世綸於江浙地區陪侍。《南堂詩鈔》：《清河喜詠》《迎　鑾》《隨　鑾道上詠雪》《寶塔灣　駐蹕》《隨　幸金山》《隨幸　虎邱》《侍　上出射城南》《隨幸　浙江》。

第三次：康熙四十六年（1707）康熙第六次南巡，施世綸於北京暢春園送行。《南堂詩鈔》：《暢春園送　駕幸江南》詩云：「猶記江干陪侍從，雪中灑筆賦瓊瑤。」

尤其是康熙四十四年（1705）康熙第五次南巡，13歲的施廷龍和10歲的郭氏都正好在他們施家的船上，「親眼看見」康熙南巡的盛大場景：「朝天頻拂馬，樹裏見龍旌。」「綵纜迎佳氣，祥雲護遠津。」「碧水逶迤承鳳舸，春堤宛戀駐龍旌。」「越地山川頻望幸，錢塘草木荷恩榮。」所以到他們盛年創作《紅樓夢》時，「借省親事寫南巡」，方有可能「出脫心中多少憶昔感今」：借趙嬤嬤嘴說道，「別講銀子成了土泥，憑是世上所有的，沒有不是堆山塡海的，『罪過可惜』四個字是顧不得了。」「誰家有那些錢買這個虛熱鬧去？」我們這些後人研究《紅樓夢》，要搞清誰是眞正的作者，必須弄明白只有「親眼看見」方能做到「憶昔感今」這一人生體驗的邏輯，才會得出令人信服的結論。

「作者與余實實經過。」脂硯齋此類評語，反覆告知讀者，《紅樓夢》的寫作，有著豐富的現實生活體驗的基礎。本文所列舉之數例，均表明，施廷龍郭氏夫婦對《南堂詩鈔》的整理，燃點起了他們文學表現的熱情。父輩的人生經歷，不僅給他們以多方面的思想啓迪，而且在很大程度上啓發調動了他們的文學思維，成爲在構思《紅樓夢》時的重要泉源。

蛛絲馬跡現施家

我在《紅樓夢作者新探》（《文學報）2014.9.11）一文中確認施廷龍（「曹雪芹」）郭氏（「脂硯齋」）夫婦爲《紅樓夢》的創作評論者。其實在《紅樓夢》的創作文本和脂批文本中，存在著許多的蛛絲馬蹟，顯露出關於施家的信息。

先說「具龍象力者」。蒙府本第二回回前評，點明《紅樓夢》作者爲「具龍象力者」，讚揚其百回之大文而「一絲不亂」。與此相呼應，蒙府本第十二回側批：「此一句力如龍象。意謂：正面你方才已自領略了，你也當思想反面才是。」其它尚有庚辰本第二十二回眉批，「眞有機心遊龍不則（測）之勢，安得不叫絕。」庚辰本第二十四回側批，「神龍變化之文，人豈能測？」庚辰本第二十六回側批，「活龍活現之文」；「是文若張僧繇點睛之龍破壁飛矣，焉得不拍案叫絕！」

再說「龍」的意象。《紅樓夢》第二十五回，趙姨娘說，「也不是有了寶玉，竟是得了活龍。」寫趙姨娘串通馬道婆陷害賈寶玉與王熙鳳，述及慰問寶玉鳳姐的人，「王子騰夫人告辭去後，次日王子騰也來瞧問。接著小史侯家、邢夫人弟兄輩並各親戚眷屬都來瞧看……」施氏家譜記載，施廷龍的母親爲

「王氏」，《紅樓夢》設計王子騰及其夫人的形象，寄寓著「王」子騰飛（即「龍」飛）的祈願；復述及「小史侯家」也指的是施家廷龍這一輩人。

三談隱寓施家。《紅樓夢》四大家族中的「史」家以及脂批文本中提及的「史公」，分明地隱寓著現實中的「施廷龍」家。更奇妙的是，庚辰本第十九回有一雙行夾批，「又夾帶出賈府平素施爲來……」不言「行爲」、「作爲」，而說成「施爲」，竊以爲這是脂硯齋刻意爲之。聯繫《紅樓夢》第四回，寫薛姨媽對兒子薛蟠說，「你的意思我卻知道，守著舅舅姨爹住著，未免拘緊了你，不如你各自住著，好任意施爲。」更鞏固了我對「施爲」乃隱寓施家的認識。

四講施郭愛情隱寓。《紅樓夢》第十七、十八回有一詩聯，「新漲綠添浣葛處，好雲香護採芹人。」此處脂批，「采詩頌聖最恰當」；「采風采雅都恰當，然冠冕中又不失香奩格調。」「頌聖」乃「冠冕」之詞，「香奩格調」才是眞實寓意。「葛」諧「郭」也，「芹」是施廷龍（「曹雪芹」）的簡稱。一「葛」一「芹」，也就是一「脂」一「芹」。紅研所《紅樓夢》相關注釋和《紅樓夢大辭典》的相關條目皆以爲是「藉以稱頌婦德」，我以爲跟此聯實寓施郭二人的彼此幫助和相互愛護，有所扞格。另外，甲戌本第五回末有一側批：「雲龍作雨，不知何爲龍，何爲雲，何爲雨？」到了戚序本第五回又批曰：「奇奇怪怪之文，令人摸頭不著。雲龍作雨，不知何爲龍，何爲雲，又何爲雨矣。」脂硯齋都承認這是奇奇怪怪之文，令人摸頭不著，實際上只不過是掩飾自己跟丈夫施廷龍之間的愛情私語。「雲」，郭氏也；「龍」，施廷龍也！「雲」，「好雲」，都是郭氏的代稱，徑直說「雲」乃是郭氏的名字。還有，甲戌本第二回有一眉批，稱「撰此閨閣庭幃之傳」，巧妙地嵌入郭（「閣」）、廷（「庭」）兩人的姓和名，太耐人尋味。

再看，《紅樓夢》第三十八回，寫青年人於大觀園詩聚——只見史湘雲走來，將第四第五《對菊》《供菊》一連兩個都勾了，也贅上一個「湘」字。探春道：「你也該起個號。」湘雲笑道：「我們家裏如今雖有幾處軒館，我又住不著，借了來也沒趣。」寶釵笑道：「方才老太太說，你們家也有這個水亭叫『枕霞閣』，難道不是你的。如今雖沒了，你到底是舊主人。」眾人都道有理，寶玉不待湘雲動手，便代將將「湘」字抹了，改了一個「霞字」。據此我推想，《紅樓夢》將郭氏設計爲「史湘雲」，隱寓著她已是「施」家的人，眞實姓名則很可能叫「郭雲」或「郭雲霞」……。

最後來述「馬跡」。庚辰本第十七回開頭處有一側批，「好詩，全是諷刺。近之諺云：『又要馬兒好，又要馬兒不吃草。』眞罵盡無厭貪癡之輩。」我們知道，康熙四十四年（1705），施廷龍的父親施世綸進京，開始是作「太僕寺卿」，亦即管理皇家馬場的事情。施世綸《南堂詩鈔》中有《宿良牧署》《夜宿良牧署館主人餉雙魚白酒答以詩》等篇章，其《南堂歌吳教習見過賦贈》一詩中則言及用馬乳澆灌葡萄的事情：「堂後葡萄出天苑，頒賜種自太僕初。會將金盤薦馬乳，長飽雨露朝清都。」脂硯齋此時在京中施家作養女，故日後作批時近取譬，會引用養馬的諺語來抨擊世事。

總之，馬蹄聲已遠，馬跡今猶在。以上這些材料，其蛛絲馬跡業已呈現文學史上施郭二人撰寫評批《紅樓夢》的眞實情境。敬請諸君察鑒！

爲曹寅避諱只是一種掩飾

儘管脂硯齋在第一回就提醒人們「萬不可被作者瞞蔽了去」，可兩百多年來，包括筆者在內，好多人都被施廷龍（「曹雪芹」）、郭氏（「脂硯齋」）夫婦的障眼法蒙蔽了去：相信《紅樓夢》作者「曹雪芹」眞的是曹寅的後代。

《紅樓夢》第五十二回，脂硯齋在正文「一時只聽自鳴鐘已敲四下」處批道：按「四下」，乃寅正初刻。「寅」此樣法，避諱也。

《紅樓夢》第二回，述及林黛玉之母賈敏——（冷子興對賈雨村說），「目今你貴東家林公之夫人，即榮府中赦、政二公之胞妹，在家時名喚賈敏。不信時，你回去細訪可知。」雨村拍案笑道：「難怪這女學生讀至凡書中有『敏』字，皆念作『密』字，每每如是；寫字遇著『敏』字，又減一二筆，我心中就有些疑惑。今聽你說的，是爲此無疑矣。……」

兩處對應比照思之，讀者很容易陷進小說創、批者所設計好的「曹雪芹乃是曹寅後代」的圈套。直到2014年，我在梳理「脂硯齋」與「曹雪芹」的關係時，才發覺上當，被郭氏這位「湖南老娭毑」誆了去。請看《紅樓夢》並不避諱「寅」字處——

《紅樓夢》第十回，寫張太醫爲秦可卿診病，「肺經氣分太虛者，頭目不時眩暈，寅卯間必然自汗，如坐舟中。」

《紅樓夢》第十四回，寫秦可卿逝後五七正日，「那鳳姐必知今日人客不少，在家中歇宿一夜，至寅正，平兒便請起來梳洗。」

《紅樓夢》第二十六回，寫薛蟠沒文化，錯把「唐寅」說成「唐庚」。是賈寶玉把「唐寅」兩個字寫在手心裏，「別是這兩字罷？其實與『唐庚』相去不遠。」眾人都看時，原來是「唐寅」兩個字……

另外，《紅樓夢》第六十九回，尤二姐死，天文生對賈璉說，「奶奶卒於今日正卯時，五日出不得，或是三日，或是七日方可。明日寅時入殮大吉。」

據我對《紅樓夢》語言、情節的感知與分析，郭氏已經建構起了作品的基本框架，而後交由施廷龍進行修改與加工。之所以第五十二回脂批刻意說是爲曹寅避諱，而第十、十四、二十六、六十九回又並未避諱，那只不過是一種掩飾，讓不仔細讀書的人被蒙蔽了去，誤以爲小說作者眞是曹寅的後代。

還有，《紅樓夢》第十六回，說起「修蓋省親別院」事，特別述及「又有吳貴妃的父親吳天祐家，也往城外踏看地方去了。」「吳」諧「無」也，無貴妃亦無天祐！這一種隱寓性的交代，應該讓我們明白《紅樓夢》作者到底是誰的眞相了！

2014年金秋於上海

《南京師範大學文學院學報》2015年第1期

紅學新聲：「柒拾而不富」

《蒙古王府本石頭記》是脂本《紅樓夢》中的一個極其重要的版本。胡文彬先生在人民文學出版社影印本序中有許多精到的見解。然而長期以來紅學論壇以爲作者是曹寅後代的因襲見解，故而也造成了對蒙府本的若干誤讀。比如該書第七十一回末背面寫著「柒爺王爺」、第七十二回回前總評後寫有「爲此一歎，而以此求，柒拾而不富」，馮先生據此作出了「過錄原抄本和側批者極可能是七王爺主人」的判斷，並以爲前述兩條「特批」，「爲此抄本的持有者『柒王爺』留下的墨跡。」

我在 2014 年 9 月 11 日《文學報》「新批評」發表的《紅樓夢作者新探》一文中已經指出，「蒙府本回前回後評批者確爲脂硯齋」，施廷龍乃「與脂硯齋合作《紅樓夢》的眞正作者」。那麼，應該如何來解析這兩條「特批」？

其一，特批者「爲此一歎」，歎什麼？「柒拾而不富」！「柒拾」是一個關鍵詞。由於我們已經考訂出《紅樓夢》作者之一施廷龍（「曹雪芹」係其筆名），出生於康熙壬辰年（1692）七月初三巳時，而紅學家目前多數人認爲「曹雪芹」的卒年爲乾隆二十七年壬午除夕（參馮其庸李希凡主編《紅樓夢大辭典》增訂本第 364 頁）。依中國曆書計算，施廷龍享年正好是「柒拾」。脂硯齋郭氏出生於康熙乙亥年（1695）十月十二日亥時，比施廷龍小三歲。她特意選擇在第七十一回末尾和第七十二回開頭來寫這兩條「特批」，顯然懷著對「曹雪芹」的深深追念和對她倆人生境遇的深深感歎。他們倆爲了創作《紅樓夢》這一宏篇巨製，花費了畢生的精力來實現自己的人生追求，可生活狀況一直甚爲窘迫。「不富」只不過是她的掩飾之詞。這一特批，跟甲戌本第一回上的眉批，脂硯齋「甲申八月淚筆」恰相印證：1764 年八月正是施廷龍七十二歲冥壽剛過之時，特批爲脂硯齋的另一淚筆。

其二，「柒爺王爺」是兩位爺。古語云，人生七十古來稀。夫君施廷龍走過了「柒拾」年的人生路，脂硯齋將其稱作「柒爺」。王爺，那是施廷龍的生母姓王，脂硯齋作爲施家養女嫁給了施廷龍，他們夫妻二人感恩於這位「王氏」母親，故把自己稱作「王」家之「爺」。脂硯齋向以女扮男妝而自矜！她的這一簽署，屬於隱寓式的情感表達。這跟他們二人共同整理爾父施世綸的《南堂詩鈔》後，聯袂簽署「雍正丙午清咊月男廷翰謹識」，如出一轍。

施廷龍逝世以後，世間流傳的《紅樓夢》抄本甚多。脂硯齋是時選擇的作批本，爲「曹雪芹」增刪過的某一抄本。她在第五十四回寫了一個極其重要的回前評：「積德如今到子孫，都中旺族首吾門。可憐立業英雄輩，遺脈誰知祖父恩。」透露出了她的夫家施氏家族的歷史信息。同時又對抄本中的一些錯誤作了訂正。特別引人注目的，她將寶玉所說「你們是明白人，躭代他們是粗笨可憐的人就是了」這一句中的「粗笨可憐」，點改成「粗夯可憐」；將賈母所說「可知是謅丟了下巴的話」這一句，點改成「可知是謅掉了下巴胳子罷」。

改「粗笨」爲「粗夯」，「夯」字係典型的湖南方言，讀作 han 陰平，意爲「做事拖沓」。改「夯」爲「笨」，或注或讀「夯」爲「笨」（ben 去聲），都是不懂方言的誤解（詳參拙著《尋找紅樓夢的原始作者》第 103～104 頁）。改「下巴」爲「下巴胳子」，胳（頦）讀作 ke 陰平，《長沙方言詞典》第 64 頁有「下頦」條，注爲下巴。說明這是湖南方言。這兩處改動，皆延續至甲辰本、程甲本、程乙本。說明這一版本系列的第五十四回，更多的保留了《紅樓夢》原始作者脂硯齋的語言表達。

脂硯齋的「柒拾而不富」的特批，概括了《紅樓夢》作者的生存景況，同時也再一次揭開了《紅樓夢》作者到底是誰的歷史謎團。正所謂「平地一聲雷」！當蒙府本、列藏本、戚寧本、夢稿本、甲辰本、程甲本、程乙本第五十四回，均一致地在紅樓空間中響起陣陣雷聲時，理該引發我們對紅學諸多問題的重新思考。

《文學報》2015 年 10 月 8 日

枕霞閣與《紅樓夢》

《紅樓夢》第三十八回，寫史湘雲請賈母等人到藕香榭賞桂花。賈母想起「小時，家裏也有這麼一個亭子，叫做什麼『枕霞閣』。……」接著大觀園裏的青年人做菊花詩，寶釵對湘云講，「方才老太太說，你們家也有這個水亭叫『枕霞閣』，難道不是你的。如今雖沒了，你到底是舊主人。」所以湘雲所做之詩署名爲「枕霞舊友。」

相當長一段時間，我曾試圖從史料中找到「枕霞閣」這一名稱的根源，終告無果。後來突然頓悟：《紅樓夢》中的大部份詩詞不都是「曹雪芹」施廷龍的手筆嗎？他藉此機會將自己愛妻「脂硯齋」郭雲的名字隱寓其中——「枕霞閣」，枕霞郭也！爲了突出這一隱寓，在同一回書中，他不僅從賈母到寶釵兩度提及「枕霞閣」，而且採用先抑後揚的手法，刻意寫探春指著寶玉笑道：「才宣過總不許帶出閨閣字樣來，你可要留神。」而他自己在接下來的敘述文字中，卻再一次提及「枕霞閣」。

《紅樓夢》第一回，言「可使閨閣昭傳」。而郭枕霞，不就是這位施郭氏沉緬在紅霞般的樓宇之中做他們的人生之夢嗎？可見後人要解讀《紅樓夢》作者的隱寓之意，關鍵在留神不留神。

兩百多年來，《紅樓夢》作者爲誰？一直是一個難解的歷史謎團。王國維曾感慨，作者之姓名，遍考各書，未見曹雪芹何名？今朝，「脂硯齋」郭雲（1695～176？）和「曹雪芹」施廷龍（1692～1762）夫妻二人聯袂創作《紅樓夢》，其眞相經科學考訂已大白於天下。

郭施兩人親眼目睹康乾時事，他們「借省親事寫南巡，出脫心中多少憶昔感今。」敢於借助平民視角與口吻來議論朝政，膽子也夠大的了！他們敢於挑戰「男尊女卑」的封建傳統，貶斥「仕途經濟的學問」，高揚「質本潔來還潔去」的人格理想，眞值得我們後人大加讚賞！《紅樓夢》全面展現大觀園中年輕人青春夢想破滅的悲劇結局，揭露榮寧兩府主子們的奸詐和僞善，寄予對眾家奴悲慘命運的同情與哀歎，正是這部文學名著的進步和偉大之處！《紅樓夢》人物表現上鮮明的個性特徵，風土人情描寫上的豐富性與生動性，使之成爲中國文學乃至世界文學的經典。

《紅樓夢》作者難題的破解，必然使得歷來紅學研究中的「自傳說」「自敘傳說」自行消解，所謂「政治小說」之類的索隱和強解失去歷史依據。自然，《紅樓夢》作者對末世的慨歎以及警世的願望，必然帶著濃厚的封建主義的色彩，需要我們後人愼加辨析。

《紅樓夢》作者已經結束了飄移的命運！2015 年，正值「脂硯齋」郭雲誕辰 320 週年，謹向這位極富才情的女性作家和她的夫君「曹雪芹」施廷龍表達文壇晚輩的敬意！

2015 年春三月於中國上海

《紅樓夢》創作的緣由

看了近年出版的一些紅學研究論著，對《紅樓夢》作者的考證，依然纏繞在曹雪芹到底是曹顒兒子還是曹頫兒子的探究之中。現在我將所接觸的材料和思考進行如下梳理，敬請諸君察鑒。

曹寅和施世綸家

康熙三十二年（1693），被康熙御賜爲「天下第一清官」的施世綸由揚州知府調任江寧知府，從此他與時任江寧織造的曹寅結緣，並成了好朋友。曹寅的《楝亭詩鈔》和施世綸的《南堂詩鈔》中的文字，記錄了他們當時的密切交往。1695 年秋，廬州知府張純修到江寧織造府邸造訪，曹寅又邀了施世綸，三人於府中楝亭夜話，張純修即興作畫，交互吟詠，成就了著名的《楝亭夜話圖》。

康熙三十五年（1696），施世綸父母先後辭世，施世綸丁憂守制，回到福建晉江老家。雖說康熙三十八年（1699）又任職江南淮徐道，直至康熙四十一年（1702）春到長沙任湖南布政史，中間有三年左右的時間依然在江淮地區生活。

施世綸在湖南任職三年來往，1704 年移安徽布政使，1705 年進京，遷太僕寺卿，後任順天府尹、戶部侍郎等職。曹寅則在織造任上直至康熙五十一年（1712）逝世。

此後，曹寅之子曹顒和繼子曹頫先後接任江寧織造，施世綸則任職到康熙六十一年（1722）五月逝世。也就是這一年，康熙賓天，雍正繼位，曹寅妻兄李煦因虧空國庫被撤職抄家。雍正六年（1728），曹頫家被抄。在此前後，施世綸的七弟施世驊家出事，表面原因同李煦家、曹頫家，「拖欠」國庫銀糧。雍正七年（1729）十一月初八日，世宗特諭寬釋「勳節之後」62 人的名單中頭一個就是施世驊。

這個施世驊，字文健，生於康熙六年（1667）十二月初七日。康熙二十二年（1683）六月二十四日，曾跟隨父親施琅、兄長世驃出征臺灣。史傳「吏才敏練，授潤州郡佐」。康熙四十八年（1709）他爲族譜作序時，署名爲「江南鎮江府清軍監捕海防理事同知」。爾父施琅大將軍征臺有功，曾被康熙封爲「靖海侯」，然而「忠節之後，廢墜家聲」，施世驊竟在雍正整頓吏治時被整肅。

曹施兩家都是清朝康雍年代的大戶人家，《紅樓夢》裏所謂的「詩禮簪纓之族」。曹家屬滿洲正白旗，施家屬漢軍鑲黃旗。江寧期間，算得是「兩家來往，極其親熱」。隨著歲月的遷變，施家在京爲官，曹家卻獲罪進京。兩家在京都均存府第，其後輩行蹤或隱或現於京郊，又皆經歷了家世由盛到衰的過程。這就爲小說作者結構作品時，虛虛實實，眞眞假假，甄家、賈家，榮國府、寧國府，提供了堅實的生活基礎，構建出廣闊的藝術空間。

問題出在眞事隱

雍乾年代，文字獄盛行。《紅樓夢》的評批者、也是原始作者脂硯齋，爲了安全，替自己的合作者取了個筆名叫「曹雪芹」。事有湊巧，粗略看來，小說的底事背景多爲曹寅家事，故而讀者會順著思路自然地認爲作者乃是曹家的後代，以致爲作者之謎折騰了兩個多世紀。不過，脂硯齋早在第一回就打過招呼，「作者用畫家煙雲模糊處，觀者萬不可被作者瞞蔽了去」，所以怪不得她，要怪就得怪我們自己。

2014 年 9 月 11 日我在上海《文學報》「新批評」上發表《紅樓夢作者新探》一文，指出《紅樓夢》作者實際上是施廷龍、郭氏夫婦。施廷龍，字伯猶，施琅之孫，施世綸的第三個兒子，康熙三十一年（1692）七月初三日巳時出生於揚州，少年時有十年生活在維揚地面和石頭城裏。脂硯齋名叫郭雲，爲施廷龍之妻，出生於康熙三十四年（1695）十月十二日亥時，籍貫丢失，聽她說話的口氣是湖南人。他們倆相識於長沙。可以說，他們出身於侯門，少年時代就跟隨父親南北轉徙，既承載著先輩的歷史榮光，又積蓄著深厚的文學潛能。施世綸離世後，夫妻兩人於雍正四年（1726）四月整理出父親遺著《南堂詩鈔》，書末署「雍正丙午清咊月男廷翰謹識」。可是沒過多久，曹頫家和施世驊家都出了事，這給他們以巨大的思想震撼與心靈打擊。到底怎麼啦，「鐘鳴鼎食之家，翰墨詩書之族，如今竟一代不如一代」？爲著「警省」和「警戒」，他們決心用小說的形式寫出一部家族興衰史，這就是《石頭記》、後來稱作《紅樓夢》創作的緣由。

康熙五十四年

對施氏家族而言，康熙五十四年（1715），是難忘的歲月。這一年，施世綸、施世騋、施世驃先後操持，施世驊、施世范等兄弟參與，完成了曾由施琅主持的《潯江施氏大宗族譜》的補輯工作。該族譜記載了施氏家族的來龍去脈、歷史勳績和族規族約。

施家媳婦脂硯齋記住了這個可紀念的年份。在《石頭記》的評批中，她特地選擇於第五十四回回首，寫作了一首詩，「積德如今到子孫，都中旺族首吾門。可憐立業英雄輩，遺脈誰知祖父恩。」對幾十年來家族的變化發出了深深的慨歎（見蒙府本）。她還借第五十四回的評批回憶起，「三月於鎮江江上啖出網之鮮鰣矣」（見庚辰本），寄寓「樂極生悲，人非物換」的感喟——康熙四十四年（1705）春，施世綸攜眷進京途中，少年施廷龍和郭雲同船路過鎮江七叔施世驊家，當年江上同吃鰣鮮的情景，歷歷如在眼前。可如今呢？

庚辰本第五十四回前，還有一段批語，「首回楔子內云，古今小說千部共成一套云云，猶未洩真。今借老太君一寫，是勸後來胸中無機軸之諸君子不可動筆作書。鳳姐乃太君之要緊陪堂，今題斑衣戲彩，是作者酬我阿鳳之勞，特貶賈珍璉輩之無能耳。」褒鳳姐而貶賈珍賈璉輩，對《紅樓夢》作者所持的家族立場我們能夠理解。由此聯想到，施世綸的五弟施世騋的妻子李宜人在族譜中有多至三篇的記載：《李宜人囑子捐貲重修族譜記》《捐充自置山地租稅備修祠費命子記》《誥封宜人五兄嫂李氏傳》。內中述及，施世綸曾「喜謂太夫人王，慶得佳婦」，也就是講這個李宜人深得婆母王夫人的歡喜。而「靖海侯」爵位繼承人、施世綸最小的弟弟施世范在所撰李氏傳中，盛讚五嫂「嬿婉宜家克嫻」，五兄世騋奉旨留閩主事宗祧特祠聖廟，歲時「種種事莫不秩然咸理」，「而究其主政中闈，賴吾嫂贊襄之力實多焉。」《紅樓夢》作者作爲施族後人，從其五嬸的事蹟中深得鼓舞和啓發。他們在創作時，調動豐富的生活積纍，多側面、眞實立體地塑造出一個封建大家庭中，善於操持、長於應對、幹練而又陰狠的鳳姐形象。像這一類史實，深涉《紅樓夢》創作素材的來源，理應引起研究者們的關注與思考。

石頭和曹雪芹

歷來對「石頭」有多樣的探究。而我認爲最明顯不過的線索的當是，曹寅《楝亭詩鈔》卷四《送施潯江方伯之任湖南》:「三年卓筆賦黃樓，期建高牙過石頭。酒熱一時渾浪語，旌麾果喜見前騶。保釐藍縷功非細，開拓窮荒慮必周。何限吳民截鞭鐙，稍因風雨暫淹留。」曹寅褒揚了施世綸作爲金陵地方官的功勞，詩注中特意寫著:「潯江已去七年，百姓愛戴不衰。」這南京石頭城上的徽識，當然屬於施氏家族啊！這是《石頭記》取名的首要來由。

至於「曹雪芹」這一筆名，我已經說過，所謂「寓懷而設」,「寫假如眞」:曹，曹家也；雪，諧「洩」也；芹，芹意、芹獻也。以曹家衰落史爲基本素材，來宣洩作者對世運世情的深切感受和警人警世的創作主旨。

當然，也可理解爲：曹，吾曹，我輩也；雪，「雪舫」也，施世綸 1711 年十一月爲其府中落成的書房所取名字，其時，正值施廷龍、郭氏夫婦的長男尊英降生之時；芹，芹意、芹獻也。脂硯齋：脂，脂粉，寓示女子，亦諧「紙」也。紙硯齋，讀書著作之處也。《紅樓夢》作者以「男廷翰」這樣的簽署，用「曹雪芹」「脂硯齋」之類的筆名，來暗示他們倆的社會身份和表達立志寫作的宏願，應該視作是很自然的事情。

《文學報》2016 年 6 月 30 日，略有刪削改題《曹雪芹究竟是何人？》

《紅樓夢》校注商兌

《石頭記》古鈔本有 12 種，《紅樓夢》程本有 2 種，目前諸校注本大體都參照了以上 14 種本子。校注者提出的若干原則，如「力求忠實於古鈔本」，「以文理之確否而定其去取」，「多種本子互校，擇善而從」，應該說都是對的。然而實際操作中，各家校注又均有所側重，如側重庚辰本、或戚序本、或程乙本等等。由於校注者對作家作品認識上的不同，往往存在著擇選、去取上的若干差異。馮其庸先生說得好，校注工作，無有止境，瞻望前途，曷眞有極！（《紅樓夢》校注本再版序）正是本著這種求索精神，願就校注問題提出商兌。本文以第二十一回至第二十五回爲例，提出我的校注主張，目的是力爭回覆到脂硯齋（郭雲）、曹雪芹（施廷龍）寫作時的原始面貌。

一、文句通順，閱讀通暢。這是校注的首要要求。可現在校注本亦存文句欠通、閱讀不暢的情況。如紅樓夢研究所校注本（簡稱「紅研所本」）第二十二回，鳳姐跟賈璉商量給寶釵過生日，賈璉道：「既如此，比林妹妹的多增些。」鳳姐道：「我也這們想著，所以討你的口氣。我若私自添了東西，你又怪我不告訴明白你了。」周汝昌先生彙校本（簡稱「周彙校本」），上引最後一句，作「你又怪我不回明白了。」「我也這們想著」，兩家都以庚辰本爲據，但「這們」顯然文句不通。而其它脂本和程本，均作「我也這麼想著」，爲什麼不選擇這個文通字順的詞句呢？周彙校本那最後一句，專門選擇夢稿本的「回不回明白」，而捨棄其它諸本的表達，大約是依據北方話的表達方式而作出的決定。而「你又怪我不告訴明白你了」，這種句式是原始作者脂硯齋的南方話表達方式。這只要參考第二十四回賈芸和第六回周瑞家的所說的，「告訴不得你」這樣的湘方言句式就知道了。周汝昌先生此處不選擇他所鍾愛的戚序本中的文句，而另作他選，我以爲考慮不周。

二、前後參照，以求確的。紅研所本、周彙校本第二十三回，「那個玉皇廟並達摩庵兩處，一班的十二個小沙彌並十二個小道士，如今挪出大觀園來，賈政正想發到各廟去分住。」這裡「正想發到」，文句欠通。紅研所本在校記中已經提及：原「想」下旁添「著要打」，「道」圈改爲「到」。而「打發」這個詞，在本回和整個《紅樓夢》中運用得相當普遍，爲什麼校注時不予參照、捨棄不用呢？退一步說，蒙府本此處作「正思想發送各廟去分住」，改「道」爲「送」，也比現行的校注本要通順得多。

三、疑難之處，當注則注。《紅樓夢》第二十二、二十三、二十四回，分別寫寶玉猴在鳳姐、賈母、鴛鴦身上，「扭股糖似的」廝纏。作爲讀者，我兒時聽母親講過這樣的話，但不理解「扭股糖」是什麼？後查《現代漢語詞典》，有「扭股兒糖」的條目：用麥芽糖製成的兩股或三股扭在一起的食品，多用來形容扭動或纏繞的形狀。對這麼密集出現的詞語，爲什麼紅研所本以及《紅樓夢大辭典》不加注呢？

四、擇善而從，智者見智。紅研所本第二十四回，寶玉對賈芸說：「明兒你到書房裏來，和你說天話兒，我帶你到園裏頑耍去。」可甲辰本作，「明日你到書房裏來，和你說天話兒，我帶你到園裏去頑去。」減少了「兒」化，且「去頑去」，屬長沙方言口語。依我的意見，此處採用甲辰本文字爲佳。

五、細細考量，慎重取捨。紅研所本第二十三回，「別人聽了還自猶可，惟寶玉聽了這諭，喜的無可不可。」第二十五回，馬道婆對趙姨娘笑道：「若說我不忍叫你娘兒們受人委曲還猶可，若說謝我的這兩個字，可是你錯打算盤了。」我小時候多次聽母親說過「還猶自可」，只是那時不知道這四個字的寫法和確切語意。可《紅樓夢》裏兩度出現，作「還自猶可」和「還猶可」，我心中一直存疑。後查列藏本作，「別人聽了還由自可，惟寶玉聽了這諭，喜的無所不可。」夢稿本作，「別人聽了還由自可，惟寶玉聽了這話喜之不勝。」甲辰本作，「別人聽了還尤自可，惟寶玉聽了喜之不勝。」程甲本程乙本作，「別人聽了還猶自可，惟寶玉喜之不勝。」以音記字，這是寫作時使用方言的普遍特徵。庚辰本和程本中的「猶」字作「尚且」解，且符合上下文語意，到了其它本子不知爲什麼，「猶」變作了「由」、「尤」，造成了理解上的阻滯。現查《長沙方言詞典》第 181 頁「尤自可」條：「姑且不說。用於遞進複句的第一分句：他開嗟後門還尤自可，還把提意見的人罵得要死。」現代語言學家在記錄方言時，也用了「尤」字而不用「猶」，可見對這一方言的語意的斟酌上尚欠火候。綜合考量，第二十三回的校注，應取程本，作「還猶自可」。

六、南北互用，先南後北。我們認定，《紅樓夢》的原始作者是脂硯齋，她起稿時多用南方話，而曹雪芹後來增刪時多用北方話。基於這種認識，校注的原則應取「南北互用，先南後北」。如「子」化「兒」化，先「子」後「兒」；「嚇」「唬」互用，先「嚇」後「唬」；「床」「炕」均存，先「床」後「炕」，等等。舉例：紅研所本、周彙校本第二十四回末尾，紅玉「被門檻絆倒」，第二十五回開頭，紅玉「被門檻絆了一跤」。然而舒序本第二十四回末尾，紅玉「被門檻絆倒」，第二十五回開頭，紅玉「被門檻子絆了一跤」。程乙本第二十四回末尾，紅玉「被門檻子絆倒」，第二十五回開頭，紅玉「被門檻絆了一跤」。甲戌本第二十五回開頭，紅玉「被門檻子絆了一跤」。綜合考慮，我認爲校注時最好都採用「門檻子」。又比如，紅研所本、周彙校本第二十四回，（寶玉倒茶，小紅背後接碗過去，）寶玉倒唬了一跳，問：你在哪裏的？忽然來了，唬我一跳。而舒序本、程乙本第二十四回作，寶玉倒嚇了一跳，問：你在哪裏的？忽然來了，唬我一跳。我主張，校注時，此處文字宜採用舒序本和程乙本，前用「嚇」後用「唬」。湘方言不說「唬」只說「嚇」。估計脂硯齋寫作時均爲「嚇」，曹雪芹皆改成「唬」。第二十四回這一處，同時出現「嚇」和「唬」，這大約是曹雪芹整理時漏改了一處，或後來傳抄者擅改的。這種現象，在《紅樓夢》中多有存在。

上述例證，說明現在校注本中還存在著甚多問題，校注者在把握校注原則時主觀性過強，選擇上強調某古鈔本，而忽視了其它諸本，以致出現了取捨上的偏頗。爲了說明這種現象，再舉兩個明顯的例子。

其一、紅研所校注本第三版第二十四回開頭，連庚辰本也拋開，將林黛玉對香菱說的一句話，「你這個傻丫頭，唬我這麼一跳好的」，擅改成「你這個傻丫頭，唬我一跳」，刪去「這麼」「好的」四個字。可是，同樣的句式，出現在第五十一回，「嚇了我一跳好的」，校注者卻沒有作任何改動與說明。其實，「嚇我一跳好的」，「好的」，表示程度，很厲害，屬湘方言表達方式。

其二、甲戌本第二十五回，馬道婆對賈母道：「大凡那王公卿相人家的子弟，只一生下來暗中就有許多促狹鬼跟著他，得空便擰他一下，掐一下，或吃飯時打下他的飯碗來，或走著推他一跤，所以往往的那大家子的子孫多有長不大的。」其它諸本的最後一句，多成了「往往的那些大家子孫多有長不大的」。在「大家」之後略去了「子的」兩個字。這一句的變動，校注者多有忽略。其實，甲戌本的「大家」帶「子」尾的說話方式更符合湘方言的表達。

順帶說一下，周彙校本第二十五回有一條注：一雙子，兩塊子，此等語式加「子」，皆表輕瀆不屑（或反語不忿）之意。這種理解是不對的！「子」尾和「兒」化表達的語意相近。《紅樓夢》此處馬道婆和趙姨娘的說話方式是口語化的湘方言，以爲「輕瀆不屑」，與人物關係和特定語境不相符合。

此外，《紅樓夢》第二十一回，鳳姐說平兒，「仔細你的皮要緊」，第二十三回賈政說寶玉，「你可好生習學，再如不守安常，你可仔細！」這兩處「仔細」作「當心」講。第二十二回，眾人說賈蘭，「天生的牛心古怪。」「牛心」就是「心坳」。第二十三回，襲人找寶玉，「那裏沒找到，摸在這裡來。」「摸」，指無方向的尋找。第二十四回，卜世仁對賈芸說，「我的兒，舅舅要有，還不是該的。」「該的」就是「應該的」，屬湘方言。第二十五回，鳳姐跟林黛玉開玩笑：「你瞧瞧，人物兒、門第配不上，根基配不上，家私配不上？那一點還玷辱了誰呢？」可甲戌本、蒙府本、南圖本、舒序本等，內中都有「模樣兒配不上」一項……如此等等，這些地方，該注得注，該校得校，以便使讀者更準確地瞭解《紅樓夢》作者創作時作品的眞實風貌。

2016 年 7 月 12 日於上海

附錄一：《紅樓夢》與湖南

自從我撰文認爲《紅樓夢》原始文本作者爲「一位有在湖南長期生活經歷的人士」以來，我試圖努力尋找《紅樓夢》與湖南的聯繫。我深知，這種探索，都建立在前人研究的基礎之上。現節錄《紅樓夢》與湖南的相關材料供讀者參考。同時藉此表達對專家們的敬意。

一、節錄周汝昌《紅樓夢新證》「劉銓福考」

劉銓福，字子重，別號白雲吟客，大興人；多藏書籍文物，能詩畫；官做到刑部郎中；可能生於嘉慶末，而卒於光緒中葉。祖父烱，成都知府。父位坦，字寬夫，以御史出守辰州府；能畫，善篆，好收藏古董……子重多交通人，藏弆之富甲都下。他家可謂「一門風雅」。

《石頭記》的甲戌殘本十六回與妙復軒手批百二十回本，皆由劉銓福一人而傳，故此人在《石頭記》版本史上是一個重要的人物。甲戌本上面正有「白雲吟客」和「甎祖齋」等圖章。甲戌本民國十一年歸胡適。

《陶樓文抄》卷十四葉十六有《祭外祖舅寬夫先生文》，可徵其生平大略，據知卒於咸豐十一年九月（1861 年）。

馮其庸先生惠示一幅劉銓福的手蹟，是題開元銅簡拓本的詩文二則，皆小楷。一錄葉潤臣的題詩（葉潤臣即葉名灃），末署「己未季秋，鶴巢夫子大人命書，大興子重劉富錄於海王邦橋亭卜硯齋。」一爲自記，有「丁巳夏日僑寓長沙」之文。這可供研究他的交遊行跡。己未爲咸豐九年（1859），其僑寓長沙則係七年，與楊翰之語合。（以上節錄自周汝昌《紅樓夢新證》，人民文學出版社 1985 年 5 月北京第 2 次印刷本）

鄧按：劉銓福的父親劉寬夫卒於1861年。他生活的年代，上距《石頭記》的創作恰好百年左右，又正值《石頭記》的流播之時。他們爲北京近處大興人，故完全有可能在京都與《石頭記》的創作者或抄寫者接觸，獲得該著的早期抄本。劉寬夫爲官時曾以御史出守湖南辰州府，劉銓福本人則有在長沙較長生活的經歷，這一層關係又更加有可能接觸到與原始文本作者相關的湖南人士，從而得到《石頭記》的早期抄本。

二、節錄周汝昌《紅樓夢新證》「尤三姐」

附錄二　節錄周汝昌《紅樓夢新證》「新索隱（六十一）尤三姐」

按民國三十三年夏曆九月初四日《華北新報》第三版張務祥君「《紅樓夢》之尤三姐確有其人而有其事」一文云：

近中讀路心文《呢喃庚燕集》卷二，十八則，有云：「……齊子以重陽過我，相與快譚《紅樓》於裕後堂。齊子、雪芹硯友，猶及見其呵毫調墨，揮灑是編云。尤三姐乃其仰慕而欲師之者，蓋確有其人而有其事也……」按：齊榮揚（路所稱齊子），爲雪芹小友（見毛庭瑜《松柳溪軒雜纂》所記），其言當甚可靠，果然，在趙峨雙《憶園聽濤錄》中，有「情殉」一則，如下：

> 古莖【汝昌按「莖」疑「燕」之誤。】竹泉孝廉言：雪芹姻屬石姓者，生二女，絕豔；而其仲尤姝麗，殆天人矣！年二八，偕長觀劇。梨園中有爲生腳者，不知其姓氏，雅慕柳敬亭，因亦自取姓曰柳，先固世家子也。石姓二女皆喜之。然禮義者，天下之防也，未可逾矩，僅發乎情而止焉。然，柳固未卜婚也，仲女獨失志誓天，之死靡他。姊娣間咸嗤其妄，雪芹聞之，當係感以詩，有「鍾情貴到癡」等語。無何，而漂梅期邇，嫂妹勸嫁，乃其志更堅，至繡佛長供冀之來生。戚某，憐其刻苦，適有行腳商，爰隨之入湘，竟遘柳生於澧濱，力促之返。柳以事屬罕睹，且誤於眾人之言，遽疑有他！仲女夙而禱之，夕而祝之，既得君子，乃無以明其堅貞，深悲湛怨，結於方寸，陡若顛狂，亟出而執柳曰：「於禮，處子不能越閫外與路人有語言，然，今日之事急矣，妾茹辛待君者將十載，乃母請人入湘，耗資亦至數千，由庸眾言之，決出乎情理之外；故其啓人疑必也。於戲！君亦庸人也哉！妾念絕矣！」語已而自刎。抑豈知柳生，更深於情：槌胸揮淚，必欲隨之地下。戚某，奪其手中刀，

閉之僻室。但不進飲食，人憚其絕粒而自裁也，求計於若量法師。

其後，柳生終入空門。雪芹亦聞之而隕涕。吁！可哀已！……

【按：「標點悉依原式。】

此則，竟與曹雪芹在《紅樓夢》中所描寫之尤氏二女那幾回，無什麼大出入，可見所謂尤三姐者，確有其人，而陳翔《東堂剩稿》（前有乾隆甲寅序，較《松柳溪》早刻版十四年，較《呢喃集》早三十一年）內，也說：「雪芹遠親，有石姓女，雪芹每稱揚之：不諳文字而有古人風，末世脂粉隊中所不易睹者也！」頗與憶園所誌相似。所以，我以爲：倘能遍翻與雪芹同時的人的雜著，一定還可得到更可珍貴的材料吧？」

所敘原原本本，似足爲雪芹寫實一證。較景之《眞諦》爲得其詳矣。然所稱引三書皆未見，《憶園錄》大段文字矯矜不甚高明，所云「石姓女」但言爲雪芹欽仰，且欲奉爲師焉，此尤可疑。蓋寫尤三姐爲完人，實僅高本爲然，脂本有大段文字，描寫三姐與珍、璉、二姐等聚麀之事，頗似僅據高本故作關合者，何耶？且「鍾情貴到癡」之語俗惡，亦斷不類雪芹詩格。恨不一見張務祥先生，從之詢問三書以訂眞僞也。

鄧按：曹雪芹與石姓女有「姻屬」或「遠親」關係，頗耐人尋味。再說「遣柳生於澧濱」，柳湘蓮跑到湖南西部澧水邊上去了，也讓人浮想聯翩。這中間的眞實情況確實有待清史材料的掘發。跟周汝昌先生一樣，我對於相關史料的新發現，亦持樂觀態度。

三、節錄馮其庸李希凡主編《紅樓夢大辭典》「孫桐生」

孫桐生（1824～1908），即孫筱峰，別號飲眞外史、左綿癡道人，又叫懺夢居士，四川綿陽人。他當過湖南安仁、桃源等地知縣，永州和郴州兩地知府。孫桐生不但是政治家，也是一位學者，擔任過綿州治經學院的主講習。他的編著甚豐，有《楚遊草詩》4 卷，《臥雲山房文鈔》2 卷，《湘東時政論》1 卷，《彈指詞》、《憶舊詞》各 1 卷，《全蜀詩鈔》64 卷，等等。他從少年時開始，就喜讀《紅樓夢》，以爲天下「文章之奇，莫奇於此矣」。同治丙寅（1866）「寓都門，得友人劉子重貽妙復軒《石頭記》評本，逐句梳櫛，細加排比，反覆玩索」，才瞭解了《紅樓夢》之所以奇之故。同治癸酉（1873），他爲張書作序，光緒二年（1876）精心抄錄後，又寫了跋，光緒七年（1881）在湖南刻印刊行。

鄧按：妙復軒評本《繡像石頭記紅樓夢》，光緒七年（1881）湖南臥雲山館首次刊印。2002 年北京圖書館影印。「妙復軒」是張新之的書齋名，張又號「太平閒人」，其籍貫生平未考。道光三十年，五桂山人爲張書作序，說他在道光二十一年（1841）客福建莆田時是「落拓湖海，一窮人也」。

附錄二：鄧牛頓紅學研究的新突破

杜學忠

牛頓是一個重情念舊的人。歲月匆匆，我們 1962 年從南開大學畢業分手至今，已經過去 50 年了。他在上海工作，我留守天津教書，難得相聚晤談。但是，半個世紀以來，書信往還從未間斷，一直保持著同窗好友的純眞情誼。特別是他每有新作，定然掛號見贈，讓我先睹爲快。

日前，牛頓給我寄來他的新作《紅樓夢原始作者的蹤跡》和《尋找脂硯齋》兩文，並附短箋說：「今春我研讀《紅樓夢》有所發現、有所突破。」從這句簡單樸實的話裏，我讀出了牛頓的激動、興奮和喜悅之情，而像電波一樣，這種情緒也立即傳導給我。我知道，年逾古稀的牛頓雖然著作等身、成績斐然，但是他卻一向謙虛謹慎、處事低調，從來不事聲張，而這次竟對自己的新著如此滿意，這肯定是不同凡響，不能等閒視之了。

誠然，牛頓對《紅樓夢》的研究的確是有了新的發現、新的突破。如果我們進行一次問卷調查:《紅樓夢》的作者是誰？十之八、九的回答是曹雪芹。然而，牛頓對這一幾成定論的答案提出了修正:《紅樓夢》的原始作者不是曹雪芹，而是偉大的中國女作家脂硯齋——施世綸的養女、三兒媳、才情四溢的郭姓女子。石破天驚！牛頓這一顚覆傳統定論的新發現，必將引起紅學家和廣大讀者的熱議和關注。

那麼，牛頓的新發現是他標新立異、憑空臆造嗎？絕對不是！這是他潛心研讀、孜孜探求了十年之久的結果。牛頓是湖南長沙人，他是以湘人的獨特視角步入紅學研究領域的。早在 2003 年，他就從《紅樓夢》文本的語言入手，認定《紅樓夢》植根於「湘土湘音」，其原始之作是用湘語寫成的；《紅樓夢》的原始作者不是曹雪芹，而是一位有在湖南長期生活經歷、與湘土有著千絲萬縷聯繫、深藏著眷戀家園故土的地域情結、能純熟地運用湖南地區方言進行寫作的人士。牛頓確信，是這位隱身不露的作者「建構了《紅樓夢》的整個框架和參與了《紅樓夢》的整個寫作過程。這位作者奠定了《紅樓夢》的創作基礎。」(《「紅樓夢」中的湖南方言考辨》)。意想不到的是，牛頓這種開創性的研究，竟然受到一些人的譏諷。他們在《中華讀書報》上發表文章，打著「學風建設」、「媒體倫理」的旗號，稱鄧牛頓爲「妄說者」、說他的紅學研究是擺「噱頭」、行「騙術」，以侮辱、刻薄的語言對進行嚴肅學術探討的老人進行人身攻擊。這不僅偏離了學術討論的正常軌道，也有失中華民族寬厚純正的做人原則和風範。然而，靜下心來一想，這種現象也是一種歷史必然。先入爲主的思維定式和懶於思考的墨守成規往往是破解學術謎團的巨大障礙。因襲之見，總是難以攻破的壁壘。哥白尼以「日心說」推翻了在西方統治了千年之久的「地心說」，經過了艱苦的鬥爭才爲人們所接受。伽利略因支持哥白尼的學說而遭到了羅馬教廷的判罪和管制。牛頓堅信自己的觀點和判斷最終會得到史料的支撐和證實。他深知紅學突破的難度很大，作爲一個墾拓者，「需要學識和智慧、勇氣和毅力」。面對浩如煙海的紅學庫藏和千帙萬卷的文史資料，進行大海撈針般的尋覓探索，絕不像「妄者說」的妄說那麼容易。牛頓一時感到勢單力薄，爲了搜求支撐自己觀點的佐證和找出《紅樓夢》的原始作者，他急切地向學術界發出籲喊，呼請「語言學家對《紅樓夢》作一次語言學的全面考察，歷史學家對《紅樓夢》原始作者的身世及其相關材料做廣泛的搜尋。」(《「紅樓夢」植根湘土湘音》)。與此同時，牛頓自己依然懷著沉重的歷史責任感，鍥而不捨、堅持不懈、繼續在追尋《紅樓夢》原始作者的道路上艱苦跋涉。他遵循從《紅樓夢》的文本和脂硯齋的品評出發，從史料入手進行科學推測的原則攻堅克難。他仔細讀了七遍《紅樓夢》原著，例舉了《紅樓夢》中一百多個湖南方言詞彙，還專程回湖南老家進行學術調查，爲了考證《紅樓夢》中賈母要吃的「老君眉茶」產於何地；矮䫜舫是船還是施世綸的書齋；《紅樓夢》中大觀園的原址是施世綸的居所「南堂」等私家花園問題，他探幽鈎沈、傾心苦索，每個問題都引徵了十條以上的資料。而這些《紅樓夢》中的相關事物恰與施世綸的爲官路線十分吻合。施世綸是清康熙年間一個悲天憫人的清廉之官，也是一個講求人情的慈善長者。他在任江寧知府期間，與江寧織造曹寅時相過從、關係親密。曹寅是《紅樓夢》中賈政的原型，賈府的太上皇賈母姓史，賈、史兩大家族聯姻，「史」與

「施」諧音，顯然是現實生活中江寧城裏曹、施兩大家族親密關係的反映。以往學術界對脂硯齋的身份有過種種猜測。有人說「脂硯齋爲《紅樓夢》最早的評論者的別號，其姓名不詳，觀其評語，當與曹雪芹關係密切。」有人說「脂硯齋是曹雪芹和他的妻子在批註《紅樓夢》時合用的筆名。」還有人說，脂硯齋是《石頭記》的「第一批讀者」。（轉見周思源《紅樓夢》創作方法論）現在，牛頓根據施世綸當年親自參與編纂的《潯海施氏大宗族譜》以及脂硯齋對《紅樓夢》定下的故事基調和創作目的；根據脂硯齋對作品中人物命運，特別是對史湘雲和林黛玉「上無親母教養，下無姊妹扶持」而被「收養」的命運感同身受、且有著「滴血之痛」的評、批，坐實了脂硯齋的確切身份。認爲現實生活中的脂硯齋與《紅樓夢》中的人物有著類似的人生遭際和內心情感。小說中的史湘雲和林黛玉就是實際生活中的脂硯齋的「傳影」和化身。脂硯齋有在湖南生活的經歷，她的人生軌跡融入了施世綸仕途變遷走過的相關的地域。她生活在施世綸家的文化環境之中，耳濡目染、歲月浸淫，再加之個人特殊的生活經歷，在亦順亦逆的情境之中，鑄造了她的性情和人格，成就了她以文學傳情的偉業。牛頓憑著所掌握的曹、施兩大家族成員的大量而詳實的資料，對應著《紅樓夢》中人物的命運、脂硯齋的生活經歷和她對《紅樓夢》欲隱欲現的評、批，進行了縝密的考證和科學的推演，終於明確了脂硯齋是女作家郭姓女子的筆名，弄清了她和曹雪芹的承續關係與合作機緣，破解了她從《紅樓夢》的原始作者到《紅樓夢》的評、批者的角色轉換之謎。牛頓撥雲見日、揭開了層層面紗，把《紅樓夢》的原始作者從幕後推到前臺，使廣大讀者見到了這位才情橫溢的女作者的眞身眞相，這是牛頓對紅學界的一大貢獻。當然，這不是說牛頓對這一課題的研究已臻至美至善，新論總是要經受社會和時間考驗的。牛頓坦誠的告白，諸如《紅樓夢》原始作者的名字叫什麼，籍貫在湖南的哪個市、縣，她是在怎樣的情境中從故鄉湖南走進施家的，她除了育有兩個男孩是否還有女兒，等一系列的問題，都還有待於學術界進一步的發掘和探求。牛頓的新作付梓面世之後，很可能會引起一些爭議和探討。筆者相信，這肯定是牛頓所期待和歡迎的。因爲只有通過嚴肅的學術爭議和探討，才能還歷史以本來的面目。

2012 年 4 月 3 日於天津

鄧牛頓著《尋找紅樓夢的原始作者》序言，上海大學出版社 2013 年 11 月版

附錄三：《尋找紅樓夢的原始作者》後記

這部探索性的文稿，能夠在我供職的上海大學的出版社出版，深感欣慰。感謝社長郭春生先生，江振新先生、高曉晨和倪天辰女士所付出的智慧與辛勞。

在中國，學術探索依然是艱辛的。譏諷甚至謾罵都在所發生。可出於一個學術工作者的社會、歷史責任，我一直在堅持著。應該特別感謝南京師範大學文學院學報編輯部的長期支持，感謝何永康、吳錦兩位教授的寬容與接納。還要感謝曾供職於《中華讀書報》的祝曉風先生，上海《文學報》新批評編輯部的韓石山、余之先生，《天津文學》的張映勤先生所惠予的幫助。寫作過程中，上海古籍出版社朱懷春先生、復旦大學席永春老師、上海大學圖書館倪代川先生、上海大學期刊社秦鈉社長、周成璐女士、上海大學文學院崔佳老師、香港世紀風出版社社長邵華先生等都給予了悉心的關照，謹表深深的謝意。

新著出版之際，恰逢家父百年誕辰，在此遙祭遠在天際的父母之靈。

應當感激石頭城！「紅樓夢」產生的文化歷史背景，拙文的發表與拙著的印製，直至幸存於世的長沙鄧氏家譜，皆榮聚於斯。這不能不說是一種難得的緣分。

感謝蒼天，感謝大地，感謝父老鄉親，感謝所有幫助過我的朋友們！

2013年6月18日於上海

鄧牛頓著《尋找紅樓夢的原始作者》，上海大學出版社2013年11月版

附錄四：《紅樓夢》中的趣味

中國古典小說的創作和鑒賞，都強調對「趣」的審美追求。李贄評《水滸》時說：「天下文章當以趣爲第一。」金聖歎評《水滸》，屢用「趣絕」、「趣極」的評語。觀之於《紅樓夢》，第一回開宗明義就言及「適趣解悶」，說「市井俗人喜看理治之書甚少，愛適趣閒文者特多」。從受眾的需求出發，考慮小說傳播的深廣度，《紅樓夢》作者自覺地追求著作品中的趣味的體現。脂硯齋評《石頭記》，亦多用「趣極」、「趣甚」的評語。他甚至認爲，「凡書皆以趣談讀去，其理自明，其趣自得矣！」我研究《紅樓夢》中的趣味，則試圖從社會學的角度，側重考察脂硯齋、曹雪芹所處時代的社會情形與生存景況。

賈寶玉的生活常常沒趣

這個賈府上的公子哥兒，富貴尊榮，錦衣玉食，按說應當趣味多多，無憂無慮。可「無趣」、「沒趣」的感覺總是伴隨著他，纏繞著他。這固然因著他生活環境的錮蔽、生活方式的單調、個人性格的綿黏，更主要的，是因爲他的所思所想所行所言所顯示的叛逆者的姿態，爲社會所不容，爲家族所不滿。

讀書、讀書、讀書，寫字、寫字、寫字，襲人勸、寶釵勸，賈政從警戒到鞭笞，寶玉實在討厭這種種的管制與規束，封建宗教制度的囚籠，桎梏著他的身心。

《紅樓夢》第二十三回，寫元春下諭，讓寶玉和眾姐妹住進大觀園。寶玉高興異常，「正和賈母盤算，要這個，弄那個」，忽見丫頭來說，「老爺叫寶玉。」寶玉聽了好似打了個焦雷，頓時掃去興頭，臉上轉了顏色，便拉著賈母扭得好似扭股糖，殺死不敢去。不得已，只得前去，也是一步挪不了三寸，磨蹭磨蹭，結果依然逃不過一頓訓：「你可好生用心習學，再如不守分安常，你可仔細！」

試想，如老鼠見貓，如羔羊遇虎，遭「斷喝」:「作孽的畜生，還不出去！」挨「狠手」:「腿上半段青紫，都有四指寬的僵痕高了起來……」這樣的父子關係還有什麼天倫之樂，人生之趣？寶玉儘管有賈母、王夫人等的呵護，眾姐妹的撫愛，可整個封建家族社會規範著他，拘囿著他，他又怎能覓得精神上的樂土？寶玉跟黛玉之間雖自幼耳鬢廝磨，心情相對，純情兩慕，可寶釵的封建思想型範卻獲得了賈府上下更多人的贊許，以致使得他同黛玉之間衿縭的前景黯淡……

宗法制社會不可能給青年人帶來眞正的人生之趣，反而在不斷地摧殘著他們人生的幸福。程刻本第八十一回上寶玉對著黛玉說：「我只想著，咱們大家越早些死的越好，活著眞正沒有趣兒。」整個續書的好壞且勿置喙，但在這一點上，應當承認續書者對人物心態的把握與理解基本上是正確的，「懸崖撒手」只能是寶玉的最後歸宿。寶玉形象的悲劇內涵豐富而深刻。

賈母的趣味從哪裏來

在賈府這個封建大家庭裏，賈母享有至高無上的地位，一切的一切，都要聽她的，服從她的意志。她要替寶釵做生日，鳳姐趕忙來「湊趣」。她要給鳳姐做生日，「眾人誰不湊這趣兒？」到了過生日的那一天，不但闔家慶賀，連下人也要忙不迭地來奉承，就像「賴大媽媽見賈母這等高興，也少不得來湊趣兒，領著些嬤嬤也來敬酒」。即使在平日，一家老小，「王夫人、薛姨媽、李紈、鳳姐兒、寶釵等姊妹並外頭的幾個執事有頭臉的媳婦，都在賈母跟前湊趣兒呢。」劉姥姥進大觀園，賈母雖然叫鳳姐休要打趣這個從鄉屯裏來的人，可她自己呢？——「劉姥姥吃了茶，便把這些鄉村中所見所聞的事情說與賈母，賈母益發得了趣味。」而「劉姥姥雖是個村野人，卻生來的有些見識，況且年紀老了，世情上經歷過的，見頭一個賈母高興，第二見這些哥兒姐兒們都愛聽，便沒了說的也編些話來講。……」

主動湊趣、逗趣，以博得主子們的歡喜，這幾乎是世世代代一脈相承的社會生活準則。奴性深潛在國人的性格與命運之中。靦顏待人，主子們是有趣了，可奴才們的內心感受呢？讀《紅樓夢》，我常常會要向社會、也要向自己發問：你有沒有向權勢者湊趣、獻媚的劣習？眞值得反省與自鑒啊！

鳳姐的趣味主張

鳳姐是《紅樓夢》中塑造得最完整、最豐滿，也最生動的藝術形象。她的處事方式、情感品性、人生觀念有著全方位的體現。自然，對「趣」，她也自有主張。

秦可卿病重時，鳳姐對寧府尤氏等一干人說道：「眞是『天有不測風雲，人有旦夕禍福』。這個年紀，倘或就因這個病上怎麼樣了，人還活著什麼趣兒！」珍視人生，追求樂趣，本是人類生存的合理意向。在這一點，鳳姐說得並不錯。問題在，人們究竟怎樣來駕馭人生，獲取趣味？鳳姐採取了什麼樣的方式，來滿足自己的趣味追求？

對上主動「湊趣」。她深知，哄好了賈母、王夫人，就鞏固了她在大家庭中的頤指氣使的地位。「老太太生了半日氣，這會子虧二奶奶湊了半日趣兒，才略好了些。」「又有二奶奶在旁邊湊趣兒，誇寶玉又是怎麼孝敬，又是怎麼知好歹，有的沒的說了兩車話。」賈府上下，「都知道他素日善說笑話，最是他肚內有無限的新鮮趣談。」正是憑藉這「湊趣」的本事，她贏得了賈母、王夫人的歡心，從而取得了掌管大家庭的特權，為所欲為地謀取自己的利益。

對下要求「知趣」。第二十七回寫鳳姐兒站在山坡上招手叫，紅玉連忙棄了眾人，跑至鳳姐跟前，堆笑問：「奶奶使喚作什麼事？」鳳姐打量了一打量，見她生得乾淨俏麗，說話「知趣」，於是命她去為自己辦事。紅玉果然能幹，不辱使命，讓鳳姐高興異常，趕著「叫這個丫頭跟我去……」事實上，知趣不知趣，成了她衡人處事的標準：平兒知趣，得以在她身邊長期相處；芸兒知趣，撈了一分好差事；賈瑞不知趣，弄了屎尿淋頭；尤二姐不知趣，把命都搭上了。依著她，順著她，捧著她，那就會像劉姥姥那樣，有好果子吃。

其實，何止是鳳姐，要求下人知趣，奴僕順從，這是所有封建家庭的統治法則。襲人聽話知趣，得以留在寶玉身邊；金釧兒、晴雯不聽話不知趣，最終落得個命喪黃泉。《紅樓夢》在展現封建統治者的專制與兇殘上，「寓意諷侃，罵盡世態」，顯得相當之尖銳與犀利。

大觀園裏年輕人的趣味

元春被選為宮中妃子，因她省親而建造了大觀園。這位元妃，面子上看來格外尊榮，可他內心中充滿了痛苦。歸省時她對著自己的父親說：「田舍之家，雖齏鹽布帛，終能聚天倫之樂；今雖富貴已極，骨肉各方，然終無意趣。」應該說，這是眞心話，她的肺腑之言。

那麼，元妃的那些姐妹弟兄們呢？進了大觀園，他們各自在尋找著屬於自己的樂趣。寶玉和黛玉看《西廂》，林黛玉笑道：「果然有趣。」黛玉聽《牡丹亭》戲文演習，心下自思：「原來戲上也有好文章。可惜世人只知看戲，未必能領略這其中的趣味。」探春、寶釵等人討論詩社事宜，以爲原則上要做到「活潑有趣」。探春取了個「蕉下客」的別號，眾人覺著「別致有趣」。寶玉則主張「雪下吟詩」，「更有趣」。當寶琴等人來到大觀園時，探春以爲詩社「多添幾個人，越發有趣了」。有一次，賞雪爭聯即景詩，李紈「見櫳翠庵的紅梅有趣」，要罰寶玉去採一枝來，湘雲則說，「命他就作『訪妙玉乞紅梅』，豈不有趣。」又有一次，湘雲作《柳絮詞》，黛玉見了評論道：「好，也新鮮有趣。」……

大觀園中的詩詞曲詠，展現了青年人高雅的藝術趣味與充沛的生命活力。儘管《紅樓夢》作者按照生活的必然邏輯表現了這群年輕人此後多舛的運命，但此時此刻，他們畢竟通過自身的努力，獲取了生活中的樂趣。他們從藝術聚會中所贏得的美趣的體驗也許是短暫的，可無論如何將成爲他們一生中的珍貴的青春慰藉與詩情記憶。

大觀園中的青年人，較之園內園外爲奴隸的人們，畢竟要優渥得多，歡樂得多。賈寶玉稱得上是一個先覺者，故而他始終寄同情於弱者，幫藕官，悲金釧，哀晴雯，他善良的情感是眞誠而可貴的。如今，我們充分地意識到，理想社會的到來尚需漫長的時日，所以這種閃爍在民族歷史深處、心靈堂奧的民主主義思想之光，就値得格外珍視並予以承傳。

話裏話外

必須指出，我們並不反對日常人際交往中的湊趣、知趣和逗趣；相反，認爲彼此寬慰是友情之所需，相互體諒是社交的智慧，詼諧風趣更是歡樂人生的營養劑。湊趣、知趣和逗趣，以培植友情、尊重人格、倡導理解爲基本前提。《紅樓夢》人際關係中的湊趣、知趣和逗趣，打著深深的封建時代的烙印。尤其是底層的被奴役的人們，他們的人格自尊連同最起碼的生存條件都被剝奪，以致我們沒有可能來議論眞正屬於他們的人生之趣。《紅樓夢》留下了那一時代眞實的人生圖景，讓我們去認識，催我們去思考。

收入鄧牛頓著《說趣》(《中華美學三部曲》之三)，重慶出版社 2005 年 4 月版

跋

鄧牛頓《紅學新聲》即將付梓問世了。鄧牛頓《紅學新聲》彙集了鄧牛頓教授十餘年紅學研究的綱目，從中可以清晰地看出鄧教授探尋紅學原始作者的步步印跡。一位早已著作等身、桃李滿天下的學人，在本應頤享天年的年紀，依然憑藉自己深厚的學術功底爲中國文化事業奉獻一己之力，單是這種精神，就值得後輩牢記並爲之激奮。尤爲可貴的是，在紅學研究的領域裏，門派繁多，學說各異，與那些在此寶地上浸淫多年乃至奉爲終身事業的名家相比，鄧牛頓只是位新人。然而，「桐花萬里丹山路，雛鳳清於老鳳聲」。鄧牛頓這隻紅學路上的「雛鳳」，以十分嚴謹的科學精神，發出了「尋找《紅樓夢》原始作者」的清越之聲，引人進入別具一格的紅學新天地。

當今中國，政治走向清明，經濟走向繁榮，學術文化自然也得到了很大的發展。然而在今天，在中國的學術園地中，想要做出一些成績來，卻並不容易，原因就在中國的文化事業還剛剛在改革之中，文化學術領域還有些混沌。「柴家莊」固然不少，但莊子裏既有林沖，又有洪教頭，在林、洪放對之前，誰也搞不清到底哪個教頭有眞本事。更有一些「又不像文，又不像武」（吳敬梓語）的角色，閱歷差強人意，卻已手握重權，柴進與洪教頭沆瀣一氣，林沖還有出路麼？所以，牛頓兄在紅學園地漫步時，遇到的除美麗的桐花外，也有荊棘叢生之地，有時還不得不側身而行。此中甘苦，若非親身經歷，是無法體會的。

中國的紅學研究工作，在中國乃至在世界上，都是一種獨一無二的文學奇觀。一部小說，能夠吸引數以百計的文學家、歷史學家、民俗學家乃至政治家、社會活動家，窮年累月地辛勤研究，理論日日新，佳作年年有，後生晚輩學而習之，不亦樂乎。然而，時日既久，界內的某些朋友，漸漸忘了《紅樓夢》的本來面目：它本來只是一本小說，而不是一本神秘的經書。像研究《易經》一樣研究《紅樓夢》，是不會有什麼好結果的。八十年前，魯迅就曾對紅學研究說過如下之語：「(《紅樓夢》) 敘述皆存本眞，聞見悉所親歷，正因寫實，轉成新鮮。而世人忽略此言，每欲別求深意，揣測之說，久而遂多。」（魯迅：《清之人情小說》）魯迅又說，《紅樓夢》「其要點在敢於如實描寫，並無諱飾」，「所以其中所敘的人物，都是眞的人物。」（魯迅：《清小說四派及其末流》）在下也曾出版過幾本小說，每每看到魯迅此言，總會深深折服，深知所謂小說，無非是依據親歷的見聞，如實寫來而已，其中親歷乃是關鍵，若非親歷，轉自別人的見聞，無論如何精彩，也不免帶上揣測和附會。鄧牛頓先生的紅學論著，則正是從本眞的事實入手，以《紅樓夢》中的湘土湘音爲起點，一步一個腳印，歷經十餘個寒暑，終於撥開了籠罩在《紅樓夢》原始作者頭上的重重迷霧。這種治學態度，在時下喧囂浮躁的文化氛圍中，是十分難得的。

忽然想起永忠悼念曹雪芹的詩：「傳神文筆足千秋，不是情人不淚流。可恨同時不相識，幾回掩卷哭曹侯。」當年初見這位康熙的沒落子孫（永忠祖父就是雍正頭號政敵康熙十四子）的這首悼亡詩時，對「曹侯」之稱就心生疑惑：曹氏文筆固然「足千秋」，然而他並未封侯，也非公侯之後呀！讀牛頓兄大著，方始有所悟解：莫非「曹侯」，其實是指「施侯」？因爲《紅樓夢》中的「忠靖侯史鼎」，恐怕就是「靖海侯施琅」之後、郭姓才女丈夫之父也。若眞如此，只怕永忠也知道《紅樓夢》的原始作者就是施家夫婦呢！

邵　華　2016 年 10 月 15 日